TRENTE-TROIS FOIS MON AMOUR

Sous le pseudonyme de Nicolas Barreau se cache un écrivain franco-allemand qui travaille dans le monde de l'édition. Il est l'auteur aux Éditions Héloïse d'Ormesson des best-sellers internationaux *Le Sourire des femmes*, *Tu me trouveras au bout du monde*, *La Vie en Rosalie*, *Un soir à Paris*, *Le Café des petits miracles* et *Trente-trois fois mon amour*.

Paru au Livre de Poche :

Le Café des petits miracles

Un soir à Paris

Le Sourire des femmes

Tu me trouveras au bout du monde

La Vie en Rosalie

NICOLAS BARREAU

Trente-trois fois mon amour

ROMAN TRADUIT DE L'ALLEMAND PAR SABINE WYCKAERT-FETICK

ÉDITIONS HÉLOÏSE D'ORMESSON

Titre original :

DIE LIEBESBRIEFE VON MONTMARTRE
Publié par Thiele & Brandstätter Verlag.

ISBN : 978-2-253-24092-1 – 1re publication LGF

Pour ma mère,
qui m'a un jour montré la tombe de Heinrich Heine.
Et tant d'autres choses,
dont je me souviendrai toujours.
Merci pour tout.

Ma bien-aimée, viens,
Que je t'aie à nouveau
Comme jadis en mai.

Prologue

Montmartre – cette fameuse colline dans le nord de Paris, où les touristes se pressent sur la place du Tertre, autour de peintres de rue qui immortalisent scènes et portraits d'une qualité discutable ; où, au printemps, des couples d'amoureux empruntent les ruelles animées en flânant main dans la main, et s'assoient finalement sur les marches devant le Sacré-Cœur, pour contempler avec émerveillement la ville qui se pare d'une délicate lueur rose avant que tombe la nuit –, Montmartre, donc, abrite un cimetière.

C'est un très vieux cimetière avec des chemins de terre et de longues allées ombragées qui passent sous des tilleuls et des érables, et qui portent des noms et des numéros comme dans une véritable petite ville. Une ville très paisible. Certaines des personnes qui reposent là sont célèbres, et d'autres pas du tout. Il y a des sépultures surmontées de monuments ouvragés, et des figures angéliques vêtues de longues tuniques en pierre, qui ouvrent légèrement les bras et lèvent les yeux vers le ciel.

Un homme aux cheveux blond foncé entre dans ce cimetière. Il tient un petit garçon par la main, et s'arrête devant une tombe que peu de gens connaissent. Aucun personnage important n'y est enterré. Ni écrivain, ni musicien, ni peintre… Pas davantage une dame aux camélias. Juste quelqu'un de très cher.

L'ange ornant la plaque en bronze fixée à la stèle en marbre est pourtant l'un des plus beaux du lieu. Le visage féminin jette en arrière un regard grave, peut-être serein également, les longs cheveux s'enroulant autour du cou comme si le vent les soulevait. L'homme se tient là, silencieux, tandis que l'enfant gambade entre les tombes puis se met à pourchasser un papillon multicolore.

— Papa ! s'écrie soudain le petit garçon. Il a des ailes magnifiques, non ?

L'homme hoche la tête de manière imperceptible. Plus rien n'est magnifique à ses yeux, et il a cessé de croire à la magie des choses depuis bien longtemps. Alors, comment pourrait-il se douter qu'il va se passer, dans cet endroit précis, un événement si prodigieux qu'on pourrait le qualifier de magique ? Pour l'instant, il se sent malheureux comme nul autre au monde.

C'est dans le cimetière de Montmartre qu'il a rencontré sa femme. Cinq ans plus tôt, par une lumineuse journée de mai, devant la tombe de Heinrich Heine. Un moment marquant le début d'une histoire qui, depuis quelque temps déjà, a pris fin de manière irrémédiable.

L'homme contemple l'ange en bronze où sont sculptés les traits familiers. Il écrit des lettres en secret, mais n'est pas préparé à ce qui va se produire. Pas plus qu'on n'est préparé au bonheur ou à l'amour. Pourtant, les deux sont toujours présents. Il devrait le savoir à vrai dire, lui qui exerce la profession d'écrivain.

Cet homme s'appelle Julien Azoulay.

Et Julien Azoulay, c'est moi.

1

Le monde sans toi

Je venais de m'asseoir à mon bureau pour respecter ma promesse et enfin, enfin écrire à Hélène, lorsque la sonnerie de l'interphone retentit. Je décidai de l'ignorer, dévissai posément mon stylo plume, et rapprochai la feuille de papier blanc. *Chère Hélène*, notai-je, puis je fixai, désemparé, les deux mots couchés là, aussi égarés que je l'étais depuis ces derniers mois.

Qu'écrit-on à une personne qu'on a aimée pardessus tout et qui est partie, hélas ? À l'époque déjà, je pressentais qu'il était absurde de faire cette promesse à Hélène. Mais elle avait insisté, et chaque fois que ma femme se mettait une idée en tête, on pouvait difficilement avancer des arguments contraires. Très tenace, Hélène finissait toujours par s'imposer. Face à la mort, en revanche, elle n'avait pas réussi à l'emporter. Cette dernière avait fait preuve d'une volonté encore plus forte.

On sonna de nouveau à l'interphone, mais mes pensées m'avaient déjà entraîné très loin.

Je souris avec amertume. Je revoyais parfaitement bien son visage blême, ses joues creusées, ses yeux verts qui paraissaient devenir plus grands de jour en jour.

— Je voudrais qu'après ma mort, tu m'écrives trente-trois lettres, avait-elle demandé en m'adressant un regard insistant. Une lettre pour chaque année de mon existence. Promets-le-moi, Julien.

— À quoi bon ? avais-je répondu. Ça ne va pas te ramener à la vie.

J'étais mort de peur et fou de douleur. Assis jour et nuit au chevet d'Hélène, j'étreignais sa main et je ne voulais, ni ne pouvais, m'imaginer vivre sans elle.

— Pourquoi écrire des lettres alors que je ne recevrai jamais de réponse ? C'est complètement insensé, avais-je insisté à voix basse.

Elle avait volontairement ignoré mon objection.

— Écris-moi, c'est tout. Décris-moi le monde après mon départ. Parle-moi de toi et d'Arthur.

Elle avait souri, et les larmes m'étaient montées aux yeux.

— Ça aura un sens un jour ou l'autre, fais-moi confiance, avait-elle poursuivi. Et je suis sûre que tu obtiendras une réponse au bout du compte. Et puis, où que je sois, je lirai tes lettres et je veillerai sur vous.

J'avais secoué la tête et éclaté en sanglots.

— Je n'y arriverai pas, Hélène, je n'y arriverai pas !

Je ne parlais évidemment pas des trente-trois lettres, mais de tout le reste. Ma vie tout entière sans elle. Sans Hélène.

Elle m'avait regardé avec douceur, et la compassion qu'exprimaient ses yeux m'avait brisé le cœur.

— Mon pauvre chéri, avait-elle dit, et j'avais senti qu'il lui en coûtait de presser ma main pour me réconforter. Il faut que tu sois fort. Tu dois t'occuper d'Arthur. Il a tellement besoin de toi…

Ensuite, elle avait fait une réflexion qu'elle avait déjà formulée plusieurs fois au cours des semaines précédentes, depuis le diagnostic accablant ; un constat qui, à l'inverse de moi, lui donnait manifestement la force d'envisager l'issue fatale avec sérénité.

— Nous mourons tous un jour, Julien. C'est normal, ça fait partie de la vie. Simplement, mon tour arrive un peu tôt, voilà tout. Je ne peux pas dire que ça me remplisse de joie, mais c'est ainsi, avait-elle précisé en haussant les épaules avec impuissance. Allez, embrasse-moi.

J'avais écarté de son front une mèche blond cuivré, et déposé doucement un baiser sur ses lèvres. Ces derniers mois l'avaient rendue très fragile, et quand je la serrais prudemment dans mes bras, je craignais toujours de lui briser un os. Pourtant, tout était déjà détruit. Tout sauf son courage, bien plus grand que le mien.

— Promets-le-moi, avait-elle répété, et j'avais aperçu une petite étincelle dans ses yeux. Je parie qu'une fois que tu auras écrit la dernière lettre, ta vie aura changé en mieux.

— J'ai peur que tu perdes ton pari.

— J'espère bien que non, avait-elle répliqué, puis un sourire entendu avait brièvement éclairé son visage, un frémissement avait animé ses paupières. Et ce jour-là, je veux que tu m'apportes un énorme bouquet : le plus gros que ce fichu cimetière de Montmartre ait jamais vu.

C'était Hélène tout craché. Même dans le pire des moments, elle réussissait encore à vous faire rire.

J'avais pleuré et ri en même temps, tandis qu'elle me présentait sa main fine, une main dans laquelle j'avais tapé pour lui donner ma parole.

La parole d'un écrivain… Sauf qu'elle n'avait pas précisé quand j'étais censé lui écrire ces lettres. Et c'est ainsi qu'octobre avait cédé la place à novembre, et novembre à décembre. Les mois se suivaient tristement, les saisons changeaient d'atours, mais cela m'importait peu. Le soleil était tombé du ciel, et je logeais dans un trou noir d'encre, vide de mots. Nous étions maintenant au mois de mars, et je n'avais pas encore rédigé de lettre. Pas une seule.

J'avais essayé, pourtant. Je voulais tenir promesse, respecter le dernier souhait d'Hélène. Ma corbeille à papier était remplie de feuilles chiffonnées sur lesquelles j'avais griffonné toutes sortes de phrases inachevées :

Mon Hélène, toi que j'aime par-dessus tout, depuis que tu as disparu, il n'y a plus pour moi aucun…

Ma chérie, toute cette douleur m'épuise, et je me demande de plus en plus souvent si la vie a encore…

Mon adorée, j'ai retrouvé hier la petite boule à neige achetée à Venise. Elle était dans ta table de chevet, tout au fond, et elle m'a fait repenser au jour où, tous les deux…

Toi, l'être que je chéris le plus au monde, tu me manques chaque jour, chaque heure, chaque minute ; sais-tu seulement que…

Ma très chère Hélène, Arthur m'a dit hier qu'il ne voulait pas d'un papa triste comme moi, et que tu allais bien maintenant, en compagnie des anges...

Hélène, mayday, mayday, mayday, ceci est l'appel au secours d'un homme qui se noie, reviens, je n'arrive pas à...

Mon ange, j'ai rêvé de toi cette nuit, et à mon réveil, j'ai été très étonné en tâtant le lit près de moi et en constatant que tu...

Ma bien-aimée, toi qui me manques tant, je ne veux pas que tu penses que j'ai oublié ma promesse, mais je...

Eh bien non, je n'étais toujours pas parvenu à coucher sur le papier des mots qui aillent au-delà de ces balbutiements chargés de désarroi. Je restais assis à mon bureau, accablé de tristesse, littéralement réduit au mutisme. Je n'écrivais plus rien, de toute façon – une situation pas vraiment enviable pour un écrivain –, et c'était sans doute, d'ailleurs, la raison pour laquelle quelqu'un était maintenant pendu à mon interphone.

Je reposai mon stylo plume en soupirant, me levai et m'approchai de la fenêtre. En bas, rue Jacob, un homme de petite taille, vêtu d'un élégant imperméable bleu foncé, avait visiblement décidé de ne plus ôter son doigt du bouton de l'interphone.

L'individu leva les yeux, tête dressée vers le ciel

humide et chargé de nuages poussés par le vent, et je m'écartai précipitamment.

C'est bien ce que je craignais… Il s'agissait de Jean-Pierre Favre, mon éditeur.

Aussi loin que je me souvienne, j'ai toujours évolué dans l'univers des phrases bien tournées. Après une expérience de journaliste, j'ai travaillé comme scénariste. Et finalement, j'ai écrit mon premier roman. Une comédie romantique qui a su faire mouche, au point de devenir un best-seller, à la surprise générale. On aime à dire que Paris est la ville de l'amour, mais l'amour ne fait pas nécessairement partie des thèmes prisés des éditeurs parisiens. À l'époque, j'avais essuyé refus sur refus (quand je recevais une réponse), mais un beau jour, une petite maison d'édition située rue de Seine s'était manifestée. Alors que ses confrères recherchaient contenu intellectuel et grande qualité littéraire, Jean-Pierre Favre, responsable des Éditions Garamond, était tombé sous le charme de mon divertissant manuscrit riche en imbroglios tragi-comiques, qui faisait honneur au romantisme.

— J'ai soixante-trois ans, et de moins en moins de choses me font rire, m'avait-il expliqué lors de notre première entrevue, au *Café de Flore*. Votre histoire m'a fait rire, monsieur Azoulay, et c'est plus qu'on ne peut en dire de la plupart des livres actuels. On rit toujours plus rarement en prenant de l'âge, de toute façon, je peux vous le garantir.

Il s'était laissé retomber avec un profond soupir dans sa banquette en cuir, à l'étage du café où nous avions trouvé un coin calme, puis il avait levé les bras au ciel, en proie à une indignation comique à voir.

— Je me demande où sont passés tous les auteurs encore capables d'écrire des comédies dignes de ce nom ! Des textes qui aient du cœur, de l'esprit. Mais non, non ! Tout le monde veut parler du désespoir, du déclin, du grand drame. Le drame, le drame, toujours le drame ! avait-il martelé en se frappant plusieurs fois le front, dérangeant ses cheveux poivre et sel clairsemés, qu'il avait impeccablement peignés en arrière. Dépressions citadines, nourrices infanticides, visions d'horreur inspirées par Al-Qaida et compagnie...

Il avait chassé de la table quelques miettes de pain.

— Tout cela peut se justifier, certes... avait-il concédé, avant de se pencher en avant et de plonger son regard clair dans le mien. Mais je vais vous dire une chose, jeune homme : il est beaucoup plus difficile qu'on le pense d'inventer une bonne comédie. Créer un univers qui ne soit pas bourré de platitudes, qui possède la merveilleuse légèreté nous donnant le sentiment que la vie vaut la peine d'être vécue, malgré tout – le voilà, l'art véritable ! Pour ma part, j'estime être trop vieux pour lire des histoires qui vous font penser, le livre refermé, qu'il vaudrait mieux se jeter tout de suite du haut de l'immeuble le plus proche.

Il avait déchiré d'un geste impatient trois petits sachets de sucre, versé leur contenu dans son orange pressée, et remué le liquide comme un forcené. Puis, manifestement, une autre idée lui était venue.

— Tiens, le cinéma ! Prenez donc le cinéma !

Il avait marqué une pause calculée, et j'avais

attendu la suite avec curiosité. Cet homme-là était un brillant orateur, j'avais déjà pu m'en rendre compte.

— On n'y voit plus que tristesse et bizarreries prétentieuses, avait-il repris. De nos jours, tout le monde veut absolument être singulier. Mais moi, je veux rire, vous comprenez ? Je veux qu'on fasse battre mon cœur.

Il avait porté la main au gilet bleu ciel qu'il portait sous sa veste, touchant le côté gauche de sa poitrine, avant de boire une grande gorgée de jus d'orange. Soudain, une grimace juvénile avait tordu ses traits.

— Avez-vous vu ce film dans lequel un boucher japonais tombe amoureux de son cochon ? À la fin, ils se suicident tous les deux par hara-kiri ! Non mais, vraiment, qui peut imaginer ce genre de chose ? avait-il demandé en secouant la tête. Les gens sont devenus fous. Je regrette tellement Billy Wilder, Ernst Lubitsch… Des hommes de valeur ! Enfin, espérons que Woody Allen tienne le coup encore un peu. *Minuit à Paris* était formidable, non ? Voilà une œuvre qui vous enchante, vous divertit de manière intelligente, vous fait sourire. Ma femme et moi, nous sommes littéralement sortis du cinéma *sur un petit nuage*.

J'avais hoché la tête en signe d'approbation. Je connaissais le film, moi aussi.

— Je vous assure, monsieur Azoulay, la vie n'est pas très drôle ! Voilà pourquoi nous avons besoin de plus d'histoires comme la vôtre, avait-il ajouté, concluant son discours enflammé en me tendant son Montblanc pour que je signe en bas de la page. Je crois en vous.

Ce fameux rendez-vous remontait à six ans. Ma comédie romantique était devenue un best-seller et j'avais décroché un contrat pour trois romans chez Garamond, qui me garantissait une totale sécurité financière pour les années à venir, m'offrant le luxe de me consacrer entièrement à l'écriture. J'avais rencontré la rousse Hélène, qui aimait les poèmes de Heinrich Heine et chantait du Sacha Distel sous la douche. Elle était entrée dans l'enseignement, elle était tombée enceinte, elle m'avait épousé, et nous étions devenus les parents d'un petit garçon qui, comme le soulignait régulièrement Hélène, avait eu la chance d'hériter de mes cheveux blond foncé, et pas de sa tignasse couleur carotte.

La vie était aussi radieuse qu'une journée d'été ; tout ce que nous touchions paraissait se transformer en or.

Jusqu'au jour où le malheur s'était abattu sur nous.

— J'ai saigné en allant aux toilettes, m'avait confié Hélène un matin, en sortant de la salle de bains. Mais bon, ce n'est sans doute rien de grave.

Pourtant si, c'était grave. Pire que grave. J'étais l'auteur de comédies romantiques qui se vendaient bien, je gagnais ma vie ainsi. Et brusquement, des mots profondément inquiétants avaient envahi mon vocabulaire : carcinome colorectal, marqueur tumoral, cisplatine, métastases, pompe à morphine, centre de soins palliatifs.

Jean-Pierre Favre avait raison : la vie n'était pas très drôle. J'en faisais intimement l'expérience, même si les médecins se montraient confiants et qu'Hélène se battait courageusement. Au bout d'un an, la maladie semblait vaincue. C'était l'été, et nous étions partis en Bretagne avec Arthur, au bord de la mer. La vie nous paraissait plus précieuse que jamais – un véritable cadeau. Nous venions de l'échapper belle.

Hélène avait alors commencé à se plaindre de douleurs au dos.

— Je me fais vieille, avait-elle plaisanté un jour, à la plage, en nouant son paréo coloré autour de ses hanches.

Les métastases avaient envahi son corps, s'y agrippant comme autant de petits crabes, et il n'avait plus été possible de les en déloger. À la mi-octobre, c'était fini. J'avais perdu Hélène, ma femme toujours optimiste, pleine de joie de vivre, qui aimait tant rire. Et avec elle, tous les rêves que nous avions.

Elle avait laissé derrière elle notre petit garçon, mon cœur qui pesait des tonnes, une promesse à honorer et un compte en banque qui perdait peu à peu de ses couleurs. Nous étions désormais en mars, je n'avais pas écrit une seule ligne depuis un an, mon nouveau roman comptait cinquante pages en tout et pour tout… et voilà que mon éditeur se tenait en bas de mon immeuble, désireux de savoir comment évoluait la situation – chose bien compréhensible.

Tiens, la sonnerie de l'interphone venait de cesser.

Monsieur Favre, un homme d'une grande délicatesse, s'était montré extrêmement compréhensif. Il ne m'avait jamais bousculé, ces derniers mois, me laissant le temps de me ressaisir et de remettre mes idées en ordre, comme on le dit si joliment. Le temps de tout surmonter… Pas une seule fois il n'avait évoqué le roman programmé à l'origine pour la rentrée littéraire de cette année (un titre dont il avait sans doute repoussé la parution au printemps suivant, sans mot dire).

Voici deux semaines, et pas avant, il avait cherché à reprendre contact. Finie la convalescence, apparemment. Demandes prudentes de nouvelles laissées sur mon répondeur téléphonique, qui assurait la permanence jour et nuit… Lettre compatissante, se concluant par une question… Et enfin, son numéro qui s'affichait sur mon portable, encore et encore.

Je faisais le mort, et d'une certaine manière, je l'étais également. Ma créativité ? Éteinte. Ma verve humoristique ? Elle s'était muée en cynisme. Je passais d'une journée à l'autre en chancelant, jamais joignable. Mais aussi, que pouvais-je bien lui dire ? Que je ne parviendrais plus jamais à rédiger de texte exploitable ? Que les mots s'étaient taris ? Moi qui maniais l'humour, moi l'abonné des comédies, j'étais devenu un homme profondément malheureux – ironie du sort.

Qui pouvait imaginer une telle perfidie ? Dieu était un farceur sadique et j'étais perdu, sans espoir de salut.

— Le drame, le drame, toujours le drame, murmurai-je avec un sourire amer.

Je me rapprochai de la fenêtre, et me remis à scruter le trottoir. Favre avait disparu, et je soupirai de soulagement. Visiblement, il avait renoncé.

J'allumai une cigarette et regardai ma montre. Encore trois heures, puis il faudrait que j'aille chercher Arthur à la maternelle. Arthur était l'unique raison pour laquelle j'existais encore. Pour laquelle je me levais, m'habillais, allais acheter de quoi manger au supermarché. L'unique raison pour laquelle je parlais encore.

Le petit gars ne lâchait pas prise, il tenait cela de sa mère. Il me tirait par le bras pour me montrer ses constructions en Lego, grimpait dans mon lit la nuit et se blottissait contre moi, confiant. Il lançait quantité de conversations, posait mille questions, faisait des projets. Il disait : « Je veux aller voir les girafes au zoo », « Papa, tu piques », « Tu as promis de me lire une histoire ». Ou encore : « Est-ce que maman est plus légère que l'air, maintenant ? »

J'écrasai ma cigarette, et me réinstallai à mon bureau. Je fumais trop. Je buvais trop. Je me nourrissais de cachets pour l'estomac. Je sortis une nouvelle cigarette du paquet, sur lequel me narguait la photo repoussante d'un poumon de fumeur. Et allez, c'était reparti pour un tour ! Mon existence toucherait un jour à sa fin, elle aussi... mais avant cela, j'allais au moins écrire cette fichue lettre – la première de trente-trois missives adressées à une morte, aussi utiles à mes yeux qu'un cataplasme sur une jambe de bois. Désemparé, je me passai la main dans les cheveux.

— Ah, Hélène, pourquoi... Pourquoi ? chuchotai-je en fixant la photo encadrée qui trônait devant moi, sur le grand sous-main en cuir vert foncé.

Le *ding-dong* de la sonnette me fit sursauter. Effrayé, je tirai sur la chaînette de ma lampe de banquier rétro, allumée inutilement depuis le petit matin. Qui était-ce, cette fois ? Une seconde plus tard, un poing se mit à tambouriner avec énergie contre ma porte.

— Azoulay ? Azoulay, ouvrez, je sais que vous êtes là !

En effet, j'étais là, dans ma prison volontaire au troisième étage. Soudain, je nous revis quelques années plus tôt, Hélène et moi, visitant avec l'agente immobilière cet appartement ancien que nous avions finalement pu acheter grâce à un confortable apport personnel – mes premiers droits d'auteur. Un trois pièces de rêve, avait commenté l'agente ; ensoleillé, à deux pas du boulevard Saint-Germain et pourtant calme. « D'accord, mais sans ascenseur, avait objecté Hélène. Sur nos vieux jours, on va en pousser des grognements, quand il faudra se hisser en haut de toutes ces marches ! » Nous avions ri : *nos vieux jours* paraissaient encore bien lointains, à l'époque.

C'est étrange comme on se préoccupe parfois de certaines choses – et au bout du compte, tout prend une tournure radicalement différente.

Quoi qu'il en soit, Jean-Pierre Favre avait réussi à pénétrer dans l'immeuble d'une manière ou d'une autre, et il avait triomphé de l'escalier.

Sans doute avait-il demandé à un voisin de lui ouvrir… J'espérais qu'il n'ait pas sonné chez Catherine, à qui nous avions confié une clé de notre appartement – pour le cas où.

Catherine Balland était la meilleure amie de ma femme. Elle habitait un étage plus bas, avec son chat Zazie, et faisait de son mieux pour me soutenir. Cinq jours seulement avant la mort d'Hélène, elle croyait encore que tout pouvait s'arranger. Elle gardait parfois Arthur, et il lui arrivait de passer des heures à jouer avec lui au Uno (un jeu de cartes dont l'intérêt m'échappait). Elle était fort sympathique, mais Hélène lui manquait énormément, à elle aussi. Beaucoup trop pour qu'elle puisse vraiment me réconforter. Au contraire : les « Ah, Julien… » qu'elle lâchait et la tristesse émanant de ses yeux en amande, qui m'évoquaient Julie Delpy, m'étaient parfois insupportables.

Il n'aurait plus manqué que je me mette à pleurer sur son épaule…

— Azoulay ? Azoulay, ne soyez pas stupide. Je vous ai aperçu à la fenêtre, enfin ! Ouvrez ! C'est moi, Jean-Pierre Favre, votre éditeur. Vous vous rappelez ? Allez, ne me laissez pas planté bêtement sur le palier. Je veux juste vous parler. Ouvrez cette porte !

Nouveau tambourinement.

Je restais assis à mon bureau sans piper mot, plus discret qu'une souris. Pour un homme de petite taille aux mains toujours parfaitement manucurées, Favre avait une poigne étonnante.

— Vous ne pouvez pas vous terrer ici éternellement ! reprit-il d'une voix retentissante.

Si, je peux, pensai-je, buté.

Je gagnai la porte d'entrée sur la pointe des pieds, espérant entendre ses pas s'éloigner et descendre l'escalier en bois. Mais le silence régnait. Nous nous tenions peut-être là tous les deux, moi dedans, lui dehors ; retenant notre souffle et guettant le moindre bruit, oreille collée à la porte.

Je perçus alors un *scrrritch*, comme si on déchirait du papier. Quelques secondes plus tard, je vis une page de cahier apparaître sous la porte.

Azoulay ? Comment allez-vous ? S'il vous plaît, dites-moi au moins que tout va bien. Vous n'êtes pas obligé de me laisser entrer, mais je ne partirai pas tant que vous ne m'aurez pas donné signe de vie. Je me fais du souci pour vous.

Manifestement, Favre m'imaginait déjà debout sur une chaise, le nœud coulant autour du cou, comme le héros dépressif de *Pain, tulipes et comédie*, un de ses films préférés.

Je souris malgré moi et retournai à mon bureau, à pas de loup.

TOUT VA BIEN, notai-je, et je poussai la feuille de papier sous la porte.

Pourquoi ne pas m'ouvrir, alors ?

Je réfléchis un moment.

Je ne peux pas.

La réponse fusa :

Comment ça, vous ne pouvez pas ? Êtes-vous nu ? Ou ivre ? En galante compagnie, peut-être ?

Je me pris la tête entre les mains. « En galante compagnie » – seul Favre pouvait encore employer une expression aussi désuète.

Non, aucune présence féminine. J'écris.

Je renvoyai la feuille de l'autre côté, et j'attendis.

Ravi de l'apprendre, Azoulay. C'est une bonne chose que vous vous y soyez remis. Cela va vous changer les idées, vous verrez. Je ne vous dérange pas plus longtemps, dans ce cas. Écrivez donc, mon cher ami ! Et donnez de vos nouvelles. À bientôt !

Entendu. À bientôt ! Je vous ferai signe, assurai-je.

Jean-Pierre Favre s'attarda tout de même devant ma porte, indécis, puis les marches de l'escalier se mirent à craquer. Je me précipitai à la fenêtre, et le vis finalement sortir de l'immeuble, remonter le col de son imperméable, et s'éloigner dans la rue Jacob à petites enjambées énergiques, direction le boulevard Saint-Germain.

Alors, je me réinstallai à mon bureau et me mis à écrire.

Chère Hélène,

L'enterrement t'aurait plu. À me lire, on pourrait croire que c'était hier, et j'ai d'ailleurs cette impression, même si cela fait cinq mois que tu es partie. Le temps s'est arrêté depuis cette journée d'octobre où le soleil déversait des flots d'or – une météo affreusement déplacée pour un enterrement, et pourtant en harmonie avec toi, qui étais toujours si radieuse. J'espère que tu ne m'en voudras pas de ne t'écrire qu'aujourd'hui. Voici la première de trente-trois lettres vaines... Non, pardon, je ne veux pas me montrer cynique ! Tu y tenais tellement, j'ai tapé dans ta main pour sceller notre accord, et je tiendrai cette dernière promesse. Tu avais tes raisons pour agir ainsi, j'en suis certain. Même si, pour le moment, je ne sais pas exactement quelle idée tu avais en tête.

Tout est vide de sens depuis ton départ.

Mais je fais des efforts. De gros efforts. Ce jour-là, tu as dit que tu lirais mes lettres, où que tu sois. J'aimerais tant y croire... Croire que mes mots vont te parvenir, d'une manière ou d'une autre.

Le printemps arrivera bientôt, Hélène. Seulement, sans toi, le printemps ne sera pas le printemps. Dehors, les nuages défilent dans le ciel ; il pleut, puis le soleil se remet à briller. Cette année, nous n'irons pas nous promener au jardin du Luxembourg, nous ne soulèverons pas Arthur en le tenant chacun par une main pour le faire s'envoler, «À la une, à la deux, à la trooois !».

J'ai bien peur de ne pas être un père célibataire très doué. Arthur se plaint déjà que je ne ris jamais. Récemment, on a regardé ensemble un vieux Disney, Robin des Bois. *Tu sais, le dessin animé avec les renards. Et pendant la scène où Robin se sert d'un système de poulie pour subtiliser les sacs d'or du méchant prince Jean, tandis que ce dernier ronfle dans son lit, il a dit brusquement : «Papa, il faut que tu ries, c'est super drôle.» Alors, j'ai ouvert la bouche et fait comme si je riais.*

Ah, Hélène ! Je passe mon temps à faire semblant. Je fais semblant de regarder la télévision, je fais semblant de lire, je fais semblant d'écrire ; de téléphoner, de faire des courses, de manger, d'aller me promener, d'écouter. Je fais semblant de vivre.

Cette vie est devenue sacrément difficile. Je me donne du mal, tu peux me croire. J'essaie d'être fort comme tu me l'as demandé, et de continuer à avancer.

Mais le monde sans toi me paraît terriblement solitaire, Hélène. Sans toi, je suis perdu ! J'ai l'impression que je n'arrive plus à rien.

Alors voilà, l'enterrement t'aurait plu. Tout le monde a trouvé que c'était un bel enterrement. Un sacré oxymore, je sais bien, mais quand même... J'ai tout organisé comme tu le souhaitais. De cela au moins, je peux être fier.

J'ai choisi un endroit magnifique dans le cimetière de Montmartre, juste à côté d'un vieux châtaignier. Même la tombe de Heinrich Heine n'est pas trop loin, cela te plairait. Je leur avais dit à tous de ne pas venir en noir, puisque tu le voulais. Ce funeste matin d'octobre, une poignée de jours seulement après ton trente-troisième anniversaire, un âge que tu as bien failli ne pas atteindre, tout aurait été parfait s'il n'avait pas fallu te faire nos adieux. Le soleil brillait, les feuilles des arbres étaient parées de jaune et de rouge vibrants. Tout était très paisible, presque gai, et une longue procession de gens vêtus d'habits de toutes les couleurs suivait ton cercueil chargé de fleurs, comme pour se rendre à une fête. Je me demandais si quelque chose de coloré pouvait en même temps être triste. Eh bien oui.

Tout le monde est venu. Ton père, ton frère, tes tantes et cousines de Bourgogne. Ma mère et sa sœur Carole accompagnée de son mari, le vieux Paul, qui demandait toutes les cinq minutes, perturbé : « Mais qui est mort ? » Et qui oubliait aussitôt la réponse. Tous nos amis étaient présents. Même Annie, ta camarade d'enfance, avait fait le voyage depuis Honfleur. La cérémonie dans la chapelle étant terminée, elle s'est précipitée au cimetière, où nous nous tenions déjà autour de la tombe. Elle avait énormément de retard parce qu'un crétin fatigué de vivre s'était jeté devant son train, mais elle avait finalement réussi à trouver un chauffeur de taxi lui permettant de rallier Paris à une allure folle. Les roses et les lys de sa composition florale étaient tout déplumés, mais au moins, elle a réussi à être présente, cette amie fidèle.

Un grand nombre de tes collègues et les élèves de ta classe avaient fait le déplacement. Ton directeur a lu un texte chaleureux dans la chapelle, et le prêtre a très bien rempli sa mission, lui aussi. La chorale de l'école a chanté un Ave Maria *poignant de beauté. Catherine, elle, t'a rendu un hommage merveilleux, qui a beaucoup touché tout le monde. Elle était très calme, maîtresse d'elle-*

même, et j'ai admiré son attitude. Plus tard, elle m'a avoué qu'elle avait pris un calmant. Quant à moi, j'aurais été bien incapable de produire un quelconque discours, même sommaire, tu le comprends sûrement. En revanche, j'avais placé près de l'autel un grand portrait de toi – celui où tu te tiens devant cet immense champ de lavande, les mains croisées devant la poitrine, riant avec exubérance. Nos premières vacances en Provence tous les deux, tu te rappelles ? Tu as l'air tellement heureuse sur cette photo, c'est une de mes préférées, même si tu critiquais régulièrement tes yeux plissés à cause du soleil.

J'avais aussi choisi une chanson pour toi, qu'on a passée alors que nous étions tous autour de la tombe : Le Soleil de ma vie. *Tu l'as toujours été pour moi, ma chérie. Le soleil de ma vie…*

Arthur a énormément pleuré lorsqu'on a descendu ton cercueil. Il s'est cramponné à moi, puis à sa mamie. C'était terrible de te voir disparaître dans ce trou profond, de manière irrémédiable. Alexandre se tenait près de moi, tel un rocher dans la tempête. Il pressait mon bras, et il a dit : « C'est le pire moment, crois-moi. Il n'y aura pas pire que ça. »

Je me suis alors rappelé les mots de Philippe Claudel, quand il écrit qu'à la fin, on se retrouve tous à suivre des cercueils.

Debout près de ta tombe, comme pétrifié, je voyais toutes les fleurs, toutes les couronnes et leurs messages d'adieu. Je voyais mon enfant en pleurs, qui n'avait plus de mère, et ensuite je n'ai plus rien vu du tout, car les larmes m'aveuglaient. Plus tard, au restaurant, les choses sont devenues moins pénibles. Les conversations étaient animées, les gens n'hésitaient pas à se servir, et j'ai même entendu des rires. Tout le monde était soulagé que ce soit fini, et ce sentiment a fait naître une familiarité passagère et une chaleur parfois absentes de fêtes réunissant des personnes de tous horizons. J'ai moi-même bavardé et mangé un peu, remarquant soudain que j'avais très faim. Arthur allait de l'un à l'autre, et il a déclaré que tu étais en train de faire ton entrée au ciel avec toutes tes valises, parce que tu voulais être belle là-bas aussi. Il a ajouté que tu étais sûrement contente de revoir enfin ta maman (je ne suis pas persuadé qu'il ait raison sur ce point-là, je connaissais bien le caractère difficile de ta mère – j'espère simplement que vous n'allez pas continuer à vous quereller là-haut, puisqu'une paix absolue est censée y régner).

Toujours est-il qu'Arthur s'imagine que tu as maintenant quitté ton cercueil comme par enchantement et que tu « flottes au-dessus des nuages ». Il est convaincu que tu vas bien car tu es désormais un ange, et que tu as droit tous les jours à du clafoutis aux cerises, ce dessert que tu aimes tant.

Récemment, alors que je lui préparais des spaghettis avec sa sauce préférée (mélanger un peu de sauce tomate avec de la crème fraîche et faire chauffer le tout dans une casserole, même moi j'en suis capable), Arthur m'a soudain confié ce que tu lui avais expliqué : que tu allais faire un dernier voyage, un voyage très, très long. Que là où tu serais, on ne pourrait malheureusement pas t'appeler, même pas sur ton portable, parce qu'on captait très mal. « Mais tu ne dois pas t'inquiéter, papa, a-t-il ajouté, on se retrouvera tous là-bas à la fin, et en attendant, maman nous rendra visite dans nos rêves, elle me l'a dit.» Il s'est empressé de m'assurer: «Je la vois très souvent en rêve», et je me suis demandé s'il ne me racontait pas des histoires, juste pour me réconforter. Il a précisé: «On dirait un ange et elle a des cheveux très longs, maintenant.»

Hier, il voulait savoir si tu avais aussi des ailes, et si tu pouvais vraiment TOUT voir depuis le ciel. Je crois qu'il avait encore mangé du chocolat en cachette après s'être brossé les dents, et que ça le perturbait un peu.

J'aimerais pouvoir composer avec ta mort aussi bien qu'Arthur, Hélène. Il est parfois triste, et sa maman lui manque, mais il s'est accommodé bien plus vite que moi du fait que tu n'es plus ici, avec nous. Il me demande souvent ce que sa maman dirait de telle ou telle chose – je me le demande également. J'ai tellement de questions, et pas la moindre réponse, ma bien-aimée. Où es-tu à présent?

Tu me manques, tu me manques, tu me manques!

J'ai mis un point d'exclamation, mais il en faudrait mille, en réalité.

La douleur m'a rendu modeste dans mes exigences. Je me satisferais de pouvoir «t'emprunter» ne serait-ce qu'un après-midi par mois, de passer juste quelques heures avec toi ici-bas. Ne serait-ce pas merveilleux qu'une telle chose soit possible?

Au lieu de cela, je t'écris enfin. C'est déjà ça.

Je suis heureux qu'Arthur ait une mamie qui habite si près, qui peut s'occuper de lui. Maman m'aide vraiment beaucoup. Tu lui manques, à elle aussi. Elle t'a appréciée dès le début. Dès la première fois où nous sommes allés chez elle tous les deux, tu te rappelles? C'est vraiment tout le contraire d'une méchante belle-mère. Et comme toute mamie qui se respecte, elle idolâtre son petit-fils. Il la mène par le bout du nez avec son babillage ininterrompu, et elle ne peut quasiment rien lui refuser. Il y a de quoi être carrément jaloux. Je ne me souviens pas qu'elle se soit toujours montrée aussi patiente et gentille avec moi… Quand il fera plus doux, elle compte emmener Arthur passer deux semaines au bord de la mer, à Honfleur. Cela fera du bien au petit de ne plus voir sans arrêt ma triste mine.

Ce matin, Favre m'a fait la surprise de sonner à la porte (à propos, il est venu lui aussi à l'enterrement, avec sa femme Mathilde qui paraît très sympathique et chaleureuse). Naturellement, il voulait savoir où j'en étais. Misère ! Je ne sais pas si je mettrai un jour un point final à ce roman. Là, tu me dirais sûrement de me ressaisir, mais il me faut encore du temps. Le temps donne, le temps prend. Le temps guérit toutes les blessures… J'ai rarement entendu un proverbe aussi stupide. Ma blessure à moi, en tout cas, ne s'est pas encore refermée.

Je ne peux qu'espérer que tu ailles mieux, toi, mon ange ! Tiens, tu aimeras peut-être apprendre que j'ai fait tailler une stèle en marbre sur laquelle est maintenant fixée une plaque en bronze, ornée d'un ange ayant tes traits. Alexandre, notre grand esthète, connaissait un tailleur de pierre travaillant en collaboration avec un sculpteur, et celui-ci a réalisé le relief d'après une photo de toi. Le résultat est très réussi. Arthur aussi t'a reconnue tout de suite quand nous sommes allés sur ta tombe, dernièrement. Je lui ai raconté que c'est dans ce cimetière que nous nous étions rencontrés, toi et moi, devant le tombeau de Heinrich Heine. Je lui ai dit que, sans ce poète, il n'existerait peut-être pas. Il a trouvé cette idée très drôle.

Demain, j'irai à Montmartre, t'apporter ma première lettre. Pardonne-moi d'avoir autant tardé. Puisque le maléfice est rompu, la suivante se fera moins attendre. Et tu vas être surprise, car j'ai imaginé quelque chose de bien particulier pour notre correspondance… même si elle est à sens unique.

À bientôt, mon Hélène adorée, rendez-vous dans une prochaine lettre – en attendant de t'avoir « à nouveau comme jadis en mai ».

Julien

2

Chacun doit avoir un lieu où aller

Le ciel printanier m'avait mené en bateau... Le lendemain matin, alors que je sortais de la station Abbesses, une averse me surprit, dispersant tels des confettis les jeunes filles qui posaient pour une photo devant le panneau Art nouveau indiquant : *MÉTROPOLITAIN*. Elles poussèrent des cris, éclatèrent de rire et allèrent se réfugier dans un des cafés voisins, qui accueillaient déjà pas mal de monde à cette heure de la journée.

Quant à moi, je m'abritai dans l'entrée d'un immeuble, et lorsque la pluie faiblit, je pris le chemin du cimetière de Montmartre. Machinalement, je portai la main à ma poitrine, pour m'assurer de la présence de la lettre que j'avais glissée dans la poche intérieure de ma veste en cuir brun.

Curieusement, je me sentais mieux que les autres jours. Le fait d'avoir enfin écrit à Hélène me procurait un certain réconfort – sans changer grand-chose à la situation, bien entendu. L'écriture aurait-elle joué son rôle cathartique ? Quoi qu'il en soit, la nuit précédente, je ne m'étais pas réveillé à quatre heures, comme si souvent ces derniers mois. Je m'étais d'ailleurs mis à haïr le petit matin, ce moment où les pensées venaient m'oppresser comme autant de mauvais démons pesant sur mon torse; et où l'obscurité dévorait mon âme.

— Tu fais quoi aujourd'hui, papa ? m'avait demandé Arthur au petit déjeuner.

Il me fixait avec intérêt, par-dessus le bol de chocolat chaud qu'il soulevait à deux mains. Il ne posait jamais la question, habituellement. Peut-être les enfants étaient-ils bien dotés d'une espèce de « sixième sens », comme ma mère aimait à le répéter.

J'avais regardé sa bouche barbouillée de cacao, et souri.

— Je vais voir maman, ce matin, avais-je répondu.

— Oh, je peux venir ?

— Non, pas aujourd'hui, Arthur. Il faut que tu ailles à l'école.

— S'il te plaît !

— Non, mon chéri, la prochaine fois !

Ce jour-là, j'avais une mission, et rien ne devait m'en distraire.

Après avoir déposé Arthur à la maternelle – regards compatissants des institutrices : j'étais le type malheureux ayant perdu sa femme beaucoup trop tôt, à qui on ne reprochait pas de venir chercher son enfant en retard, l'après-midi –, j'avais donc pris la ligne 12 du métro, direction Montmartre. Pour moi qui habitais Saint-Germain-des-Prés, le cimetière, situé dans le nord de Paris, n'était pas la porte à côté – mais la distance avait sans doute ses avantages, sans quoi j'aurais peut-être risqué de m'y installer à demeure. De cette façon, chaque trajet effectué dans les rames qui traversaient les tunnels sombres en brinquebalant prenait des allures de voyage. Voyage au bout duquel je pénétrais dans un autre monde, vert et paisible.

Là-bas, entre les statues qui s'érodaient, les stèles affaissées où s'était déposée la patine de l'oubli, et les fleurs fraîches dont l'éclat attirait l'œil, mais qui se flétriraient aussi et finiraient par perdre leurs couleurs, le temps n'avait plus aucune importance et la terre s'arrêtait de tourner.

Ce matin-là, comme chaque fois, je ralentis instinctivement le pas en franchissant le portail. Les lieux paraissaient déserts et les nuages se reflétaient dans les flaques. Je m'engageai dans l'avenue Hector-Berlioz et adressai un signe de tête au jardinier du cimetière, qui venait en sens inverse avec son râteau. Ensuite, je tournai à droite dans l'avenue de Montebello, puis j'empruntai un chemin. Je me mis alors à chercher du regard le grand châtaignier. Bientôt, ses fleurs exhaleraient leur merveilleux parfum. Involontairement, je glissai la main dans la poche de ma veste, où se trouvait toujours la châtaigne ramassée par terre le jour de l'enterrement, et je serrai la bogue lisse, aussi réconfortante entre mes doigts que le serait une ancre.

Je jetai un coup d'œil sur ma gauche, où se dressait, à une certaine distance, derrière des buissons verts et des pierres tombales paraissant s'entremêler, le tombeau de Heinrich Heine.

Je ne me rappelais pas précisément pourquoi mes pas m'avaient entraîné au cimetière de Montmartre, à l'époque. En fait, je n'allais quasiment jamais dans le dix-huitième, un arrondissement ayant surtout les faveurs des touristes à cause de la basilique du Sacré-Cœur, de la vue sur Paris et des ruelles tortueuses qui font si joliment monter et descendre. Alexandre, mon meilleur ami, m'avait sans doute dit qu'il fallait, au moins une fois dans sa vie, visiter le cimetière de Montmartre – ne serait-ce que pour voir la sépulture d'Alphonsine Plessis, dite Marie Duplessis : la femme ayant inspiré à Alexandre Dumas fils le personnage de Marguerite Gautier, plus connue sous le nom de « Dame aux camélias », et dont il avait immortalisé l'histoire d'amour malheureuse dans son célèbre roman.

Ce fameux jour de mai, qui me paraît aujourd'hui remonter à une éternité, je flânais donc dans ce cimetière enchanteur. Évoluant entre des anges et des monuments funéraires abîmés par le temps, qui m'évoquaient de petites maisons avec leurs colonnes et leurs toits en pointe, je cherchais la tombe de la dame aux camélias... Mais je n'y parvins jamais : quelque chose avait attiré mon attention. Il s'agissait d'une crinière roux cuivré que le soleil embrasait et qui semblait flotter au-dessus des pierres tombales, tel un nuage incendié par les derniers rayons du couchant. Cette crinière appartenait à une jeune femme en robe verte qui se tenait avec recueillement devant le buste de Heinrich Heine, lisant le poème gravé sur la dalle en marbre. Elle serrait une pochette à documents contre sa poitrine, la tête un peu inclinée sur le côté, et je tombai instantanément amoureux de sa bouche rouge pleine de douceur et de son petit nez pointu, parsemé de taches de rousseur. Je m'approchai doucement, inclinai un peu la tête sur le côté, moi aussi, et lus à mi-voix les mots du poète allemand, qui avait trouvé là sa dernière demeure :

Wo wird einst des Wandermüden
Letzte Ruhestätte sein ?
Unter Palmen in dem Süden ?
Unter Linden an dem Rhein ?

Werd' ich wo in einer Wüste
Eingescharrt von fremder Hand ?
Oder ruh' ich an der Küste
Eines Meeres in dem Sand ?

Immerhin ! Mich wird umgeben
Gottes Himmel dort wie hier,
Und als Totenlampen schweben
Nachts die Sterne über mir[1].

La jeune femme se tourna vers moi, et me détailla avec curiosité. Elle était grande, presque autant que moi.

— C'est beau, non ? fit-elle.

---

1. Le dernier repos de celui que le voyage / A fatigué, où sera-t-il ? / Sous les palmiers du Sud ? / Sous les tilleuls du Rhin ?

Serai-je, quelque part dans le désert, / Enfoui par des mains étrangères ? / Ou reposerai-je sur les bords / D'une mer, dans le sable ?

Quoi qu'il en soit ! Le ciel de Dieu / M'entourera, là-bas comme ici, / Et en guise de veilleuses flotteront / La nuit au-dessus de moi les étoiles.

(Traduction de Claire Placial.)

Je hochai la tête. Pourtant, je ne pouvais pas trop juger de la beauté du texte, tant mes notions d'allemand étaient rudimentaires.

— Vous aimez aussi les poèmes d'Henri Heine ?

Elle l'appelait Henri plutôt que Heinrich, et avait également prononcé son nom à la française, avec la même tendresse que si c'était un membre de sa famille : *Henne.*

— Oh oui, beaucoup ! assurai-je.

Pur mensonge. Jusqu'alors, je n'avais pas lu grand-chose du poète.

— J'adore Henri Heine, déclara-t-elle avec ferveur. C'est un des derniers romantiques.

Elle sourit et précisa :

— Je planche sur mon mémoire de master, qui porte sur lui et traite de l'ironie romantique.

— Très intéressant.

— La vie ne l'a pas épargné, le pauvre. Il était malade, sans patrie. Il y avait de quoi devenir ironique ! Il faut bien s'inventer une échappatoire, vous ne croyez pas ? Et malgré tout, il a su composer des poèmes magnifiques.

Pensive, elle se mit à fixer le buste en marbre, et considérant à mon tour le portrait, je me dis que le visage dénotait un caractère quelque peu misanthrope.

— En tout cas, reprit-elle, je me réjouis qu'il ait trouvé sa dernière demeure ici, et pas sous les tilleuls des bords du Rhin, où personne ne le comprenait de toute façon. Ainsi, Mathilde et lui sont réunis, au moins. Il avait expressément demandé à être inhumé au cimetière de Montmartre, vous le saviez ?

— Non, mais je peux le comprendre. L'endroit est vraiment paisible.

— Oui. J'aimerais moi aussi être enterrée ici quand le moment viendra, précisa-t-elle, perdue dans ses pensées. J'aime ce cimetière.

Un oiseau gazouillait au loin, et la lumière passant entre les feuilles des arbres peignait sur le sol des cercles tremblotants.

— Peut-être, mais on ne devrait pas penser à la mort par une si belle journée, commentai-je, et je décidai de tenter une offensive. Vous n'auriez pas envie d'aller boire un café avec moi ? Je voudrais en apprendre un peu plus sur votre ami Henri Heine et l'ironie romantique.

— Tiens, tiens… Un peu plus sur moi aussi, hein ? répliqua-t-elle avec espièglerie.

Me sentant démasqué (elle avait dû me percer à jour depuis longtemps), je souris.

— Sur vous, surtout.

C'est ainsi que j'avais fait la connaissance d'Hélène. Dans un cimetière. Ensuite, nous devions souvent évoquer ce moment comme on raconte une anecdote amusante. Mais ce fameux jour de mai, tandis qu'assis à la terrasse ensoleillée du *Consulat*, jambes allongées devant nous, nous bavardions avec entrain et plaisantions, pas une seconde je n'aurais imaginé que, quelques années plus tard, je lui rendrais effectivement visite en ce même lieu.

Lorsque j'atteignis la tombe d'Hélène, j'avais les pieds trempés. Absorbé dans mes souvenirs, j'avais marché dans une flaque, où flottaient quelques mégots ramollis.

Devant l'étroite stèle en marbre clair ornée de l'ange en bronze dont le visage, de profil, portait les traits d'Hélène, il y avait un bouquet de myosotis frais. Qui l'avait déposé là ?

Je regardai autour de moi, mais ne vis personne. J'ôtai quelques feuilles de châtaignier tombées sur le lierre vert qui recouvrait la tombe, puis mon regard caressa avec mélancolie la sobre plaque de marbre rectangulaire où étaient gravés, en caractères dorés, le nom d'Hélène ainsi que ses dates de naissance et de décès. Dessous, on pouvait lire quatre lignes qui me rappelleraient toujours notre première rencontre :

Ma bien-aimée,
Viens,
Que je t'aie à nouveau
Comme jadis en mai.

Nous nous retrouverions un jour ou l'autre. Sans être particulièrement croyant, je n'avais pas de vœu plus cher. Peut-être danserions-nous alors comme deux nuages blancs dans le ciel, peut-être les racines de deux arbres se rejoindraient-elles dans une étreinte éternelle… Qui pouvait le dire ? Personne n'avait encore quitté le royaume des morts pour nous renseigner sur ce qui arrivait lorsqu'une vie s'éteignait, si bien qu'en ce domaine, la pensée humaine était finalement confrontée à l'incertitude, à l'espoir et aux conjectures. Au néant, ou à la foi dans le fait qu'un ailleurs pouvait exister, qu'il y avait quelque chose après.

— Hélène, chuchotai-je. Comment vas-tu ?

J'effleurai tendrement le visage de l'ange, et ma gorge se noua.

— Tu vois, j'ai tenu promesse. Et maintenant, regarde bien ça !

Je sortis la lettre de ma veste et me tournai encore de tous les côtés, avant de m'accroupir et de passer la main derrière la stèle, cherchant à tâtons, dans la partie inférieure, l'endroit à presser pour actionner le mécanisme… et accéder au compartiment enchâssé dans le marbre, invisible à l'œil nu. La cavité creusée dans la pierre offrait, me semblait-il, assez de place pour accueillir trente-trois lettres qui seraient à l'abri pour toujours. Le clapet s'ouvrit à la première pression. Je plaçai d'un geste vif mon enveloppe dans la cachette, et le refermai en appuyant dessus.

Personne – à part mon bel ange qui fixait un ailleurs indéfini, l'air absent, et le marbrier qui avait exécuté ma commande et que je ne croiserais sans doute plus dans cette vie –, non, personne n'apprendrait jamais l'existence du petit coffre au trésor que j'avais fait installer pour y déposer mes lettres à Hélène. J'étais très fier de cette idée, qui me permettait de glisser ma correspondance dans une boîte aux lettres secrète, un endroit bien réel.

Chacun doit avoir un lieu où aller quand il veut rendre visite à un mort, pensai-je. Ensuite, je songeai que ce désir était probablement à l'origine de tout cimetière. Bien sûr, on pouvait aussi mettre une bougie devant une photo, mais cela n'avait pas grand-chose de réel. Ce n'était pas le lieu où reposait l'être cher.

Un bruissement me fit sursauter. Je me retournai, et fouillai les environs du regard. Je vis alors un chat roux tigré bondir de derrière une stèle usée, pourchassant une feuille que le vent avait arrachée trop tôt à son arbre, et je lâchai un petit rire de soulagement. Je n'avais parlé à personne de l'étrange souhait d'Hélène, son souhait ultime, et même mon ami Alexandre n'était pas au courant pour les lettres.

Un peu plus tard, alors que je m'apprêtais à quitter le cimetière, tête baissée, je manquai heurter une femme blonde. Débouchant d'un des chemins sinueux, elle se dirigeait elle aussi vers la sortie. C'était Catherine.

— Eh, Catherine ! Mais qu'est-ce que tu fais ici ?

— La même chose que toi, je suppose, répondit-elle, gênée. Je suis allée sur la tombe d'Hélène.

— Ah, eh bien… moi aussi, expliquai-je assez lamentablement.

Embarrassés tous les deux, nous ne savions pas trop quoi dire. Croiser quelqu'un dans un cimetière, ce n'est pas du tout comme tomber sur lui dans un café, ou dans l'entrée de son immeuble – peut-être parce que chacun aimerait être seul avec sa tristesse.

— Je trouve très beau ce que tu as fait avec la pierre tombale, déclara-t-elle finalement. Vraiment. L'ange, en particulier.

J'approuvai d'un signe de tête. Et pour ajouter quelques mots, je demandai :

— Le bouquet de myosotis, c'est toi ?

Ce fut son tour de hocher la tête.

— Il restait bien quelques fleurs, mais elles étaient

déjà fichues. Je les ai enlevées. J'espère que j'ai bien fait. La pluie…

Elle n'acheva pas sa phrase, et haussa les épaules en signe d'excuse.

— Oui, bien sûr, aucun problème.

J'affichai un large sourire. Je ne voulais pas donner l'impression que j'avais le monopole de la sépulture d'Hélène. Tout le monde pouvait aller sur une tombe, les cimetières étaient là pour cela. Les morts de Montmartre ne pouvaient pas non plus s'opposer à ce que des inconnus viennent les voir, déposent des fleurs ou prennent des photos… et Catherine avait tout de même été l'amie d'Hélène.

— Tu es venu en métro ? Tu veux qu'on rentre ensemble ? Ou qu'on aille boire un café quelque part ? Je n'ai pas cours ce matin, précisa-t-elle en glissant une mèche de cheveux derrière son oreille, les yeux de nouveau voilés de tristesse.

— Une autre fois, avec plaisir. J'ai un rendez-vous. Avec Alexandre ! lançai-je vivement.

Pourtant, je ne mentais pas.

— Bon, eh bien… fit-elle, hésitante. Sinon, est-ce que… tu vas… à peu près bien ?

— À peu près bien, oui, confirmai-je brièvement.

— Tu sais que tu peux m'amener Arthur quand tu veux. Il adore jouer avec Zazie, ajouta-t-elle avant d'esquisser un sourire. On pourrait aussi dîner ensemble un de ces jours, je nous préparerais un bon petit plat. Je suis consciente que tu traverses une sale période, Julien. Comme nous tous…

Ses yeux en amande brillaient, et j'eus peur qu'elle fonde en larmes l'instant d'après.

— Je sais. Merci, Catherine. Écoute, il faut que j'y aille, maintenant. Bon, alors…

Je lui adressai un signe vague, qui pouvait signifier tout et rien à la fois, et je m'enfuis. Ce n'était pas très poli de ma part, mais je la plantai là et sentis dans mon dos son regard déçu, tandis que je sortais pour retrouver les rues animées menant à la place des Abbesses.

3

Aucun homme ne devrait rester seul trop longtemps

— Mon vieux, tu m'as l'air drôlement crevé, commenta Alexandre. Tu manges un morceau de temps en temps, ou tu te contentes de fumer ?

Je secouai la tête.

— Très réconfortant, Alexandre. C'est ce que j'apprécie tellement chez toi.

Je jetai un coup d'œil dans le miroir vénitien ancien, accroché à gauche de la porte de la boutique : mon teint était d'un gris étonnant, ma chevelure fournie et légèrement ondulée aurait mérité une petite coupe, et j'avais sous les yeux des cernes spectaculaires.

— Pourtant, ce matin, j'avais l'impression que c'était un de mes meilleurs jours, soupirai-je en me lissant les cheveux.

Depuis peu, j'avais pris l'habitude de classer mes journées en trois catégories, selon qu'elles étaient mauvaises, meilleures que d'habitude ou bonnes. Sauf qu'il n'y avait pas de bonnes journées, en fait.

— Ah, vraiment ? On ne dirait pas, en te voyant.

Alexandre tint en l'air une chevalière en or rouge pour l'examiner à contre-jour. Il eut un hochement de tête satisfait, avant de la glisser dans un sachet en velours bleu foncé et de me détailler sévèrement.

— Dis-moi… Il t'arrive de mettre autre chose que ce pull à col roulé gris ?

— Qu'est-ce que tu as contre ce pull ? C'est du cachemire !

— Peut-être, mais tu as fait un serment ou quoi ? Je ne quitterai pas ce pull tant que les trompettes de Jéricho n'auront pas retenti ? demanda-t-il en souriant, puis il haussa les sourcils. Je te vois tout le temps avec.

— N'importe quoi ! Tu ne me vois pas tous les jours.

Je me trouvais dans le magasin d'Alexandre, rue de Grenelle, et comme chaque fois que je le voyais, j'allais instantanément mieux. Alexandre était la seule personne de mon entourage qui me traitait tout à fait « normalement ». Il ne tenait pas compte de ma *situation*, et si son manque de compassion apparent me contrariait parfois un peu, je savais en même temps que sa brusquerie était juste feinte.

Alexandre Bondy est un des êtres les plus empathiques que je connaisse. Il a une âme d'artiste, des idées dingues, et un grand savoir-faire artisanal. Alexandre est mon ami, et il se couperait le bras droit pour moi, si nécessaire. Dans le temps, nous allions skier ensemble chaque hiver à Verbier ou à Val-d'Isère, et nous nous amusions comme des fous. Nous nous faisions toujours passer pour deux frères dissemblables, lui avec ses cheveux noirs et ses yeux sombres, moi avec mes cheveux blond foncé et mes yeux bleus, et nous nous donnions du « Jules » et du « Jim ». J'étais Jules naturellement, cela s'imposait, et lui Jim. Si ce n'est que, contrairement aux héros du film, nous ne sommes jamais tombés amoureux de la même femme, heureusement. Pour mon trentième anniversaire, Alexandre m'avait offert une montre avec l'inscription *Jules* au dos du boîtier. Il avait réalisé lui-même la gravure.

Alexandre est orfèvre, l'un des plus créatifs et des plus chers de Paris. Sa boutique s'appelle *L'Espace des rêveurs*, et toute femme digne de ce nom ne peut que tomber immédiatement sous le charme de ses exquis bijoux artisanaux, ornés tantôt de minuscules pierres précieuses aux tendres couleurs printanières, tantôt de grosses perles de Tahiti d'un noir brillant qui, à en juger par leur prix, sont devenues très rares. Pendentifs ronds ou carrés, en argent ou en or martelé, porteurs de vers de Rilke ou de Prévert gravés dans le métal ; cœurs de fée scintillants en quartz rose, agate ou aigue-marine, taillés en pointe et fixés sur une monture en or en forme de croix, à l'intersection sertie d'un minuscule rubis – je ne connais personne qui ait autant le souci du détail qu'Alexandre. Tous les trois mois, il fait repeindre son magasin dans une autre couleur – tantôt en gris foncé, tantôt en vert tilleul, tantôt en rouge sang de bœuf. Aux murs sont accrochés des carreaux en céramique faits main d'un blanc laiteux, au centre desquels se détachent de fines lettres manuscrites noires composant des mots tels que *Pollen*, *Chagrin d'amour*, *Royaume* ou encore *Toi et moi*.

Une personne capable de concevoir des choses

aussi ravissantes et de leur donner forme est nécessairement dotée d'une grande sensibilité, et je crois que nul ne savait aussi bien qu'Alexandre ce que j'éprouvais au plus profond de moi, en cette période douloureuse. C'était un véritable ami, mais il détestait les lieux communs, et il m'épargnait les proverbes et les poncifs bien intentionnés, du style « Le temps guérit toutes les blessures » ou « Tout finira par s'arranger ».

C'était bien le problème : rien ne s'arrangeait. J'étais inconsolable. Et si je devais un jour connaître le réconfort, eh bien, je le remarquerais moi-même.

— Je viens tout droit du cimetière, déclarai-je.

— Très bien, alors tu as sûrement faim. L'air frais aiguise toujours l'appétit.

Alexandre plaça précautionneusement le sachet en velours dans l'énorme coffre-fort gris foncé qui se dressait contre le mur du fond, referma la lourde porte en acier, et entra le code de sécurité.

Je hochai la tête, remarquant avec stupéfaction que j'avais effectivement faim. Le croissant que j'avais trempé machinalement dans mon café matinal ne m'avait pas tenu longtemps au ventre.

— Je range juste deux ou trois choses vite fait, et on pourra y aller. Gabrielle sera là d'un instant à l'autre.

Il disparut dans l'arrière-boutique, et je l'entendis remuer ses outils. Contrairement à moi, Alexandre est extrêmement ordonné. Il faut toujours que tout soit à sa place, et le désordre le rend presque malade physiquement. En l'attendant, j'allai me poster devant la porte d'entrée et allumai une cigarette, guettant l'arrivée de Gabrielle.

Gabrielle Godard, une créature élancée au teint pâle et aux cheveux foncés toujours relevés, qui ne s'habillait qu'en noir ou en blanc et rédigeait toutes les factures sur du papier vergé couleur crème, à l'aide d'une encre bleu nuit, était la souveraine secrète de *L'Espace des rêveurs.* Elle portait avec une grâce incomparable les bijoux qu'Alexandre créait et qu'elle vendait, sans être vendeuse. Elle était sa muse, mais régnait aussi, supposais-je, sur le cœur de mon ami – en tout cas, ces deux-là auraient fait un couple parfait tant leur excentricité et leur sens du style concordaient.

Gabrielle prenait son temps. J'écrasai donc ma cigarette, retournai dans le magasin et me mis à contempler les étalages des armoires-vitrines éclairées, placées devant un des murs – peints en bleu ciel, cette fois. Une bague en particulier attira mon regard. Elle faisait penser à de l'or qu'on aurait filé : des ficelles du précieux métal s'enroulaient les unes autour des autres pour former une bague imposante, digne d'une reine du Moyen Âge. Je n'avais jamais rien vu de tel. Un nouveau modèle, manifestement.

— Alors… ma bague te plaît ? demanda fièrement Alexandre qui s'était approché de moi, avant de rajuster ses lunettes noires. C'est ma toute dernière création. On peut bien entendu y faire sertir aussi des brillants ou des rubis.

— Un chef-d'œuvre ! commentai-je, admiratif. On dirait qu'elle a été filée par la fille du meunier en personne… Dommage que je n'ai plus l'utilité de ce genre de chose.

— Oui, vraiment dommage, confirma-t-il sans

ménagement. Mais au moins, ça te fait économiser un paquet d'argent : on n'obtient pas ce bijou aussi facilement que l'or de la jolie meunière.

— Ça me fait une belle consolation…

— C'est bien ce que je dis. Viens, allons manger ! Je n'ai plus envie d'attendre.

Alors que nous nous apprêtions à quitter la boutique, nous vîmes s'approcher Gabrielle, vêtue d'une robe noir de jais, la démarche si fluide qu'elle paraissait flotter. Elle nous salua avec retenue, avant de franchir le seuil d'un pas léger et de prendre son poste à l'intérieur. Peu de temps après, arrivés rue de Bourgogne, chez le traiteur préféré d'Alexandre qui accueillait pas mal de monde à ce moment de la journée, nous dégustions un coq au vin accompagné d'endives braisées, installés au comptoir. Alexandre n'avait pas eu à me persuader de commander une bouteille de merlot. Nous discutions de choses et d'autres, sans parler d'Hélène, et tandis que la bienfaisante chaleur du vin rouge se diffusait dans mon corps, la vie me parut redevenir momentanément à peu près « normale ». Écoutant ce que me racontait Alexandre, je trempais de temps en temps avec satisfaction un morceau de baguette fraîche dans la sauce parfumée.

Le plat était simple et bon.

Alexandre s'essuya la bouche avec sa serviette.

— Alors ? Ça donne quoi, l'écriture ?

— Rien du tout, répondis-je en toute sincérité.

Il émit un bruit de bouche désapprobateur.

— Il est temps que tu te secoues, Julien.

— Je n'y arrive pas. Je suis trop malheureux.

Je vidai mon verre et sentis une vague d'autoapitoiement déferler sur moi.

— Ne te mets pas à pleurer, lâcha Alexandre, mais son regard était soucieux. C'est justement quand ils se trouvaient en proie à la plus profonde des tristesses que la plupart des grands écrivains donnaient le meilleur d'eux-mêmes. Pense par exemple à… Francis Scott Fitzgerald ou à William Butler Yeats. Ou encore… à Baudelaire. Un grand malheur peut parfois déclencher un élan créatif fou.

— Mais pas dans mon cas, espèce d'idiot. Mon éditeur attend un roman follement drôle, une comédie.

Je me mis à fixer mon verre, hélas vide.

— Et alors ? Tous les bons clowns sont des êtres d'une tristesse insondable.

— Peut-être bien, mais je ne me produis pas dans un cirque où on se renverse accidentellement des seaux d'eau sur la tête, avant de glisser sur une peau de banane. Ce que je fais est un peu plus exigeant.

— Ce que tu ne fais *pas*, tu veux dire, corrigea Alexandre, avant de faire signe au serveur derrière le comptoir, un homme à la stature de géant, et de réclamer deux expressos. Et maintenant ?

— Aucune idée. Je devrais peut-être tout simplement faire une croix sur l'écriture.

— Et comment gagnerais-tu ta vie ?

— En faisant un métier qui ne nécessite pas un vocabulaire étendu, répliquai-je avec cynisme. Je pourrais très bien devenir glacier ambulant. Je m'achète une de ces machines à glace et un chariot, et puis… Vanille, fraise, chocolat…

— Géniale, ton idée. Le vendeur de glaces triste du boulevard Saint-Germain ! J'imagine déjà le spectacle. Les gens vont venir en masse, rien que pour voir ton air sinistre.

Le colosse plaça devant nous, avec ses mains gigantesques, deux minuscules tasses en porcelaine, puis il posa brusquement à côté une saupoudreuse à sucre.

— Qu'est-ce que tu veux que je fasse ? L'inspiration me fait défaut.

— Tu veux mon avis ? demanda Alexandre en remuant son café qu'il avait sucré.

— Non.

— Ce qui te manque, c'est tout simplement une femme.

— Très juste. Hélène me manque.

— Sauf qu'Hélène est morte.

— Figure-toi que je l'avais remarqué.

— Pas la peine de te mettre en rogne !

Alexandre passa son bras autour de mes épaules pour me calmer, et je me dégageai.

— Ça suffit, Alexandre. Tu n'as aucun tact.

— Pas du tout. Je suis ton ami, et j'affirme qu'il te manque une femme. Aucun homme ne devrait rester seul trop longtemps. Ce n'est pas bon, un point, c'est tout.

— Je n'ai pas choisi cette situation, d'accord ? J'étais très heureux.

— C'est bien le problème. Tu *étais* heureux. Et là, tu ne l'es pas, de toute évidence. Tu peux au moins admettre ça.

Je me pris la tête entre les mains.

— J'admets tout ce que tu veux. Et maintenant ?

— *Maintenant*… Maintenant, c'est toujours le bon moment, parce que c'est le seul moment qui vaille.

— Tu devrais t'écouter ! On croirait entendre un prédicateur, rétorquai-je sourdement.

— Je veux juste dire que tu devrais recommencer à voir du monde de temps en temps. Tu as trente-cinq ans, et tu vis en ermite depuis cinq mois… Julien ! s'exclama-t-il en me pressant l'épaule, et je relevai la tête. Le samedi après Pâques, j'organise mon exposition de printemps, et je veux que tu viennes. Tu y retrouveras peut-être l'inspiration, qui sait ? La compagnie d'autres êtres humains te fera du bien, mon cher.

Il but son expresso d'un seul trait, et sourit soudain.

— Au fait, tu sais que les jeunes veufs malheureux ont vraiment la cote auprès des femmes ? C'est à cause du syndrome de l'infirmière.

— Ça ne m'intéresse pas.

— C'est bien entendu la même chose pour les *vieux* veufs malheureux, mais uniquement s'ils sont très riches. Donc, tu devrais peut-être continuer à écrire des best-sellers, et garder cette idée de marchand de glaces pour ta prochaine vie.

— Mais arrête, Alexandre !

— Bon, je me tais, il faut que je retourne à la boutique de toute façon, précisa-t-il en jetant un coup d'œil à sa montre, qui faisait pendant à la mienne. Seulement, il faut me promettre que tu viendras.

— Je te le promets, mais à contrecœur.

— Peu importe, on ne peut pas faire uniquement ce qu'on aime bien faire.

Alexandre laissa quelques billets sur le comptoir, puis nous nous dîmes au revoir sur le trottoir.

Nous étions à deux semaines de Pâques, et ma mère prévoyait alors d'aller passer quatorze jours au bord de la mer avec Arthur. Si j'en avais envie, je pouvais donc aller voir l'exposition d'Alexandre sans me livrer à de gros efforts d'organisation. Peut-être cette sortie me changerait-elle bel et bien les idées – au moins, c'était une date à inscrire au calendrier de ma vie plutôt morne et monotone, dont les jours finissaient par se confondre et, peu ou prou, ne portaient plus que la marque d'un rythme immuable : dormir, manger, amener Arthur à la maternelle ou aller chercher Arthur à la maternelle.

J'avais vraiment l'intention de me rendre à cette exposition de printemps. Je la notai même dans mon agenda à la date du 17 avril, même si l'idée que je n'y verrais peut-être aucun visage familier me mettait mal à l'aise. Je n'étais pas particulièrement doué quand il fallait avoir un brin de conversation avec des inconnus.

Cependant, ce serait pour une raison bien différente qu'en fin de compte, je ne me rendrais pas à la soirée organisée par Alexandre. Et cet impondérable allait me plonger dans un profond trouble.

4

Arthur de la Table ronde

Ma plus que bien-aimée,

Cette nuit, Arthur a poussé la porte de notre chambre, surgissant tel un petit fantôme. Il pleurait à chaudes larmes, et Bruno, son vieil ours en peluche brun, pendait à son bras. J'ai allumé la lampe de chevet, effrayé, et bondi hors du lit. Depuis que je dors seul, j'ai le sommeil très léger. Je ne suis plus la marmotte dont tu te moquais toujours, quand tu ouvrais avec entrain les rideaux pour faire entrer le soleil.

Je me suis donc accroupi près de notre petit garçon, et je l'ai pris dans mes bras. « Mon chéri, mais qu'est-ce qu'il y a ? Tu as mal au ventre ? » Il a secoué la tête, et a continué à sangloter. Je l'ai soulevé et porté dans notre lit, avec l'ours auquel il se cramponnait. J'ai longuement caressé son visage mouillé de larmes, murmurant tous les petits noms qui me traversaient l'esprit. Mais je n'arrivais pas à le calmer. Brusquement, il a crié : « Non, laisse-moi ! Je veux maman, je veux que maman vienne », et il s'est mis à se débattre en donnant des coups de pied dans la couverture.

Je le regardais, désemparé. J'aurais pu exaucer pour lui tous les souhaits du monde, mais pas celui-là.

« Mon chéri, maman est au ciel, tu le sais bien, ai-je répondu à voix basse, le cœur serré. On doit tous les deux s'en sortir sans elle, maintenant. Mais on est ensemble, toi et moi, c'est déjà ça, hein ? Et dimanche, avec mamie, on va voir les animaux au Jardin des plantes. »

Les sanglots ont cessé un moment, avant de reprendre.

Je l'ai bercé de tendres paroles, et je l'ai imploré de me parler, avec la même conviction qu'un prêtre invoquant le Seigneur. Finalement, il m'a expliqué en hoquetant qu'il avait fait « un méchant rêve ». Et c'était vraiment un cauchemar terrible, Hélène. Qui m'a fait réaliser qu'Arthur, notre fils éveillé et gai, qui s'est apparemment si bien accommodé de la situation, et essaie (à ma grande honte) de dérider son père mélancolique, n'a pas encaissé la mort de sa maman aussi bien que je le pensais, en fin de compte. Il se peut que les enfants s'adaptent plus facilement que les adultes à une réalité nouvelle. Il faut dire qu'ils n'ont pas d'autre choix… Quand je constate l'immense naturel avec lequel Arthur parle de toi à ses petits copains de maternelle et, de façon générale, la façon dont il exprime des choses que nous taisons, nous autres adultes, je ne peux m'empêcher de penser à ce vieux film de René Clément, Jeux interdits, *que nous avons vu ensemble dans ce petit cinéma de Montmartre. La bande originale t'avait beaucoup plu, et plus tard, tu as acheté le CD de ce guitariste espagnol, Narciso Yepes, pour l'écouter encore et encore. Je me rappelle que le film nous avait tellement touchés que nous sommes restés assis durant tout le générique de fin, muets, nous tenant par la main. Je crois que nous avons été les derniers à quitter le cinéma. La petite Paulette et son ami Michel… À leur manière enfantine, par le jeu, ils font face à la mort et aux horreurs de la guerre, et s'inventent un monde possédant un ordre qui lui est propre. Je les revois volant toutes ces croix dans le cimetière, et même dans l'église, pour enterrer dans leur cimetière secret le chien de Paulette, puis tous les autres animaux morts. J'ai toujours pensé que les enfants étaient des êtres étonnants. J'admire leur imagination, la simplicité et la clarté avec lesquelles ils considèrent les choses. La manière dont ils s'adaptent dans la vie et réussissent, d'une façon ou d'une autre, à en tirer le meilleur parti. Quand perd-on cela, au juste ? Cette confiance dans la vie ?*

Le cauchemar d'Arthur se déroulait également dans un cimetière. Le simple fait d'y repenser me donne la chair de poule. Arthur m'a raconté qu'il s'était retrouvé tout seul dans le cimetière de Montmartre. Au début, nous suivions tous les deux un chemin, puis il n'a pas fait attention pendant un moment et, brusquement, j'avais disparu. Il a donc cherché ta tombe, dans l'espoir de m'y trouver. Mais il a erré dans le cimetière pendant des heures, complètement perdu au milieu des chemins et des allées, trébuchant, pleurant et criant mon nom. Et finalement, il a réussi à rejoindre ta tombe. Devant la stèle en marbre se tenait un homme en veste de cuir, et Arthur, rempli de soulagement, s'est écrié : « Papa ! Papa ! »

Mais c'est un inconnu qui s'est retourné.

« Qui cherches-tu ? » a gentiment demandé l'inconnu.

« Je cherche mon papa ! »

« Et comment s'appelle ton papa ? »

« Julien. Julien Azoulay. »

« Julien Azoulay ? a répété l'inconnu, avant de montrer la pierre tombale du doigt. Oui, il est bien là, mais il est mort depuis longtemps. »

Soudain, on ne lisait plus sur la stèle ton seul nom, mais aussi le mien, celui de sa mamie, et même ceux de Catherine et de son chat Zazie. Arthur a alors compris que tout le monde était mort et qu'il se retrouvait seul au monde.

« J'ai que quatre ans, moi, a-t-il sangloté à la fin de son récit en me regardant avec ses grands yeux d'enfant, paniqué. Quatre ans ! a-t-il répété en levant en l'air quatre doigts. Je peux pas être tout seul. »

Mon cœur s'est tordu de douleur.

« Arthur, mon chéri, c'était juste un rêve. Un mauvais rêve, mais rien de tout ça n'est vrai. Tu ne vas pas être seul, je suis là, moi. Je serai toujours là, tu entends ? Je ne t'abandonnerai jamais, jamais ! Tu peux en être sûr. »

Je l'ai pris dans mes bras, je l'ai bercé doucement, et je me suis efforcé de l'apaiser par des paroles réconfortantes, jusqu'à ce que ses sanglots se calment petit à petit.

Je me sentais moi aussi incroyablement mal à cause de ce cauchemar, et les peurs d'Arthur et son désespoir d'enfant me transperçaient le cœur. J'ai consolé notre petit garçon aussi bien que je le pouvais, mais ma conscience me travaillait énormément, et j'ai pris la ferme résolution de mieux m'occuper d'Arthur à l'avenir. Je vais lui lire des histoires, regarder des films avec lui, l'emmener manger des gaufres aux Tuileries, et nous y ferons naviguer des bateaux sur le grand bassin. Nous irons à la campagne, nous promener au bord des rivières.

En été, on fera un pique-nique au bois de Boulogne, on s'installera à l'ombre d'un arbre, on s'allongera sur une couverture et on regardera le ciel. Pour son cinquième anniversaire, je suis même prêt à prendre des billets pour Disneyland, cet affreux parc dont il parle si souvent. Quelques-uns de ses copains pourraient nous accompagner, et on dévalerait les montagnes russes à toute allure, avant d'engloutir des montagnes de frites et de la barbe à papa. Je vais essayer de moins me regarder le nombril et d'être un père plus attentif. Je vais même essayer de me remettre à écrire – même si ça ne doit être qu'une page par jour.

« Papa, je peux dormir avec toi cette nuit ? » a ensuite demandé Arthur, et j'ai répondu : « Bien sûr, mon chéri, le lit est assez grand pour nous deux. »

« Tu peux laisser la lumière allumée ? »

« Mais oui. »

Quelques minutes plus tard, il dormait. Il serrait ma main bien fort, et tenait Bruno de l'autre côté.

Sais-tu, Hélène, qu'il m'a demandé après ta mort s'il devait te donner Bruno pour ton dernier voyage ? « Maman serait moins seule », a-t-il expliqué, l'air indécis, en pressant son ours contre sa poitrine.

Le sacrifice aurait été trop gros.

« Super idée, Arthur, ai-je répondu. Mais je crois que maman ne s'intéresse pas tant que ça aux ours en peluche. Je pense que Bruno devrait rester avec toi. »

Il a eu un hochement de tête, soulagé.

« Oui, c'est vrai, a-t-il commenté, avant de réfléchir un moment. Alors, je vais lui donner le chevalier rouge… et mon épée en bois. »

C'est ainsi que son chevalier préféré et l'épée en bois

qu'il avait choisie après de longues hésitations chez Si tu veux, *ce merveilleux magasin de jouets dans la galerie Vivienne, ont atterri dans ton cercueil, ma bien-aimée. En as-tu l'utilité là où tu es maintenant ? Aucune idée. Arthur, lui, dit qu'une épée de ce genre peut toujours servir.*

J'étais donc couché près de lui cette nuit, il était trois heures du matin, et j'ai longtemps contemplé, à la lumière de la lampe de chevet, son doux visage, ses paupières ourlées de cils sombres. Il est encore si petit, on dirait un oisillon... et je me suis juré de protéger son âme vulnérable par tous les moyens. Si seulement je pouvais lui épargner tous les maux ! Je regardais notre enfant endormi, pour qui j'aurais donné ma vie, et je songeais qu'un jour, un jour pas si lointain, il grandirait, inventerait de mauvais tours avec ses amis, ramènerait un huit sur vingt en maths (s'il a hérité de mes gènes), écouterait à pleins tubes de la musique crispante dans sa chambre, dont l'accès me serait interdit, irait à son premier concert avec ses copains, ferait la bringue toute la nuit, jusqu'à ce que des bandes roses dans le ciel annoncent le lever du soleil, tomberait amoureux pour la première fois, se saoulerait à cause d'un chagrin d'amour et, éclatant en sanglots, déchirerait en mille morceaux la photo d'une jolie fille.

Il commettrait des erreurs et ferait les choses comme il faut, il serait triste puis à nouveau incroyablement heureux, et je me tiendrais aux côtés de ce fantastique petit bonhomme le plus longtemps possible. Je l'aiderais, et je le regarderais grandir ; devenir la meilleure version de lui-même.

Et un jour, ce serait lui qui se tiendrait à mes côtés.

J'ai embrassé Arthur, et soudain, j'ai été terrassé par le constat que nous nous engageons sur un terrain terriblement glissant lorsque nous nous attachons à un être vivant.

Nous sommes tous tellement fragiles… Chaque seconde de notre existence.

Je me suis rappelé le jour où nous réfléchissions au prénom qui serait le sien. Ce n'était alors qu'une forme aux contours imprécis sur les clichés d'échographie que tu tenais.

« Arthur… Ce n'est pas un peu grand pour un si petit être ? » avais-je demandé. Le nom d'Arthur me faisait inévitablement penser aux chevaliers de la Table ronde. « Pourquoi pas simplement Yves, Gilles ou Laurent ? »

Tu avais ri : « Mais Julien, il ne restera pas éternellement petit ! Avec le temps, il donnera de l'étoffe à son nom, tu verras… Arthur, ça me plaît. C'est un prénom ancien qui sonne bien. »

Arthur cela fut donc. Arthur Azoulay. Qu'adviendra-t-il de notre petit chevalier de la Table ronde ? L'avenir nous le dira. Seulement, quelle tristesse que tu ne puisses plus voir ton petit garçon grandir et faire honneur à son prénom, Hélène. Nous avions imaginé les choses autrement, n'est-ce pas ? Mais peut-être, peut-être, peut-être le vois-tu malgré tout de tes beaux yeux, qui se sont fermés pour toujours.

Je l'espère de tout cœur… Je veillerai bien sur lui, je te le promets.

Ce matin, tout était rentré dans l'ordre. Arthur était plein d'entrain, et il a petit-déjeuné avec appétit. Comme si ce cauchemar n'avait jamais existé. Les enfants oublient vite. Il n'empêche qu'il veut continuer à dormir dans « le lit de maman ». Pour que je sois moins seul, moi aussi, a-t-il expliqué. Et puis, il paraît que notre lit est beaucoup plus douillet.

Nous avons ensuite quitté l'appartement pour aller à l'école maternelle, et il a sautillé avec excitation tout le long du chemin, dans ses bottes en caoutchouc bleu à pois blancs, parce qu'il s'était souvenu que sa classe faisait une sortie au théâtre de marionnettes du parc des Buttes-Chaumont. Tu sais à quel point il aime ça.

De mon côté, je me sentais lessivé. J'ai dormi trois heures tout au plus. Je vais peut-être m'allonger un peu, plus tard dans la journée. Heureusement, je n'ai pas de grosses obligations, aujourd'hui. Il y a juste maman qui m'a invité à déjeuner chez elle. Elle a insisté. Sa sœur, cette grincheuse de Carole, sera également là, accompagnée de son mari Paul dont la démence progresse. Si bien que j'aurai sans doute droit, moi aussi, à mon théâtre de Guignol. Il faut dire que le spectacle qu'ils donnent tous les trois est vraiment absurde, et toujours très divertissant.

Après tout, pourquoi pas ? Un bon repas et une petite promenade rue de Varenne me feront du bien.

Il m'arrive parfois de penser que tout serait plus facile si j'avais un de ces métiers où l'on part au bureau le matin, pour rentrer chez soi le soir. Les jours passeraient plus vite ainsi, et je serais obligé de faire quelque chose. Moi, je dois organiser seul tout mon emploi du temps, et ce n'est pas toujours simple. Alors, c'est une bonne chose que je doive déposer Arthur tous les matins à la maternelle, sinon, qui sait quand je me lèverais…

Souvent, je me souviens de nos matins avec nostalgie ; nous prenions toujours notre premier café ensemble, dans le lit, avant que tu ailles réveiller Arthur et que tu partes à l'école. À l'époque, je n'ai pas su apprécier à leur juste valeur ces moments où tu revenais te glisser dans le lit à côté de moi, avec nos deux grandes tasses, mais il me manque aujourd'hui, ce paisible quart d'heure avec toi, avant que le jour se lève et que la vie reprenne sa course.

Ce quart d'heure, et tant d'autres encore.

Depuis ton départ, Hélène, le petit matin est devenu mon moment préféré de la journée. Je parle de ces quelques secondes précieuses avant que je me réveille totalement.

J'enfouis mon visage dans l'oreiller et j'entends, encore à moitié endormi, les bruits extérieurs qui me parviennent, étouffés. Une voiture qui passe dans la rue. Un oiseau qui gazouille. Une porte qui claque. Un rire d'enfant. Pendant un instant, tout est pour le mieux dans le meilleur des mondes.

Je cherche ta main à tâtons, je murmure : « Hélène », j'ouvre les yeux.

Alors, la réalité revient s'abattre sur moi.

Tu es partie, et mon monde ne tourne plus du tout rond.

Tu me manques, mon amour. Comment pourrais-tu un jour cesser de me manquer ?

Je continuerai à t'aimer, et tu continueras à me manquer – jusqu'à ce que je t'aie « à nouveau comme jadis en mai ».

Je t'embrasse, de cœur à cœur,

Julien

5

Confit de canard

Mes parents avaient vécu heureux ensemble. Ma mère, Clémence, était sans conteste la plus belle fille de la paisible petite ville de Plan-d'Orgon, dans le Sud. Elle avait grandi dans un hôtel de campagne, au milieu des poules et au contact des hôtes de la maison, qui y passaient leurs vacances ou y faisaient halte, pour visiter les petites villes et les villages de Provence entourés de champs de lavande – Les Baux-de-Provence et leur château campé sur un éperon rocheux, le pittoresque Roussillon et ses falaises couleur or et sang, flamboyant dans le soleil couchant, Arles avec ses fameuses arènes et ses marchés hebdomadaires animés, où l'on pouvait trouver artichauts violets, olives noires et rouleaux de tissus colorés, ou encore Fontaine-de-Vaucluse où, en se promenant le long de la Sorgue, on pouvait admirer l'eau cristalline, turquoise, de cette rivière de montagne.

Si mon père n'avait pas pris une chambre dans cet hôtel, et s'il n'avait pas succombé aux beaux yeux de la jeune femme qui allait et venait dans la salle du petit déjeuner, aussi lumineuse qu'une apparition dans sa robe fleurie aux couleurs claires, apportant aux clients café, croissants, beurre salé, fromage de chèvre, pâté de campagne et miel de lavande, Clémence serait sûrement restée là-bas et elle aurait fini par reprendre l'établissement de ses parents. Le destin en ayant décidé autrement, elle suivit à Paris Philippe Azoulay, son aîné de quinze ans, un ambitieux diplomate avec qui elle voyagea beaucoup durant les premières années de leur mariage, avant que Philippe obtienne un poste au ministère des Affaires étrangères et entre au Quai d'Orsay. Les deux époux s'étaient installés rue de Varenne et y avaient accueilli l'enfant qu'ils désiraient tant, un petit garçon – moi. Ma mère avait alors trente-quatre ans déjà, mon père presque cinquante. L'accouchement avait été difficile, si bien que je restai enfant unique.

Malgré toutes ces années passées dans la grande ville, maman a gardé un bon coup de fourchette. Elle adore cuisiner, et elle est plutôt douée en la matière. L'amour de la nature est lui aussi resté solidement ancré dans son cœur, et même si l'on ne trouve à Paris ni champs de lavande, ni prairies de fleurs sauvages abritant coquelicots et marguerites, elle apprécie de flâner aux Tuileries ou dans le bois de Boulogne, parce qu'il faut qu'elle voie « du vert ». Comme elle me l'explique régulièrement, ce spectacle l'apaise.

À une époque, elle allait souvent passer le week-end à la campagne pour rendre visite à sa sœur aînée Carole, une femme gentille bien que d'humeur souvent querelleuse, mais depuis que Paul, le mari de cette dernière, était malade, et qu'ils avaient dû emménager en ville pour bénéficier d'une meilleure prise en charge médicale, les deux sœurs se crêpaient en permanence le chignon. D'une part, parce que Paul, dans sa confusion, s'était manifestement mis à prendre ma mère pour sa femme, ce qui fournissait à une Carole déjà jalouse matière à de folles spéculations ; d'autre part, parce que la sœur aînée enviait à sa cadette le fait qu'elle aurait soi-disant eu la vie plus facile, et qu'elle n'avait pas non plus de souci à se faire après le décès de mon père. Notre résidence secondaire en Normandie, surtout, la hérissait.

Lorsque mon père était mort voici quelques années d'une pneumonie mal soignée, qui l'avait tant affaibli qu'il ne devait pas s'en remettre, il avait en effet laissé à ma mère l'appartement rue de Varenne, ainsi que cette fameuse petite maison située à Honfleur, où nous passions toujours les grandes vacances.

C'étaient des étés sans fin – c'est en tout cas l'impression que j'en ai gardée. Ils sentaient le pin et le romarin, et j'aimais cette odeur si particulière présente dans l'air, quand on descendait le chemin menant à la plage, entre buissons touffus et arbres penchés, et que les brindilles et rameaux secs craquaient doucement sous les pieds.

C'est le parfum de mon enfance, aussi gai et léger que ces étés disparus à jamais. L'Atlantique aux reflets d'argent, la soupe de poisson du soir, dans le port, le retour à la maison sur les départementales plongées dans l'obscurité, mon père au volant, discutant à voix basse avec ma mère, tandis qu'assis à l'arrière de notre vieille Renault, j'appuyais la tête contre la vitre, somnolent, empli d'un sentiment de sécurité absolue.

Je me rappelle très bien les petits déjeuners que

nous prenions tard le matin, sur la terrasse ombragée dont la pergola en bois vieilli par le temps était recouverte de glycine – maman pieds nus, chemise de nuit en batiste blanche et grand foulard jeté sur les épaules ; papa toujours correctement vêtu, chemise rayée de bleu, pantalon léger et chaussures souples en daim. Je crois qu'il ne lui serait jamais venu à l'idée de se balader en short et sandales, dans l'uniforme du touriste devenu aujourd'hui incontournable, tant il aurait jugé que cela manquait d'élégance. Il n'aurait jamais petit-déjeuné au lit non plus, même s'il lui arrivait parfois d'apporter à sa femme une tasse de café crème avant qu'elle se lève, parce que sa Clémence, en revanche, trouvait qu'il n'y avait rien de plus agréable que de boire son premier café au lit.

On peut dire que mes parents étaient très différents, à bien des égards. Cela ne les empêchait pas de beaucoup s'aimer. Le secret de leur mariage résidait dans une grande tolérance, une bonne dose d'humour et une incroyable générosité. J'aurais aimé que, tels Philémon et Baucis, ils puissent prendre congé de ce monde ensemble, à un âge avancé, et se transformer en deux arbres partageant le même tronc. Malheureusement, dans la vie, les choses ne se passent pas toujours comme on le souhaite.

Le jour où mon père ne put plus se lever pour s'installer à table, correctement vêtu, il mourut.

C'était un homme vraiment respectable.

Ce jour-là, lorsque je pénétrai dans l'appartement rue de Varenne, de bonnes odeurs de cuisson s'échappaient déjà de la cuisine.

— Mmmh, ça sent délicieusement bon !

— J'ai préparé un confit de canard, je sais que tu adores ça, déclara maman, radieuse, avant de me serrer contre elle. Mais entre, entre !

Je ne connais personne capable de vous accueillir aussi chaleureusement que maman. Elle rit, fait un pas en arrière pour vous laisser entrer, rayonnante, et vous vous sentez le bienvenu, sans réserve.

Maman ôta son tablier, le jeta négligemment sur le dossier d'une chaise et m'entraîna dans le salon. Un feu crépitait dans la cheminée, et la table ronde était dressée pour quatre.

— Installe-toi, Julien, on a un peu de temps avant que Carole et Paul arrivent.

Elle me fit asseoir à côté d'elle dans le canapé de velours vert placé dans le bow-window donnant sur la rue, me mit d'autorité un verre de crémant dans la main, et me tendit une assiette où étaient disposés des morceaux de pain grillé, tartinés d'une épaisse couche de pâté.

— Tu as encore maigri, fit-elle en m'examinant, l'air soucieux.

— Ah, maman, tu dis ça chaque fois. Si c'était vraiment le cas, j'aurais déjà disparu de la surface de la terre, me défendis-je. Je t'assure que je mange tout à fait normalement.

Elle eut un sourire indulgent.

— Et comment va Arthur ? s'enquit-elle ensuite. Est-ce qu'il se réjouit déjà de notre séjour à Honfleur ?

— Et comment ! m'exclamai-je avant de boire une gorgée du crémant bien frais, dont les bulles me chatouillèrent la langue. Il ne parle plus que de vos vacances au bord de la mer. Il faut dire qu'il n'a encore jamais vu la maison.

— Et toi ? Tu ne voudrais pas nous rejoindre pour quelques jours ? Prendre un petit bol d'air te ferait du bien, à toi aussi.

Je secouai la tête.

— Non, non, je vais essayer d'écrire. Il faut que j'avance un peu dans ce foutu roman.

Je haussai les épaules, un sourire d'excuse aux lèvres, et elle hocha juste la tête, s'abstenant avec tact de réclamer des précisions.

— Mais dimanche, tu viens bien avec nous au Jardin des plantes ? s'inquiéta-t-elle ensuite.

— Oui, bien sûr.

— Et sinon, qu'est-ce que tu fais de tes journées ?

— Ah… eh bien… Les trucs habituels, expliquai-je vaguement. Il y a Arthur, l'appartement à tenir en ordre… Louise est venue faire le ménage hier ; moi, je suis allé au cimetière, et puis j'ai déjeuné avec Alexandre. Il m'a invité à son exposition de printemps.

Je repris mon verre de crémant, et remarquai que ma main tremblait. Il fallait vraiment que je me remette à vivre plus sainement.

— Ta main tremble, releva maman.

— Oui, je n'ai pas beaucoup dormi cette nuit, Arthur a fait un cauchemar. Mais il allait de nouveau bien ce matin, me hâtai-je d'ajouter.

— Et toi ? Comment vas-tu ? Tu t'en sors ?

Elle me regardait, et je sus que cela ne servait à rien de lui jouer la comédie. On peut jouer la comédie à tout le monde, mais pas à sa propre mère.

— Ah, maman… lâchai-je.

— Mon petit… fit-elle en pressant ma main. Ça va aller mieux. Un jour. Tu es encore si jeune ! Tu te remettras à rire, toi aussi. On ne peut pas être triste toute sa vie.

— Hm.

— Tu sais à quel point j'aimais Hélène, mais quand je te vois là, dévasté, je voudrais pouvoir mettre le temps sur avance rapide, pour passer à une vie où tu pourras de nouveau être joyeux. Et dehors, quelque part, il y aura une jeune femme qui tombera amoureuse de mon Julien.

Elle sourit, et j'étais bien conscient que ses paroles partaient d'une bonne intention.

— On peut parler d'autre chose, maman ?

— Oui. La semaine prochaine, je retourne déposer dans un magasin Oxfam des choses dont je n'ai plus l'utilité. Que dirais-tu d'en profiter pour qu'on fasse un tri dans tes armoires ?

Elle avait dit *tes armoires*, mais elle parlait évidemment de l'armoire à vêtements d'Hélène.

— Je peux très bien le faire tout seul.

Je ne laisserais personne accéder à l'armoire à vêtements d'Hélène.

— Sauf que seul, tu ne le feras pas, Julien.

— Pourquoi devrais-je me débarrasser de ses affaires ? Elles ne gênent personne.

— Julien, reprit-elle en me fixant sévèrement. J'ai perdu mon mari et ça m'a rendue très malheureuse, tu le sais. Mais je peux te garantir que ça ne fait aucun bien d'entasser des souvenirs. Les souvenirs rendent sentimental, et quand on devient sentimental, on ne peut plus aller de l'avant, on vit en marche arrière. Tu te sentiras mieux quand ces vêtements auront disparu, d'autant plus que ça servira une bonne cause. Tu ne veux quand même pas transformer votre appartement en mausolée, comme ce pauvre monsieur Benoît ?

Je poussai un soupir, sentant au fond de moi qu'elle avait raison.

Monsieur Benoît avait perdu sa femme dans un accident, alors que j'allais encore à l'école. Elle traversait le boulevard Raspail sans trop faire attention – comme toute Parisienne qui se respecte, elle jugeait indigne de regarder si le feu était vert ou d'emprunter le passage pour piétons –, et elle se trouvait donc tout bonnement sur la chaussée, persuadée que tout le monde freinerait, lorsqu'une voiture l'avait percutée.

Jean, le fils de monsieur Benoît, était un de mes camarades. Après l'école, il nous arrivait parfois d'aller chez lui, parce que son père rentrait tard du travail et que nous y étions tranquilles. Je me rappelle mon trouble devant le fait que, dans la chambre à coucher parentale, située au rez-de-chaussée et donnant sur un petit jardin où nous fumerions en secret nos premières cigarettes, il ne fallait rien toucher ou déplacer. La coiffeuse de la mère de Jean, en particulier, était un territoire sacré. Tout était resté à sa place depuis le jour de l'accident : ses peignes et ses brosses, ses boucles d'oreilles, le collier de perles, le précieux flacon d'*Heure bleue* et son enivrant contenu, deux billets pour une pièce de théâtre que personne n'était allé voir. Le livre qu'elle était en train de lire attendait sur la table de chevet, les pantoufles étaient soigneusement alignées de son côté du lit, le peignoir en soie accroché à une patère argentée fixée à la porte. Et derrière les portes à lamelles de la penderie, on trouvait sûrement encore tous les vêtements de la défunte.

Toutes ces choses demeurèrent inchangées pendant des années. Monsieur Benoît y tenait beaucoup. Je me souviens bien que cela me paraissait sinistre, à l'époque, et que je parlais à ma mère de cet endroit « hanté », et du fait que le chagrin avait dû rendre fou monsieur Benoît.

Étais-je vraiment en train de prendre la même direction ? Risquais-je de devenir un endeuillé chronique comme ce vieux gardien de mausolée, ce drôle de bonhomme que tout le monde plaignait, et dont le comportement prêtait à sourire ?

— Bon, très bien, déclarai-je finalement. On va s'en occuper, pour en terminer avec ça.

Un coup de sonnette à la porte mit un terme à notre discussion, et maman alla ouvrir. C'en fut fini du calme dès que Carole et son mari pénétrèrent dans l'appartement. Ma tante aurait pu ramener des morts à la vie avec ses vociférations. Je souris en entendant sa voix forte dans le vestibule, tandis qu'elle se plaignait de la météo capricieuse et du manque d'amabilité des chauffeurs de taxi parisiens.

Peu après, nous dégustions le savoureux confit de canard que maman avait servi avec une sauce aux airelles, et accompagné d'un bourgogne rouge léger.

Même le vieux Paul paraissait apprécier le plat. Fortement voûté au-dessus de son assiette, dans son pull en laine bleu foncé, il découpait maladroitement la chair moelleuse, qui disparaissait dans sa bouche morceau après morceau. Mon oncle avait jadis été professeur de philosophie, et à l'époque, il aimait instruire ses neveux et ses trois enfants en citant Descartes, Pascal et Derrida, tandis que sa femme Carole, qui avait davantage l'esprit pratique, avait travaillé comme employée dans un cabinet comptable et tenait les cordons de la bourse. Il était vraiment affligeant que cet homme intelligent, qui attachait tant d'importance aux écrits des philosophes et dont le principe directeur avait toujours été les trois fameux mots de Descartes – *cogito, ergo sum*, « Je pense, donc je suis » –, que cet homme-là, donc, précisément, souffre depuis quelques années de démence.

Carole, il fallait au moins lui rendre cette justice, se tenait toujours aux côtés de son mari de plus en plus sujet à la confusion. Grâce au soutien solide d'une aide-soignante à domicile, une Guadeloupéenne aux yeux pleins de douceur, les deux époux n'avaient pas eu à quitter Bastille, ce quartier où, des années plus tôt, ils avaient pu trouver un assez grand appartement à des conditions plutôt avantageuses, avant que les loyers se mettent à grimper. Seule ombre au tableau, Carole avait toujours couvé d'un œil très jaloux son mari, un homme séduisant. Et elle ne supportait pas que Paul apprécie autant la compagnie de la jolie aide-soignante, avec qui il riait et plaisantait beaucoup.

Il y avait toutefois pire encore. Depuis quelque temps, Paul, victime d'une perte de mémoire croissante, semblait considérer ma mère comme son épouse légitime, ce qui suscitait chez ma tante mécontentement et suspicion. Paul avait toujours eu un faible pour sa belle-sœur Clémence, ce qui, dernièrement, avait provoqué des querelles, au plus fort desquelles Carole insinuait que sa sœur Clémence avait eu une aventure avec Paul. Accusations que maman réfutait avec véhémence, concluant par la remarque que Carole devait elle aussi être cinglée, maintenant. Il arrivait régulièrement que les conversations téléphoniques des deux sœurs s'achèvent abruptement, l'une raccrochant au nez de l'autre, à bout de nerfs. Ensuite, maman m'appelait et se plaignait de sa sœur acariâtre qui, comme souvent, avait clos la discussion par une tirade offusquée sur sa morne existence, tirade qui atteignait toujours son paroxysme lorsqu'elle reprochait à ma mère d'avoir la belle vie, par rapport à elle.

En fin de compte, tous les malheurs de ce bas monde ne résultent peut-être pas du fait que les hommes sont incapables de demeurer en repos dans une chambre, pour reprendre la formule si pertinente de Blaise Pascal… Ils sont plutôt dus à leur manie de se comparer aux autres. Tante Carole en était la plus belle illustration.

« Carole est repartie sur le sentier de la guerre, aujourd'hui », m'expliquait alors maman. Puis : « Je ne vais pas la laisser me traiter comme ça, à mon âge. J'ai soixante-dix ans, quand même. Fini ! » Ou encore : « Enfant déjà, ma sœur jouait les trouble-fêtes, et elle se sentait toujours désavantagée. » Et pour finir, sur un ton plus conciliant : « Mais bon, elle peut aussi se montrer gentille. »

Maman avait parfaitement raison. Tante Carole

pouvait *aussi* se montrer *gentille*. Quand elle était dans un bon jour, son sens de l'humour refaisait surface et elle racontait des anecdotes amusantes, tout droit venues de ce passé où elle dansait follement avec son mari jusqu'au petit matin, à en perdre ses chaussures.

Tante Carole connaissait également toutes les vieilles histoires familiales, et quand elle évoquait le temps passé, ses yeux brillaient. Une à deux semaines après la dispute, une fois que les esprits s'étaient calmés, les deux sœurs reprenaient contact, bien conscientes de ce qui les rapprochait malgré tout – des liens fraternels ! Et tenant compte du fait qu'on ne changerait plus Carole à son âge, et que vivre avec Paul n'était pas une sinécure, maman finissait par réinviter les deux époux à manger chez elle. Comme ce jour-là.

Nous en étions maintenant au dessert, une magnifique tarte au citron meringuée.

— Ce n'est quand même pas toi qui l'as faite, Clémence ? s'enquit Carole.

— Bien sûr que si, rétorqua ma mère avec indignation.

— Ah oui ? fit Carole en examinant l'onctueuse meringue surmontant la crème au citron, avant d'y planter sa fourchette à dessert et de la goûter. Elle a l'air tellement parfaite... Je croyais que tu l'avais achetée chez *Ladurée*.

— Pas la peine de sous-entendre que j'achète tout chez *Ladurée*.

Le ton s'envenimait... Je m'apprêtais déjà à intervenir, lorsque Carole fit un geste vague de la main.

— Enfin, peu importe. Elle est excellente, en tout cas.

Elle se tourna vers Paul, assis à côté d'elle, et lui cria dans l'oreille :

— Ça te plaît aussi, chéri ?

Paul leva les yeux de son assiette et réfléchit un moment.

— D-délicieux, répondit-il finalement, puis il regarda soudain maman d'un air radieux. Ma femme est une bonne cuisinière. Elle l'a toujours été.

Il enfourna avec satisfaction le dernier morceau de sa part et se mit à mâcher, de nouveau perdu dans ses pensées, sans remarquer que l'expression de Carole menaçait déjà de virer à l'orage.

La réaction de celle-ci ne se fit pas attendre.

— Mais enfin, chéri, qu'est-ce que tu racontes ? Clémence n'est pas ta femme. C'est *moi* ta femme, moi, Carole !

Il secoua la tête et rassembla quelques miettes sur son assiette.

— N-non, persista-t-il. Toi, tu es la *sœur*.

Carole fronça les sourcils. Maman rit, et s'empressa de déclarer :

— Tu nous confonds, Paul. J'étais mariée à Philippe. Toi, tu es avec Carole.

Paul regarda autour de lui, cherchant un soutien, et ses yeux s'arrêtèrent sur moi.

— Julien ! lâcha-t-il seulement, et j'opinai du chef.

— C'est juste, oncle Paul. Tu es le mari de Carole, pas celui de Clémence.

Lesdites Carole et Clémence se mirent à hocher vigoureusement la tête.

Cette protestation unanime parut irriter le vieil homme.

Il jeta sa fourchette par terre, avant de fixer les sœurs avec mauvaise humeur et de dire :

— Vous avez l'air de girafes à la noix, toutes les deux.

Le tragique revêt parfois une dimension comique. Nous nous regardions les uns les autres en nous efforçant de ne pas rire.

— Je veux dormir, maintenant, annonça alors Paul, et il essaya de se lever de sa chaise.

Carole posa la main sur son bras, un geste apaisant.

— Il peut aller s'allonger dans la chambre d'amis, proposa maman, mais Paul ne voulut rien entendre.

— Non, je veux aller dans la chambre à coucher, dans *notre* chambre ! s'obstina-t-il.

— Et que dirais-tu de t'installer sur le divan, Paul ? demanda maman. Comme ça, tu serais un peu avec nous.

— Bon, d'accord.

Carole accompagna son mari jusqu'au divan habillé d'un délicat tissu fleuri, placé contre un mur de la salle à manger, non loin de la table. Il s'y allongea avec force soupirs et gémissements, puis réclama une couverture qu'on lui apporta aussitôt. Satisfait, il ferma les yeux.

— C'est vraiment épuisant, par moments, confia Carole en se rassoyant à table. Il est devenu tellement imprévisible…

Elle nous rapporta alors que, quelques jours plus tôt, un après-midi, une voisine était venue lui rendre visite. Paul faisait la sieste et les deux femmes prenaient un café dans le salon, lorsque la porte s'était soudain ouverte : Paul se tenait dans l'embrasure, affichant un large sourire, simplement vêtu d'un caleçon. Il regardait la voisine avec curiosité, manifestement désireux qu'on lui présente la jolie brune qu'il connaissait pourtant, mais Carole, s'efforçant de faire bonne contenance, avait gentiment dit : « Paul, nous avons une invitée, tu vois ? Tu ne veux pas aller mettre un pantalon ? » À la suite de quoi Paul avait baissé les yeux, étonné, et avait répondu laconiquement qu'il portait *déjà* un pantalon.

— J'essaie de considérer les choses avec humour, commenta Carole, avant de reprendre de la tarte au citron.

Face à la maladie, ma tante n'avait encore jamais cédé au débordement d'émotion.

— Qu'est-ce que je peux faire d'autre ? Il faut dire que, la plupart du temps, il est très calme malgré tout, et nous partageons encore, même si c'est difficile à croire, de beaux moments où je retrouve un peu le Paul d'avant, précisa-t-elle, avant de secouer la tête. Mais il y a des jours où c'est vraiment affreux. Je ne sais pas trop, peut-être qu'il lui arrive de réaliser que quelque chose ne tourne pas rond, et alors, il devient brusquement insupportable. Récemment, il m'a montré son crâne en disant qu'il était détruit « là-dedans », et qu'il vaudrait mieux tout clouer pour que ça tienne.

Tante Carole soupira. Maman se leva et revint avec un plateau en argent où étaient disposées d'élégantes tasses en porcelaine de Limoges, et bientôt, tandis que nous buvions notre café, la conversation reprit une tournure plus anodine.

Soudain, tante Carole sortit de son grand sac à main une boîte en métal qui m'était très familière.

— J'ai failli oublier ! Je t'ai apporté quelque chose. Tiens ! C'est pour les nerfs, ça soigne les regards tristes, précisa-t-elle sans prendre de gants.

— Oh, c'est gentil… Merci beaucoup ! m'exclamai-je, surpris par cette petite attention.

Les calissons d'Aix, ces confiseries provençales ayant la forme de navettes, étaient mes friandises préférées. J'aimais le fondant de la pâte à base d'amandes, nappée de glace royale.

Je repensai à l'histoire que tante Carole m'avait un jour racontée à propos des calissons : ils auraient été inventés par le cuisinier du duc d'Anjou qui, peiné par le regard triste de la jolie fiancée de ce dernier, voulut la faire sourire avec cette petite douceur.

La discussion reprit, et lorsque fut abordé le fait qu'à Pâques, maman partirait à Honfleur avec Arthur, tante Carole poussa un profond soupir, et sa compassion devant notre infortune fut aussitôt reléguée à l'arrière-plan.

— Tu en as de la chance, Clémence, commenta-t-elle. Tu peux partir quand tu veux. Moi, je ne mets plus jamais un pied en dehors de Paris.

— Oh, écoute, je ne pars pas tout le temps en voyage non plus ! se défendit immédiatement maman. Mais tu es la bienvenue si tu veux nous accompagner, Carole. Pourquoi ne pas placer Paul pendant une semaine dans un centre de séjour temporaire ? Ça ne serait pas la fin du monde pour lui, et un changement de décor te ferait du bien, depuis le temps.

— Ah, je ne sais pas… hésita Carole, mais elle

secoua finalement la tête. L'idée de le mettre dans un de ces hospices ne me plaît pas trop.

— C'est vrai, ça… À l'hospice, on bat les gens, fit soudain une voix chevrotante qui s'élevait du divan, et nous nous retournâmes, étonnés.

— Mais enfin, Paul, qu'est-ce que tu racontes comme bêtises ! s'exclama Carole. Je pensais que tu dormais.

— Comment veux-tu que je dorme, vous n'arrêtez pas de jacter comme des idiots, grogna Paul avant de se redresser et de repousser brusquement sa couverture. Allez, viens ! Il faut qu'on rentre. Je veux rentrer tout de suite à la maison.

Clémence et Carole échangèrent un regard qui en disait long, et levèrent les yeux au ciel. Je décidai d'intervenir.

— Reste encore un peu, oncle Paul. Vous venez à peine d'arriver, déclarai-je en m'installant près de lui, au bout du divan. Tu aimerais peut-être boire un café, toi aussi ?

— Oui… Du c-café ! approuva Paul, puis il parut se souvenir de quelque chose et une étincelle vint animer ses yeux gris. Oh, et comment se porte mon cher petit Arthur ?

— Arthur va bien. Il est très content de partir bientôt à la mer avec sa mamie.

— À la mer… Bien, bien, murmura Paul tout en se laissant retomber dans le divan.

Ensuite, il fronça les sourcils et me fixa, l'air concentré, avant de demander d'une voix forte :

— Mais au fait, où est Hélène ? Pourquoi n'est-elle pas venue ?

Un silence embarrassé s'installa dans la pièce.

— Mais, Paul… dit finalement Carole. Hélène est morte, tu le sais.

Ces quelques mots sobres me criblèrent le corps comme autant de flèches.

— Quoi ? Déjà morte, elle aussi ? marmonna Paul qui écarquilla les yeux de surprise, puis secoua la tête, la mine déconfite. Pourquoi est-ce qu'on ne me l'a pas dit ? On ne me dit jamais rien !

Il se mit à nous regarder avec reproche, et tante Carole fit une nouvelle tentative.

— Nous étions ensemble à l'enterrement d'Hélène, tu ne te souviens pas ?

— Moi pas. Je ne suis allé à aucun enterrement, rétorqua Paul avec énergie.

— Mais si. Au mois d'octobre.

— Octobre, novembre, décembre, ânonna Paul, qui, de toute évidence, était en train de se heurter à ses limites mentales.

— Je crois qu'il vaut mieux qu'on y aille, il a une petite baisse de régime, fit doucement Carole. Tu veux bien nous appeler un taxi, Clémence ?

Maman eut un signe de tête soucieux, et elle insista pour que Carole emporte le reste de tarte au citron. Lorsque la porte se referma derrière le couple, nous échangeâmes un regard attristé.

— Eh oui… Il faut croire que tout le monde a son fardeau à porter, fit maman, avant de réfléchir quelques instants. Au moins, Hélène n'a pas souffert longtemps.

Je hochai la tête, mais cette pensée n'avait rien de réconfortant pour moi.

6

Le tri de l'armoire à vêtements

Ma chérie, toi qui me manques si cruellement,

« Au moins, Hélène n'a pas souffert longtemps », voilà ce que maman m'a dit il y a quelques jours, à la fin de ce repas chez elle. Tante Carole était là, accompagnée de Paul. Le pauvre homme est dans un état assez désolant. Il prend maman pour sa femme, et il a même demandé pourquoi tu n'étais pas venue déjeuner avec nous. Sa maladie ne fait qu'empirer, et cela dure depuis des années.

Tout est allé très vite pour toi, la fin nous a pris au dépourvu, et pourtant, nous nous y attendions. C'est vrai, tu n'as pas souffert longtemps, sous les effets de la morphine qui te plongeait dans une ultime ivresse somnambule, et qui, comme me l'assuraient les médecins, t'ôtait toute douleur. Mais que s'est-il passé dans ta tête à la fin, quelles ont été tes dernières pensées ? Je l'ignore.

Tu n'as rien dit de spécial, je n'ai pas entendu ces fameuses « dernières paroles » auxquelles on a droit dans les films, au moment du dernier soupir.

Nous étions au centre de soins palliatifs. Assis à ton

chevet, je tenais ta main, tu avais les yeux fermés et tu dormais, ou tu rêvais. C'était l'après-midi, le soleil dardait ses rayons à travers les rideaux, un oiseau chantait devant la fenêtre.

J'ai déposé un baiser sur ton front, et j'ai dit doucement : « Hélène, ma chérie, je vais aller me chercher un café. Je reviens tout de suite. » Tu as remué un peu la tête et murmuré confusément quelques mots, qui auraient pu signifier tout et son contraire. Et puis – je ne me le suis quand même pas imaginé ? –, tu as très légèrement pressé ma main.

Me faisais-tu là tes adieux ? Tes paroles, que je n'ai pas comprises, voulaient-elles dire « Prends bien soin de toi » ou « Embrasse Arthur pour moi » ?

J'aimerais tant le croire…

Lorsque je suis revenu dans ta chambre, tu étais déjà partie, mon ange, et on devinait juste ton corps frêle sous le couvre-lit crème. Ton visage paisible était pâle, et tes boucles rousses, que tu n'avais pas perdues malgré tout le poison qu'on t'avait injecté, apportaient la seule touche de couleur à tout ce blanc.

Et avant même que je réalise que c'était bel et bien fini, avant même que cette immense douleur me percute avec la violence d'un bulldozer et me laisse étourdi pendant des jours, des semaines… eh bien, l'espace d'un court instant, je me suis dit : voilà, elle l'a fait.

Il était finalement arrivé, ce moment dont la menace planait au-dessus de nos têtes depuis des semaines.

Nous nous étions tout dit, Hélène : nous avions discuté des dispositions à prendre, réaffirmé notre amour l'un pour l'autre, encore et encore – voilà au moins un sentiment agréable, qui éclaire telle une bougie la période sombre que je traverse. Trois jours avant de mourir, tu avais encore eu la force d'ouvrir les yeux, mais un voile laiteux recouvrait déjà le vert de tes iris.

«Mon bien-aimé, viens, que je t'aie à nouveau comme jadis en mai... avais-tu chuchoté, avant de me regarder soudain avec une nostalgie teintée de désespoir. Tu te rappelles, Julien... En mai... En mai...»

«Ah, Hélène, bien sûr que je me rappelle, avais-je répondu. Comment pourrais-je oublier ce jour béni à Montmartre ?»

Tu avais alors souri et poussé un léger soupir, puis tes paupières avaient frémi, avant de se refermer. Comment aurais-je pu me douter que ce court échange serait notre dernière conversation ? Que ce seraient les dernières paroles qui me resteraient de toi ?

Je ne sais toujours pas si cette phrase est tirée d'un des poèmes que tu aimais, je n'ai pas trouvé le vers. On peut aujourd'hui le lire sur ta pierre tombale, et chaque fois que mon regard se pose sur l'inscription, je me dis que nous nous reverrons un jour. Seulement, je trouve le temps si long, ma chérie !

Maman est venue hier à l'appartement, elle m'avait déjà menacé de le faire.

Elle n'a pas voulu en démordre : il fallait absolument qu'elle trie avec moi les armoires, ou plutôt ton armoire à vêtements, Hélène ! Cela faisait vraiment un drôle d'effet de voir toutes tes robes, tes vestes et tes pulls disparaître dans les grands sacs que maman avait apportés, mais aussi tes écharpes et tes foulards colorés.

On prend en main chaque habit, chaque accessoire dont il faut se séparer. Chaque fois, ce sont de petits adieux qu'on renouvelle !

En fin de compte, je suis bien content d'avoir fait ce tri avec maman. Cela facilite la tâche d'avoir quelqu'un à ses côtés, de ne pas se retrouver seul avec le passé. J'ai vu tant de souvenirs se glisser hors de cette armoire… Je regardais tes vêtements, et ils me faisaient penser à différentes occasions où tu les avais portés. Ils m'évoquaient quantité de moments, surgissant devant mes yeux à la manière d'images figées. Faisaient remonter des choses auxquelles je n'avais pas pensé depuis bien longtemps.

Finalement, l'armoire s'est retrouvée vide, et même si la vue des étagères nues m'a semblé épouvantable, je dois dire que ce spectacle m'a procuré un certain sentiment de libération.

Au fait… En faisant le tri dans ton armoire et dans les tiroirs de la commode, nous nous sommes aperçus que tu avais un nombre incroyable de vêtements rouges, Hélène, quelle audace ! Je ne connais aucune autre rousse qui aime autant porter du rouge. Ah, ma chérie ! Parfois, quand je suis assis ici à écrire, je m'attends presque à ce que la porte s'ouvre. Je te verrais alors dans l'embrasure, vêtue de ta robe rouge à petits pois blancs, et tu me regarderais en riant. J'ai conservé précieusement tes plus beaux vêtements. Je les donnerai à tante Carole pour sa cadette, Camille. Camille est aussi élancée que toi, et cela lui fera sûrement plaisir.

J'ai offert tes sacs à main à Catherine. Ainsi que la bague en argent avec l'aigue-marine, que tu avais achetée aux puces de Saint-Ouen. Il y a quelques semaines, elle m'avait en effet demandé si elle pourrait avoir un objet personnel t'ayant appartenu, en souvenir. Elle est ravie, et le bijou ne la quitte plus ; quant à tes sacs, elle va en prendre grand soin, c'est ce qu'elle m'a assuré avant de me serrer brusquement très fort contre elle.

J'avoue que Catherine m'effraie un peu. Elle est très émotive, elle a la larme facile, et je ne sais pas trop comment réagir face à cela. Souvent, je me sens encore plus abattu, ensuite. Mais je ne veux pas me montrer injuste. Il n'est pas facile non plus de perdre une grande amie, c'est évident. Vous passiez beaucoup de temps ensemble, Catherine et toi. Tu te rappelles ? Tous ces soirs d'été où tu descendais chez elle « vite fait », et où je vous entendais ensuite parler et rire toute la soirée sur le balcon… Les femmes ont toujours tant de choses à se raconter ! Cela ne cessera jamais de m'étonner.

Arthur, lui, aime bien aller chez Catherine. Elle a vraiment une patience infinie. Ils jouent aux cartes pendant des heures, ou alors elle lui lit un conte de son gros recueil, une de ces histoires dans lesquelles, finalement, les héros vivent heureux jusqu'à la fin des temps. Si seulement c'était vrai !

Samedi dernier, ils ont préparé des crêpes tous les deux, et ils m'ont invité à venir les goûter. C'était un bel après-midi. Arthur avait le visage cramoisi et il était tout excité, parce qu'il avait réussi, avec l'aide de Catherine, à faire sauter une crêpe. Il était fier comme un pape.

Catherine a raconté à ton propos quelques histoires que je ne connaissais absolument pas, et je dois dire que nous avons beaucoup ri. Est-il vrai qu'un soir, éméchée, tu as erré avec elle dans le dixième arrondissement, cherchant ta voiture, que tu ne risquais pas de trouver parce que la police l'avait fait mettre à la fourrière depuis longtemps ? Tu ne m'en as jamais parlé. Y a-t-il d'autres secrets ?

J'aime bien Catherine, mais le fait que vous ayez eu des liens si étroits me complique les choses. Après tout, c'était ton amie, pas la mienne. Elle se soucie beaucoup d'Arthur et de moi. Je sens qu'elle voudrait faire naître entre nous une certaine complicité, peut-être analogue à celle que vous aviez, et cette tentative de rapprochement me met un peu mal à l'aise. Devant ce comportement, je me demande parfois si tu ne lui aurais pas demandé de s'occuper de nous. Bien que tu ne sois plus là, Hélène, il me semble reconnaître partout ton empreinte.

Figure-toi qu'en vérifiant le contenu de tes sacs à main avant de les donner à Catherine, j'ai trouvé une enveloppe. Il n'y avait rien d'intéressant dans la plupart d'entre eux – deux tickets d'un film vu au Studio 28, une note de restaurant, un peigne, quelques pièces de monnaie, un chewing-gum encore emballé, quatre clichés de Photomaton sur lesquels vous faites les pitres, Arthur et toi. Et soudain, dans ta pochette de soirée, cette enveloppe rose tendre portant mon prénom.

Cela ne m'évoquait rien, et mon cœur s'est mis à cogner dans ma poitrine tandis que je sortais la feuille manuscrite et que je la dépliais. J'y ai trouvé un poème de Heine, quelques vers courts d'une grande suavité. Alors, je me suis rappelé que j'avais trouvé ce billet doux sur mon bureau, après la première fois où tu étais venue chez moi. Nous ne nous étions même pas encore embrassés à l'époque, et pourtant, tout s'était déjà passé. Ce petit poème rempli de promesses m'avait fait danser avec exubérance dans la pièce, et m'avait rendu aussi heureux qu'il m'attriste aujourd'hui. Et cependant… si tu savais à quel point je me suis réjoui de ce signe venant de toi !

Le Retour

Toute la nuit nous avons roulé seuls
Dans l'obscure voiture de poste.
Nous avons reposé cœur contre cœur ;
Nous avons plaisanté et ri.

Mais quand parut le petit jour,
Enfant, nous fûmes bien étonnés.
Entre nous deux était assis l'amour,
Voyageur aveugle.

Je me demande comment ce petit mot est arrivé dans ta pochette de soirée. Peut-être l'y avais-tu glissé à mon intention pour un jour comme celui-ci, un jour où je ferais le tri dans ton armoire.

Je t'embrasse tendrement, mon aimée, plein de gratitude pour ces bienfaits, ces jours merveilleusement insouciants qui sont maintenant à des années-lumière… même s'ils me paraissent encore à portée de main. Ah, si seulement je pouvais t'avoir à nouveau, « comme jadis en mai » !

Julien

7

La femme dans l'arbre

Le jeudi avant Pâques, je fis la connaissance de Sophie. Arthur n'avait pas école cet après-midi-là, et il voulait absolument retourner avec moi au cimetière, parce que le lendemain, il partait en vacances avec sa mamie.

Nous avions mangé un morceau à midi, puis préparé son petit sac de voyage, si bien qu'il était déjà plus de seize heures lorsque nous franchîmes le portail d'entrée. Arthur tenait fièrement une rose que nous avions achetée ensemble, avec une composition pascale, dans une petite boutique de fleuriste proche de la place des Abbesses.

Le trajet en métro l'avait rempli de joie et il chantonnait à voix basse, alors que mon cœur se serrait et que l'abattement me gagnait, au fur et à mesure que nous nous approchions de la tombe d'Hélène.

Il soufflait une douce brise qui faisait frémir les feuilles du vieux châtaignier, et le soleil dessinait des ronds de lumière vacillante sur le chemin. Arthur déposa sa rose, et tandis que je me mettais à nettoyer un peu la tombe, je lui donnai un pot de marguerites flétries à jeter au compost, non loin – un cube fait de planches entre lesquelles s'entassaient d'autres fleurs et couronnes fanées.

Hélène ne pouvait pas se plaindre d'avoir peu de visites. Chaque fois que je venais sur sa tombe, j'y découvrais fleurs fraîches ou arrangements floraux.

Lorsque Arthur s'éloigna en sautillant, je sortis prestement la lettre de ma poche, ouvris le compartiment secret et glissai l'enveloppe dedans. J'y avais écrit *Pour Hélène*, comme sur les autres, avant de dessiner un *3* entouré d'un cercle pour ne pas perdre le compte des lettres déjà écrites. Il n'y en avait pas tant que cela pour l'instant, et même si les écrire me procurait un réconfort inattendu, ma vie était encore bien loin de prendre le tournant positif qu'Hélène m'avait fait entrevoir. Pour être honnête, je me sentais quasiment seul au monde – quand le soir arrivait et que je tournais en rond dans l'appartement, paumé, mais aussi et surtout, quand je marchais dans les rues de Saint-Germain-des-Prés, où le printemps avait fait son apparition depuis peu. Les jours où le soleil brillait, les gens s'installaient déjà aux terrasses des cafés, tout le monde bavardait et riait, tout le monde me semblait terriblement gai. La vie paraissait renouer avec ses prémices, et j'étais le seul à me débattre contre un destin injuste. Un seul être vous manque, et vous vous sentez soudain entouré de figurants, écrivait en substance je ne sais plus quel auteur (Jean Giraudoux ?), et il n'y avait rien à ajouter.

Je restai donc un bon moment devant la tombe, plongé dans un dialogue silencieux avec mon bel ange, pendant qu'Arthur poursuivait un papillon multicolore.

— Papa ! s'écria-t-il soudain. Il a des ailes magnifiques, non ?

Seulement, je ne prêtai pas attention à ses paroles. Je dois avouer, à ma grande honte, que je ne me préoccupais absolument pas de mon fils, et lorsque je me retournai finalement pour partir, il avait disparu.

— Arthur ? lançai-je avant de faire quelques pas sur le chemin étroit, dans un sens puis dans l'autre, cherchant des yeux son blouson bleu. Arthur ?

Je fouillai les buissons du regard, longeai quelques tombes et allai jusqu'au tas de compost, dans l'espoir de l'y trouver, mais j'avais beau pivoter dans toutes les directions, les lieux étaient déserts. Brusquement, je repensai au cauchemar d'Arthur, celui dans lequel il m'avait perdu au cimetière, et la peur vint broyer mon cœur telle une main de glace.

L'endroit était vaste, et Arthur n'était qu'un petit garçon.

— Ce n'est pas possible, murmurai-je avec nervosité.

Je me mis à courir entre les tombes en criant son nom, de plus en plus fort.

Se serait-il caché pour me faire une farce ? Pouvait-il, à tout instant, bondir de derrière une stèle en éclatant de rire ?

— Arthur, ce n'est pas drôle. Où es-tu ?

Ma voix prenait un ton de plus en plus hystérique, je m'en rendais bien compte. Je m'étais mis à parcourir tous les chemins méthodiquement, tournant la tête à gauche et à droite, à l'affût de sa petite silhouette en blouson bleu, mais je ne la voyais nulle part.

Un nuage passa devant le soleil, et soudain, le cimetière prit l'allure d'un sinistre royaume des ombres, dans lequel les statues pouvaient à tout moment s'animer. J'accélérai l'allure, passant d'un pas précipité devant les figures de pierre qui semblaient me suivre de leur regard aveugle, devant tous les morts qui reposaient là pour l'éternité. Une seule chose comptait : retrouver mon fils, que j'avais perdu de manière impardonnable.

Alors, enfin, je l'aperçus, à une certaine distance.

Il se tenait devant un immense tilleul, tête renversée en arrière, et paraissait discuter avec l'arbre.

Mais que fabriquait-il ? Je m'arrêtai net, stupéfait. Je me remettais en route, soulagé de l'avoir retrouvé, lorsque j'entendis un éclat de rire argentin qui semblait sortir tout droit de l'arbre.

Je m'approchai, scrutant le feuillage, et entendis Arthur dire :

— … mais l'ange de maman est le plus beau d'ici.

Un rire espiègle tomba en cascade des branches.

Avec qui diable parlait-il ? Y avait-il une femme dans l'arbre ?

— Arthur ! Mais qu'est-ce que tu fais ici ? Tu ne peux pas te sauver comme ça ! Tu m'as fichu une de ces frousses ! m'exclamai-je en posant une main sur son épaule.

Il se retourna et me sourit.

— C'est Sophie, papa ! m'informa-t-il simplement, avant de lever de nouveau le nez en l'air.

Je suivis son regard, et c'est alors que je la vis moi aussi.

Derrière les branches se dressait un mur sur lequel une jeune femme se tenait à califourchon. Elle était aussi menue qu'un lutin, portait une salopette foncée, et ses cheveux noirs étaient négligemment rassemblés sous une petite casquette. Je l'aurais prise pour un garçon si elle ne m'avait pas fixé avec curiosité de ses immenses yeux sombres.

— Bonjour… lâchai-je en faisant un pas en avant.

Le délicat visage en forme de cœur s'anima d'un sourire.

— Bonjour ! répondit-elle. C'est votre fils, alors ?

— Oui. Je l'ai cherché partout, ajoutai-je sur un ton teinté d'un léger reproche.

— Désolée, fit-elle. Je l'ai vu aller et venir seul dans le cimetière, alors je l'ai hélé, et on s'est mis à discuter.

— Et que faites-vous là-haut ? m'étonnai-je.

— Elle répare les anges, papa, m'expliqua Arthur. Mais je lui ai déjà dit que le nôtre est encore en un seul morceau.

J'eus un petit rire embarrassé.

— Bon, bon, repris-je. Eh bien, en tout cas, merci de vous être occupée de mon fils. Qui sait où il serait allé s'égarer, sinon. On ne peut pas dire que le cimetière soit petit…

— Je sais, confirma-t-elle. Je travaille ici.

Elle changea de position et se mit à remuer les jambes, comme si elle se trouvait sur une balançoire et pas sur un mur.

— Êtes-vous sculptrice ? demandai-je, la nuque déjà raide à force de regarder en l'air.

— Pas vraiment, répondit-elle. Attendez, je vous rejoins.

Elle disparut derrière le branchage du tilleul et descendit à une échelle appuyée contre le mur. Elle ignora les trois derniers barreaux, sauta, et atterrit au sol avec la souplesse d'un chat.

— Sophie Claudel, se présenta-t-elle.

Me regardant par-dessous la visière de sa casquette foncée qui avait un peu glissé en arrière, un couvre-chef qui lui allait bien au visage et m'évoquait un petit ramoneur, elle me tendit la main. Elle avait la poigne étonnamment ferme pour une personne aussi petite.

— Vous êtes donc bien sculptrice, conclus-je en souriant.

— Oh que non ! répliqua-t-elle avec aplomb. Je ne suis pas une grande artiste comme la fameuse Camille Claudel, et je n'ai aucun lien de parenté avec elle. Juste au cas où ce serait la question suivante.

— Que faites-vous, alors ?

— Je suis tailleuse de pierre. Je restaure les statues, les monuments funéraires, et tout ce qui est en pierre. On nous a confié une importante commande ici, précisa-t-elle en embrassant le cimetière d'un geste ample. Certaines statues ont désespérément besoin de retrouver un nez, des bras, des ailes…

Elle mit les poings sur les hanches et eut un large sourire, avant d'ajouter :

— La pierre aussi s'abîme au bout d'un moment, et même le marbre ne dure pas éternellement.

— Qu'est-ce qui dure éternellement, de toute façon ? demandai-je.

— Aucune idée. Les belles phrases ? Votre fils m'a dit que vous écriviez des livres. C'est vrai que vous êtes un écrivain célèbre ?

De nouveau ce regard. Bon sang, je me demandais ce qu'Arthur avait bien pu raconter d'autre à ce lutin tout de noir vêtu…

— Eh bien… Je dirais plutôt un auteur de romans divertissants, rectifiai-je. De mon côté, je ne suis pas tout à fait Paul Claudel.

— Et vous êtes ?

— Oh, pardon ! Julien. Julien Azoulay. Mais vous ne ratez rien si vous ne connaissez pas mon nom.

— Vous vous présentez toujours sous un jour aussi favorable ?

Je ne répondis rien, décontenancé.

— Papa, on peut lui montrer notre ange, maintenant ? se plaignit Arthur, qui commençait visiblement à s'ennuyer. Viens, Sophie !

Il se mit à la tirer par la main.

— Bon, très bien, fit le lutin avec amusement, et je passai devant pour montrer le chemin.

Peu après, mademoiselle Claudel effleurait de la main l'ange en bronze, avec des hochements de tête appréciateurs.

— Du très beau travail, commenta-t-elle, avant d'examiner la pierre tombale avec l'œil du professionnel. Le marbre aussi est de bonne qualité, il vous donnera longtemps satisfaction.

Nous nous tenions tous les trois devant la tombe

d'Hélène, que le soleil de cette fin d'après-midi baignait de lumière. Le regard de Sophie s'arrêta sur l'inscription dorée, et elle se mit à entortiller, un peu gênée, une mèche de cheveux qui s'était échappée de sa casquette.

— Je suis désolée, lâcha-t-elle finalement. Je ne me doutais pas que… Je veux dire, ça ne fait pas longtemps que…

— Oui, dis-je vivement.

Elle secoua la tête, l'air touché.

— Un accident ?

— Non. Ma femme a eu un cancer.

— Oh.

— Tout est allé très vite.

Elle se tut un moment.

— Et… ce poème ? demanda-t-elle ensuite. « Ma bien-aimée, viens, que je t'aie à nouveau comme jadis en mai. » On dirait presque que…

— On dirait presque que quoi ?

— Ça fait penser à de la nostalgie un peu morbide, non ?

— Quel mal y aurait-il à vouloir être à ses côtés ? demandai-je amèrement. Ma vie est derrière moi, pour ainsi dire.

— Vous n'avez pas le droit de *penser* ce genre de chose, monsieur ! s'exclama-t-elle en me considérant avec consternation, puis son regard se durcit. Vous avez un petit garçon.

— Je sais.

— S'apitoyer sur son propre sort n'est pas une solution.

— Je sais.

Je serrai les lèvres, respirai profondément et fermai un moment les yeux.

Lorsque je les rouvris, Sophie Claudel se tenait devant moi avec un drôle de sourire.

— Je vais ranger mes outils, et puis on ira tous les trois dans mon bistrot préféré, déclara-t-elle. Je voudrais vous dire deux ou trois choses, monsieur Azoulay, à propos des vivants et des morts.

Je crois que si Arthur ne s'était pas évanoui dans la nature, ce fameux après-midi d'avril, pour pourchasser deux ailes de toutes les couleurs, j'aurais sûrement décliné la proposition de cette Sophie (même si elle paraissait ne souffrir aucune contradiction). Mais j'étais empli d'un soulagement sans bornes, follement heureux d'avoir retrouvé Arthur sain et sauf, lequel s'était manifestement fait une amie, si bien que nous suivîmes la tailleuse de pierre à travers le cimetière. Elle s'arrêtait régulièrement pour nous signaler des tombes, délabrées ou présentant des éléments décoratifs particulièrement beaux ; pour nous expliquer la façon dont un stuc ou un relief avaient été travaillés… Finalement, elle attira notre attention sur une statue en bronze du dix-neuvième siècle, une œuvre très impressionnante baptisée *La Douleur*, qui se trouvait un peu à l'écart, dans le haut du cimetière, après un escalier en pierre.

Le personnage éploré – une jeune femme aux longs cheveux et aux lèvres entrouvertes, qui avait pris une patine vert-de-gris avec les années – était assis, le haut du corps incliné en arrière, devant une immense pierre tombale. Je me figeai, frappé par l'expression de douleur qui lui donnait l'air si vivant.

— J'aime tout particulièrement cette figure funéraire, confia Sophie.

— Qui est-ce ? l'interrogeai-je. Quelqu'un de connu ?

— Non. Une mère qui pleurait la perte de son fils a fait exécuter cette statue il y a bien longtemps.

Nous reprîmes notre chemin, et elle fit une dernière halte non loin de la sortie, pour déposer sa boîte à outils dans une petite remise.

Peu de temps après, nous étions installés chez *L'Artiste*, un minuscule bistrot à la façade en bois laqué de rouge, rue Gabrielle, un peu à l'écart de l'animation du quartier. C'était un lieu accueillant, pas beaucoup plus grand qu'une salle à manger, avec des petites tables aux nappes rouges et des murs tapissés d'affiches Belle Époque, ainsi que de cartes postales rétros très colorées. Sur le mur du fond, au-dessus d'une banquette en cuir rouge élimée, était accrochée une immense toile sur laquelle on pouvait voir des chats avec des verres de vin et des lunettes de soleil, festoyant sous les arbres comme dans un tableau de Renoir — un spectacle qui avait fait pousser à Arthur un cri d'enthousiasme. Quant à Sophie, elle avait été saluée, dès son entrée dans la salle, par l'homme barbu qui se tenait derrière le comptoir et qu'elle avait embrassé sur les joues.

Nous nous étions assis à une des tables en bois près de la fenêtre. Arthur paraissait content qu'il se passe quelque chose, pour une fois. Il faut dire que nous ne mangions quasiment jamais au restaurant, lui et moi. Il balançait les jambes d'avant en arrière en explorant des yeux, avec curiosité, le bistrot bien rempli. Au moment de commander, il voulut les lasagnes à la bolognaise, tandis que Sophie demandait une cuisse de poulet, et moi le bœuf bourguignon fait maison.

Sophie héla ensuite le barbu derrière son comptoir, qui revint peu après avec une carafe d'eau et deux verres de vin rouge.

— Comment va Gustave ? s'enquit-il en faisant un clin d'œil à Sophie, avant de poser les boissons devant nous.

Elle rit et leva les yeux au ciel.

— La grippe l'avait rendu très sage, répondit-elle. Mais je l'ai bien soigné, et maintenant, il recommence à être vilain et à vouloir jouer au petit chef.

Le barbu eut un ricanement.

— Ouais… Moi, je dis que celui qui te mènera à la baguette n'est pas encore né, commenta-t-il, puis il repartit.

Je réprimai un sourire. Gustave était manifestement le petit ami du lutin aux manières de garçon manqué, et j'avais moi aussi le plus grand mal à imaginer cette jeune femme se soumettant d'une manière ou d'une autre.

Sophie leva son verre devant ses grands yeux sombres qui scintillaient.

— À la vie ! fit-elle, et comme je ne réagissais pas immédiatement, elle lâcha : Ben quoi ?!

Nous trinquâmes, et je me sentis à la fois bien et irréel en quelque sorte, tandis que je l'écoutais expliquer à Arthur pourquoi on utilisait un « ciseau » pour travailler la pierre, et comment on reconstituait le nez cassé d'une statue, avant de le fixer de l'intérieur avec un « goujon », une sorte de tige en métal, pour qu'il tienne mieux. Après quoi Sophie se tourna de nouveau vers moi. Elle manifestait de l'intérêt, elle était pleine de spontanéité, elle mangeait avec grand appétit, elle me posait mille questions et pointait sa fourchette vers moi quand elle formulait une pensée.

Une chose était sûre : voilà fort longtemps que je n'avais pas passé une soirée aussi étrange. Plus étrange encore, j'allais m'épancher auprès de cette inconnue au rire insouciant. Je n'aurais jamais cru la chose possible, mais je lui parlai d'Hélène, de ma solitude, du mal que j'avais à me concentrer sur mon travail.

Nous étions assis là, comme au cœur d'un cocon, et j'avais l'impression que les cartes étaient redistribuées. Il est parfois plus facile de parler à un inconnu qu'à des personnes qui vous connaissent bien et savent tout de vous – ou pensent tout savoir de vous.

De mon côté, je ne savais rien de cette jeune femme aux cheveux noirs, qui « réparait » les anges et peut-être aussi les cœurs brisés – si ce n'était qu'elle exerçait un métier manuel très inhabituel pour lequel il fallait aujourd'hui étudier aux Beaux-Arts, et qu'elle était plus âgée que je le supposais. Cet après-midi-là, lorsque je l'avais vue juchée sur ce mur, je lui avais donné dix-huit ans, mais elle en avait vingt-neuf.

— Et vous, alors ? l'interrogeai-je lorsque le serveur vint débarrasser les assiettes. Est-ce que ce n'est pas terriblement déprimant de travailler dans un cimetière ? Comment pouvez-vous rester aussi gaie en faisant ce métier ? Vous êtes sans arrêt confrontée à ce *memento mori*… Il y a de quoi vous rendre complètement morose, à la longue.

Sophie secoua la tête.

— Mais non, au contraire. Je profite de la vie chaque jour, peut-être *parce que* j'ai pleinement conscience que le temps ici-bas nous est compté. Nous ne sommes que de passage, monsieur Azoulay, tout peut s'arrêter à n'importe quel moment, alors… savourez le jour présent. Savourez *chaque* jour, répéta-t-elle en m'adressant un regard qui en disait long.

— Ah, cette vieille maxime du *carpe diem*… commentai-je avec une moue.

— Exactement. Elle est vieille, mais pas moins juste pour autant.

— Je n'ai pas peur du dernier jour.

— Eh bien, vous devriez, monsieur Azoulay. Vous finirez bien par devenir vieux et par avoir les cheveux blancs, vos os usés vous feront souffrir, vous aurez du mal à lire, vous ne comprendrez plus que la moitié de ce qu'on vous dira. Vous vous déplacerez courbé, en traînant les pieds, vous aurez toujours froid, et vous serez fatigué de la vie que vous aurez vécue. À ce moment-là, vous pourrez mourir et rejoindre votre femme dans la tombe, pas de problème. Mais pas maintenant.

Son regard se posa sur Arthur, qui couvrait son set de table de dessins au stylo à bille, une glace à la fraise posée devant lui.

— Fantastique, ça promet ! ironisai-je.

— Non, vraiment, je suis sérieuse.

Elle avait pris la même expression sévère qu'au cimetière. J'allais probablement avoir droit au discours sur les vivants et les morts qu'elle m'avait promis.

— Écoutez, Julien ! Je peux vous appeler Julien, non ? Après un événement aussi terrible, on est forcément abattu pendant un temps. C'est tout à fait normal. Mais il y a aussi un moment où il faut arrêter de pleurer la mort de sa femme. Porter le deuil, c'est une forme d'amour qui ne fait qu'alimenter le malheur, vous ne le saviez pas ?

Je la fixais, muet.

— Alors ? Vous *voulez* être malheureux, ou quoi ? demanda-t-elle impatiemment.

— Ce n'est pas quelque chose qu'on choisit ! répliquai-je avec une certaine brusquerie.

— Oh que si !

— Qu'est-ce que vous en savez ?

Je vis surgir le visage d'Hélène, et repoussai brusquement ma serviette.

— J'en sais plus sur le sujet que vous le croyez, assura Sophie en me regardant avec attention. Par exemple, je sais que vous venez de penser à votre femme.

Je baissai la tête.

— Bon, Julien, voilà comment je vois les choses, commença-t-elle prudemment. Les morts devraient toujours occuper une pièce dans nos souvenirs. Nous pouvons aller les voir là-bas, mais il est important de les laisser dans cette pièce et de refermer la porte derrière nous en repartant.

Au moment de nous dire au revoir devant le bistrot, elle me souhaita bonne continuation.

— On se reverra sûrement au cimetière, j'y serai

occupée tout l'été. Et n'oubliez pas ce que je vous ai dit.

Elle s'adressa ensuite à Arthur qui me donnait la main, somnolent :

— Au revoir, mon grand. Et amuse-toi bien avec ta mamie ! Allez, bonne nuit !

Elle s'éloigna dans sa salopette foncée et ses tennis souples, et se retourna brièvement pour un dernier signe de la main, avant de prendre une ruelle montant vers la Butte.

— Elle est gentille, dit Arthur avant de bâiller. Presque aussi gentille que Catherine.

Je souris.

— Oh, j'en connais un qui est drôlement fatigué…

— Je suis pas fatigué, protesta-t-il faiblement.

Je resserrai mes doigts autour de sa petite main, et décidai que nous allions rentrer à la maison en taxi. Il se faisait tard.

Levant les yeux, je vis la lune perdue dans le ciel, au-dessus de Montmartre. Il n'y avait qu'un demi-disque, et je me demandai si notre bon vieil astre regrettait autant que moi sa moitié.

8

Les caprices du baromètre

À Paris comme partout ailleurs, le mois d'avril est une période de l'année capricieuse. Les deux semaines qui suivirent, mon humeur devait se révéler tout aussi changeante que la météo.

Après avoir accompagné ce vendredi-là Arthur et maman à la gare, où ils avaient pris un train pour la côte atlantique, je me retrouvai seul pour la première fois depuis la mort d'Hélène. Je veux dire, *vraiment* seul. Je rentrai dans un appartement qui me parut plus vide que vide, ramassai quelques Playmobil d'Arthur éparpillés sur le parquet du salon, et brusquement, je ne sus plus quoi penser : devais-je me sentir soulagé d'être au calme et de pouvoir organiser mes journées librement, ou abandonné et dépossédé de la dernière chose qui structurait ma vie, lui donnait encore un sens ? Je cédai un moment à la panique, et j'envisageais déjà d'appeler maman et de lui annoncer que finalement, j'allais les rejoindre à la mer, lorsqu'on sonna à la porte.

Cette fois, ce n'était pas mon éditeur qui voulait savoir comment avançait mon roman. En ouvrant, je découvris sur le palier Catherine qui me proposait d'aller manger un petit quelque chose *Au 35*.

L'homme est un être soucieux de ses propres intérêts, il doit s'agir d'une sorte d'instinct de survie, et j'avoue que la voir devant ma porte me procura un certain soulagement. Mon réfrigérateur était vide et je n'avais pas spécialement envie d'aller faire des courses au supermarché ; alors, pour notre plus grande surprise à tous les deux, j'acceptai aussitôt et remis ma veste.

Au 35 est un petit restaurant judicieusement situé au numéro 35 de la rue Jacob, à quelques pas de notre immeuble. J'y allais de temps en temps. La carte était restreinte, et les plats avaient très bon goût, quand on appréciait la cuisine végétarienne comme Catherine, qui avait renoncé depuis quelque temps à la viande car elle trouvait que cela lui réussissait mieux.

Ce jour-là, tout m'allait, et je choisis une salade de chèvre chaud. Tout en mangeant ses boulettes de quinoa au sésame, Catherine voulut savoir si Arthur était bien parti en vacances.

— Après-demain, je vais moi-même passer quelques jours au Havre chez mes parents, m'annonça-t-elle ensuite.

Je commentai l'information d'un « C'est bien ! » et songeai qu'apparemment, tout le monde aurait déserté l'immeuble durant la semaine de Pâques. À l'exception peut-être de madame Grenouille, qui vivait seule dans le petit deux pièces en face de l'appartement de Catherine. Nous l'avions baptisée « le croque-mitaine », Hélène et moi, parce qu'elle se plaignait toujours qu'Arthur ne rangeait pas convenablement sa petite trottinette dans le hall d'entrée, et elle nous reprochait, le regard hostile, de mal l'éduquer, affirmant qu'il était bruyant, chantait et faisait rebondir sa balle dans la cage d'escalier.

— Écoutez ! J'ai moi-même élevé trois enfants, fulminait-elle quand Hélène osait la contredire. Eh bien, ils ont tous les trois de meilleures manières que les gosses d'aujourd'hui.

Elle devait tout de même avoir raté quelque chose dans leur éducation, car jamais je n'avais croisé dans l'immeuble un de ses enfants parfaits.

— Dis, tu crois que tu pourrais passer t'occuper de Zazie ? Enfin, seulement si ça ne te dérange pas, je peux demander à quelqu'un d'autre, sinon… fit alors Catherine, interrompant mes pensées.

Zazie ? Ah oui, Zazie !

Chaque fois que Catherine parlait de son chat, ce félin noir aux pattes blanches dont Arthur était gaga, je repensais au film *Zazie dans le métro.*

— Mais oui ! Je suis là, pas de problème, assurai-je. Je garde la boutique.

J'aurais mieux fait de me taire…

— Oh, mon pauvre ! J'espère que tu ne te sens pas trop isolé, quand même, ajouta aussitôt Catherine en se remettant à me fixer avec ses yeux de chien battu. C'est vrai que, maintenant qu'Arthur est parti, tu te retrouves tout seul.

Elle pencha la tête de côté, et fit une moue compatissante. Je redressai alors le buste, alerté par son attitude.

— Oh, pour être honnête, je suis très content d'avoir un peu de calme, me hâtai-je d'indiquer pour écarter le danger. Il faut que j'écrive.

J'avais prononcé cette dernière phrase si souvent, ces derniers temps, que je commençais presque à y croire moi-même. Mon ton devait être convaincant, car Catherine appuya son menton dans sa main et me regarda avec intérêt.

— À propos, de quoi va parler ton livre ? s'enquit-elle.

Je m'empressai de la renseigner, heureux de quitter le dangereux sentier des états d'âme.

Mon nouveau roman mettait en scène le responsable d'une petite maison d'édition. L'homme garde tant bien que mal la tête hors de l'eau en s'impliquant beaucoup – on ne peut pas dire que le secteur du livre soit prospère –, sa situation financière pèse sur son couple qui est menacé, mais un jour, par hasard, un événement totalement dingue se produit. À la suite d'un providentiel enchaînement de circonstances du plus haut comique, un roman qu'il a lui-même publié est confondu avec une œuvre littéraire portant le même titre – et, chose inespérée, ledit roman est nominé pour le prix Goncourt. Subitement, le titre est en rupture de stock, il faut le réimprimer dans les plus brefs délais, tout le monde veut l'avoir, les éditeurs étrangers s'arrachent les droits de traduction lors d'enchères qui atteignent des montants insensés, les membres du jury jugent que le livre, « d'une simplicité rafraîchissante », « s'inspire avec une grande inventivité du langage familier », une actrice indienne pleine aux as veut qu'on en fasse une adaptation Bollywood dans laquelle elle tiendra le rôle principal, les choses échappent à tout contrôle, et les personnes responsables de cette confusion lourde de conséquences ont tellement honte qu'elles n'osent pas avouer la vérité. À la fin de l'histoire, le fameux éditeur, un homme pourtant très peu sportif, se met à danser la nuit dans son petit jardin, au clair de lune, en cachette. Ivre de joie.

C'était d'ailleurs ainsi que devait s'appeler mon nouveau roman (au moins, j'avais le titre) : *L'éditeur danse la nuit au clair de lune.*

Catherine m'avait écouté attentivement d'un bout à l'autre. Lorsque je me tus, elle me livra son impression :

— Eh bien ! Très alléchant, tout ça. Je suis sûre que ce livre va être *génial.*

Elle accompagna ces mots d'un sourire encourageant. Je souris à mon tour, enchanté. Mon regard tomba sur la tunique bleu translucide qu'elle portait au-dessus de son jean, et je me fis la réflexion que le vêtement mettait en valeur la couleur de ses yeux.

— Il y a juste le titre que je trouve un peu... drôle, poursuivit Catherine.

— C'est précisément censé être un roman un peu drôle, répliquai-je du tac au tac.

Bon sang ! Le titre, c'était encore ce qu'il y avait de mieux dans ce stupide bouquin.

Jean-Pierre Favre s'était tapé sur les cuisses de contentement, le jour où je le lui avais proposé.

— Très cocasse, mon cher Julien, chapeau ! Je communique tout de suite l'information au graphiste, il doit justement se mettre aux premières ébauches de couvertures.

À l'époque, nous étions encore deux à croire que le roman, écrit avec verve et esprit, irait rejoindre mes autres best-sellers en deux coups de cuillère à pot.

Je soupirai intérieurement, et remarquai que Catherine se mettait à plisser les yeux.

— J'imagine que ça doit être dur. Je veux dire... écrire quelque chose de comique après... après tout ce qui s'est passé, reprit-elle d'une voix saccadée.

Elle était certainement animée de bonnes intentions, mais elle avait le don rare de remuer le couteau dans la plaie avec ses jolis doigts.

— Tu sais, Julien, tu peux m'appeler n'importe quand sur mon portable, ajouta-t-elle. Si tu as le cafard par exemple, ou si tu n'arrives pas à avancer dans ton livre.

Quand les poules auront des dents, pensai-je, avant de réclamer l'addition.

— Bien sûr, répondis-je avec un sourire.

La première semaine des vacances de Pâques, j'écrivis effectivement beaucoup. Je m'installais le matin devant l'ordinateur, je buvais café noir sur café noir, je fumais, et mes doigts couraient sur le clavier, tapant des inepties, des phrases dénuées d'intérêt. Le soir venu, j'effaçais tout.

Une façon comme une autre de s'occuper, sans avancer pour autant.

En revanche, je ne déchirais pas mes lettres à Hélène.

Je lui parlais de mes difficultés devant la page blanche. D'Arthur, si heureux à la mer avec sa mamie. De ma mère, que sa sœur Carole avait finalement rejointe pour quelques jours dans la maison de Honfleur, sa fille Camille s'étant déclarée prête à s'occuper de son père malade. De cette même Camille, tombée récemment amoureuse, et qui était ravie de porter la robe rouge à petits pois blancs qui lui avait appartenu. Je lui parlais aussi d'Alexandre qui, très occupé à préparer son exposition de printemps, était malgré tout passé spontanément un soir, pour s'assurer que tout allait bien. De Zazie, à qui je donnais à manger, et qui se roulait de joie sur le tapis chaque fois que j'ouvrais la porte de l'appartement de Catherine.

J'écrivais désormais à Hélène quasiment tous les jours, des lettres sans fard, un peu comme d'autres remplissent les pages de leur journal intime. Cela me faisait du bien, et les enveloppes allaient s'entasser dans le compartiment secret de la pierre tombale. Je me sentais très près d'Hélène, j'avais l'impression qu'elle existait encore quelque part. Et le fait est qu'elle existait encore quelque part.

J'évoquai aussi un jour la femme juchée sur le mur dont nous avions fait la connaissance au cimetière, Arthur et moi, racontant que j'avais d'abord pensé qu'Arthur discutait avec un arbre. Et je me surpris fréquemment à chercher Sophie du regard, malgré moi, quand je me rendais au cimetière de Montmartre.

La première fois, je ne la vis nulle part, mais cela s'expliquait sans doute par le fait que c'était le dimanche de Pâques et qu'elle avait mieux à faire que de restaurer des anges et des stèles. Ce jour-là, je découvris à nouveau sur la tombe d'Hélène un bouquet de myosotis, que Catherine avait dû déposer avant de partir en congé. La fois suivante, il pleuvait, et je ne croisai pas la fille du cimetière. Mais la troisième fois, je remarquai au loin une silhouette gracile, salopette et casquette. Accroupie sur le toit d'un monument funéraire dégradé, dans la tiédeur du soleil, elle frottait la pierre poreuse avec une brosse métallique.

Elle m'aperçut et m'adressa un signe de la main.

— Tiens, l'écrivain, fit-elle lorsque j'arrivai à son niveau.

— Tiens, la tailleuse de pierre, fis-je à mon tour. Alors, vous revoilà ?

— Je ne travaille pas quand il pleut.

Elle descendit de son toit, et s'essuya les mains sur sa salopette.

— Et vous ? Encore au cimetière ? Je croyais que vous vouliez écrire.

— J'essaie de le faire.

— Et comment va mon petit copain ?

— Arthur ? Il se porte à merveille. Ça lui fait du bien de ne plus être à Paris. Il court sur la plage, il saute dans les vagues, il ramasse des coquillages. Il y a longtemps qu'il n'a pas été aussi joyeux, d'après ma mère.

— Une promenade au bord de la mer, c'est la meilleure des thérapies, déclara Sophie, et je souris parce qu'elle avait toujours un adage en réserve. Je ne serais pas contre des vacances à la mer, moi aussi.

Ses grands yeux se perdirent un moment, rêveurs, dans le feuillage des arbres qu'une brise faisait ondoyer.

— Mais bon, j'ai vraiment beaucoup à faire pour l'instant, et on ne peut se mettre à l'ouvrage que si la météo le permet, reprit-elle. Un soleil trop ardent nuit à certains produits, et quand il gèle, on ne peut pas utiliser d'agents de conservation.

Voyant qu'elle s'apprêtait à remonter sur le toit de la petite chapelle familiale, je me hâtai de demander :

— Qui vous passe commande, au fait ? La ville ?

— Parfois la ville, quand il s'agit de vieilles sépultures classées aux monuments historiques, qu'il faut préserver. Mais souvent, ce sont tout simplement des particuliers – les descendants de gens connus qui reposent ici. Vous seriez surpris si je vous donnais des noms.

Nous discutâmes encore un moment, puis elle remonta sur son toit, et je quittai le cimetière. Je décidai de me balader un peu et m'éloignai, l'allure tranquille ; passant notamment devant le petit bistrot de Sophie, puis montant la rue des Saules, bordée de vignes – vestiges d'une époque où Montmartre n'était encore qu'un village sur une colline. Sur le chemin du retour, mes pas m'entraînèrent finalement jusqu'au *Consulat*, ce restaurant où, bien des années plus tôt, j'avais pris le soleil en terrasse avec Hélène.

Les journées rallongeaient, le temps se réchauffait. Même madame Grenouille, oubliant sa haine du genre humain, me salua très aimablement (toutes proportions gardées) le jour où nous nous croisâmes sur le palier, devant l'appartement de Catherine. Elle savait déjà que sa voisine était absente et que je prenais soin de son chat. Je descendais deux fois par jour pour m'occuper de Zazie qui miaulait derrière la porte dès qu'elle m'entendait, et s'enroulait autour de mes jambes, tout excitée, quand je mettais de la pâtée dans son écuelle et que je déposais de l'eau fraîche à côté.

Cependant, mes visites au cimetière et les causeries

avec Sophie, qui me changeaient momentanément les idées, constituaient sans aucun doute le moment fort de ces journées monotones. Je tenais le coup tant que je trouvais matière à diversion ; même s'il arrivait parfois qu'un désespoir extrême s'abatte sur moi la nuit, même si une tristesse profonde s'emparait régulièrement de moi, imprévisible.

Ce pouvait être un couple dans la rue, se tenant avec insouciance par la main et éclatant de rire, ou une chanson à la radio – et aussitôt, la douleur familière refaisait son apparition. Un jour, j'appris aux informations la mort d'un illustre acteur de la Comédie-Française, et les larmes me montèrent aux yeux. Pourtant, je n'allais presque jamais au théâtre, et je connaissais encore moins l'homme personnellement. Seulement, je traversais une période où même la vue d'un croissant solitaire dans ma corbeille à pain pouvait me déprimer au plus haut point.

Le beau temps attirait les touristes dans le cimetière de Montmartre, et cela aussi me déplaisait. Un après-midi, devant le tombeau de Heine, je tombai sur un groupe de collégiens anglais qui piaillaient et faisaient selfie sur selfie. Je faillis intervenir, et me retins finalement de crier : « *Shut your fucking mouth ! This is a cemetery*[1]. » Un autre jour, je vis un couple d'inconnus devant la tombe d'Hélène. Se tenant bras dessus, bras dessous, ils contemplaient l'ange en bronze, l'air pensif. « Quel beau visage », fit l'homme, et avant qu'ils s'éloignent, poursuivant leur flânerie, j'entendis la femme dire : « Et ce poème, il est d'une tristesse ! Je

---

1. Taisez-vous bon sang ! Vous êtes dans un cimetière.

me demande quelle histoire peut bien se cacher derrière… Elle était encore très jeune. »

Il fut un temps, quand je ne me sentais pas encore concerné par la mort, où il m'arrivait de me promener dans les cimetières, moi aussi. Je lisais les inscriptions sur les sépultures, et j'imaginais les destinées que pouvaient révéler les deux dates délimitant une vie. Ici reposait un enfant qui n'avait jamais pu grandir et tomber amoureux ; là, un homme qui avait rejoint sa femme dans la tombe au bout de trois mois seulement. Ces histoires me touchaient et me laissaient songeur sur le moment, certes, mais je les abandonnais dès que je quittais les lieux pour retrouver le ballet de la vie. Or, désormais, je ne connaissais plus la sérénité, comme un récit sans début ni fin.

Trois jours avant qu'Arthur rentre de vacances, je croisai encore Sophie. Elle était en train de rassembler ses outils, sur le point de partir. Mais, remarquant probablement à mon attitude que je me sentais paumé cet après-midi-là, elle me gronda de venir trop souvent, puis me proposa d'aller boire un café.

J'acceptai avec gratitude.

— Bon, sérieusement… Vous pouvez m'expliquer ce que vous fabriquez tout le temps au cimetière, Julien ? demanda-t-elle un peu plus tard, alors que nous venions de nous installer à la terrasse des *Deux Moulins*, rue Lepic.

Elle me transperçait du regard, et je rougis. Je pouvais difficilement lui parler de mes lettres à Hélène – des lettres dans lesquelles je la mentionnais, d'ailleurs.

— Vous ne venez quand même pas pour moi, hein ? plaisanta-t-elle en me menaçant du doigt.

— J'aimerais pouvoir dire que c'est le cas... Il n'empêche, ça me fait toujours plaisir de vous voir, Sophie, déclarai-je avec honnêteté.

— Ah, quand même.

Elle eut une grimace moqueuse, puis pointa sa cuillère à café vers moi.

— On peut se tutoyer ? Je vais te dire un truc, Julien, tous ces allers et retours au cimetière ne te font pas de bien. C'est du temps perdu, des moments de ta vie que tu pourrais mieux employer, et puis, ça ne va pas ressusciter Hélène.

Sa façon désinvolte de parler rendait tout plus simple, en quelque sorte.

— Eh bien... Il faut que je vérifie de temps en temps que tout est en ordre, expliquai-je. J'apporte des fleurs, ce genre de choses.

— Oui, oui, fit-elle simplement.

Devant son sourire qui en disait long, je me sentis percé à jour, d'une certaine manière. Soudain, elle enleva sa petite casquette d'un mouvement vif de la main, secoua ses cheveux mi-longs et tendit son visage au soleil. Surpris, je fixai les flots d'un noir profond qui ruisselaient maintenant autour de son visage.

— Tes bouquets, offre-les aux vivants : sur les tombes, ils fleurissent pour rien, lâcha Sophie sur un ton docte.

— Mais où vas-tu chercher toutes ces maximes ? demandai-je.

— Je les tiens de ma grand-mère, précisa-t-elle

crânement. C'était une femme sage… exactement comme moi.

— Alors, merci de me faire profiter de ta sagesse, Sophie.

— Tu peux me remercier, c'est vrai. Sans moi, tu serais complètement à l'ouest.

Je serais volontiers resté assis là encore un moment, diverti par l'animation qui régnait dans la rue et par l'amusante conversation de Sophie, qui me faisait tant de bien, mais son téléphone portable sonna. Elle décrocha, rit et dit : « Tu veux que je rapporte une baguette ? », puis : « Oui… moi aussi. À tout de suite ! »

Ensuite, elle se tourna vers moi et s'exclama :

— Il faut que j'y aille !

Je n'avais pas envie de rentrer chez moi tout de suite. Je pris bien le métro direction Saint-Germain-des-Prés, mais pour me promener sans but dans le quartier. En descendant la rue Bonaparte, je décidai d'entrer chez *Assouline*. J'y feuilletai quelques beaux livres et envisageai d'acheter un porte-documents orné de différentes lettres de l'alphabet, estampées dans le cuir, mais je renonçai à l'idée en voyant le prix. Je repartis et finalement, rue de Seine, je m'installai à *La Palette*, histoire de grignoter pour le dîner.

Le serveur m'apportait mon verre de vin rouge, lorsque je remarquai un homme portant des lunettes rondes aux verres cerclés d'or, qui, assis à l'autre bout du bistrot, sous une grande peinture à l'huile, était en train de replier soigneusement son journal.

Le reconnaissant aussitôt, je me hâtai de disparaître derrière la carte du restaurant, mais c'était trop tard.

— Ah, Azoulay, mon cher ami ! s'exclamait déjà Jean-Pierre Favre.

Il gagna ma table à petits pas énergiques, et tira une chaise pour s'asseoir.

— Quelle belle surprise ! Puis-je vous tenir compagnie un moment ?

Je hochai la tête, mal à l'aise, et tentai de sourire.

— Ravi de voir qu'il vous arrive de quitter votre appartement, poursuivit-il en me faisant un clin d'œil. J'avais peur que vous vous barricadiez chez vous.

Depuis l'échange muet qui s'était tenu de part et d'autre de ma porte, voici quelques semaines, nous n'avions pas eu le moindre contact.

— Comment allez-vous ? Je pensais justement à vous hier, et j'ai failli vous appeler. Nous avons trouvé la couverture parfaite pour le roman.

Je feignis l'enthousiasme. « Le roman », c'était *mon* roman.

— Maintenant, il ne reste plus qu'à achever l'œuvre ! plaisanta mon éditeur en remontant ses lunettes, qui avaient la fâcheuse tendance de glisser toutes les trois minutes sur l'arête étroite de son nez. J'espère que vous avancez bien dans l'écriture ?

— Oh oui, très bien, mentis-je avec intrépidité, et j'avalai une généreuse gorgée de vin. J'ai écrit cinquante pages de plus. Eh oui, une fois qu'on s'y met…

— C'est ce que j'ai toujours dit ! s'écria Favre en martelant la table, l'air réjoui. Il faut tout simplement *commencer*, c'est là tout le secret.

Il fit signe au serveur et commanda lui aussi un

verre de vin rouge. Manifestement, maintenant qu'il avait réussi à mettre la main sur son auteur, il n'avait pas l'intention de le lâcher de sitôt.

Il jongla à mi-voix avec quelques chiffres, quelques dates, puis son visage s'éclaira de satisfaction.

— Cela veut dire, en toute logique, que nous pouvons programmer le livre pour le printemps. Bravo, Azoulay ! Je suis fier de vous ! C'est vraiment formidable, commenta-t-il, enchanté. Vous avez réussi à franchir le cap, hein ? J'ai toujours été persuadé que vous finiriez par y arriver.

Je hochai la tête sans dire un mot, et repris une gorgée de vin.

— *L'éditeur danse la nuit au clair de lune…* Nous allons faire un tabac ! J'ai du flair pour ce genre de chose. Le tiroir-caisse va se remplir, mon cher ami ! lança-t-il, et il battit des mains.

Son enthousiasme me laissait sans voix.

Comment avoir le cœur d'anéantir tous ses espoirs ?

J'avais besoin d'une cigarette de toute urgence, mais il aurait fallu pour cela que je sorte. Alors, je finis mon verre d'un trait, et le fixai avec détermination.

— À vrai dire… me lançai-je.

— À vrai dire quoi ? fit Jean-Pierre Favre en écho, et une lueur inquiète apparut dans ses yeux.

Je me passai la main dans les cheveux.

— Je ne suis pas tout à fait sûr que ce que j'écris soit réellement bon, déclarai-je sur un ton contrit, taisant le fait peu glorieux qu'en réalité, je n'avais pas pondu une seule ligne.

— Oh, la chose ne va pas sans un peu de trac, assura Favre, en balayant mes réserves d'un geste magnanime de la main. Voilà précisément ce que je trouve si sympathique chez vous, Azoulay : vous continuez à douter. De la sorte, vous conservez votre sens critique. Votre texte n'en sera que meilleur.

— Peut-être bien, mais je me dis parfois que ce que j'écris n'a aucun intérêt, et je me demande qui va bien vouloir me lire de son plein gré, soupirai-je. Il arrivera un jour où mes livres n'auront plus qu'un seul lecteur : moi.

— Taratata ! Arrêtez avec vos bêtises, Azoulay ! Vous voulez que je vous apprenne quelque chose ? Vous êtes *incapable* d'écrire mal. C'est votre éditeur qui vous le dit, conclut-il en me décochant un regard triomphant.

Sur ces paroles pleines de promesses, Jean-Pierre Favre se leva et me tapota l'épaule.

— Ne vous inquiétez pas, Julien, vous allez y arriver. Le livre est pour ainsi dire fini, non ? Et vous viendrez aussi à bout des dernières pages.

Je le regardai s'éloigner, régler son addition et quitter *La Palette*, la mine enjouée. Je ne pouvais pas être aussi péremptoire que lui… Et il faudrait bien que je lui dise la vérité un jour. Pendant combien de temps encore faudrait-il que je le fasse attendre ?

Je me mis à piquer machinalement dans ma quiche lorraine avec ma fourchette, abattu, sans me douter qu'il se passerait, dès le lendemain, un événement qui aurait donné à tout bon écrivain matière à noircir, sans peine, des pages et des pages.

9

Tu veux bien me prendre dans tes bras ?

Le lendemain matin, rien n'avait changé. Je me levai, bus mon café assis à la petite table ronde, devant la porte-fenêtre donnant sur le balcon, et jetai un coup d'œil dans le journal. Rien n'avait changé, sauf que le téléphone sonnait sans interruption.

Bon, j'exagère un peu – mais ce matin-là, je reçus effectivement un nombre de coups de fil plutôt impressionnant par rapport à un samedi habituel.

J'eus d'abord maman, qui me demanda si je voyais un inconvénient à ce qu'Arthur et elle restent à Honfleur quelques jours de plus que prévu : il faisait un temps vraiment agréable, et le week-end, les trains étaient toujours bondés. Puis, sans me demander mon avis, elle me passa tante Carole, qui me fit longuement l'éloge d'une soupe de poisson au caviar de hareng fumé qu'elles avaient dégustée la veille au soir, dans un bistrot du port. En entendant le mot « hareng », j'eus un haut-le-cœur. Il n'était même pas dix heures du matin, et je n'avais pas le pied assez marin pour que l'évocation de protéines venant de la mer me fasse saliver si tôt dans la journée. Au petit déjeuner, je supportais, tout au plus, de manger deux œufs sur le plat. Enfin, je pus parler à Arthur qui, laissant échapper des petits rires étouffés, fit des mystères à propos d'une chose qu'il allait me rapporter.

— Tu vas être content... comme un éléphant, déclara-t-il fièrement.

J'ignorais comment un éléphant se réjouissait, mais j'admirai l'inventivité lexicale de mon petit garçon.

— Tu sais, je suis déjà content comme un éléphant à l'idée de te revoir, commentai-je en souriant.

— Moi aussi, papa ! Bisou ! Bisou !

Il y eut quelques bruits de baisers à l'autre bout du fil, et la communication s'interrompit.

Je repris *Le Figaro*, ému, mais la sonnerie retentit de nouveau. Cette fois, c'était Alexandre, qui voulait s'assurer que je venais bien à son exposition de printemps.

— Ça marche toujours, pour ce soir ? s'inquiéta-t-il.

— Oui, oui.

— Gabrielle vient avec sa sœur. Elle est seule, elle aussi.

Je soupirai bruyamment.

— Alexandre, arrête d'essayer de me caser !

— Elle s'appelle Elsa, et figure-toi qu'elle écrit, comme toi ! Comme ça, vous aurez tout de suite un sujet de conversation. Gabrielle lui a beaucoup parlé de toi, et elle est enchantée à l'idée de faire ta connaissance.

Je n'avais pas la moindre envie de rencontrer cette Elsa.

Il se trouve qu'en réalité, aucun écrivain n'apprécie de faire la connaissance d'un autre écrivain. Voilà pourquoi les soirées réunissant plusieurs auteurs, organisées par certaines maisons d'édition, se révèlent toujours aussi pénibles.

— Et qu'écrit-elle, au juste ? demandai-je avec méfiance.

— Oh, des poèmes, je crois, répondit mon ami, avant de lâcher un rire un peu désemparé.

— Et tu dis qu'elle s'appelle *Elsa*, comme la muse d'Aragon, en somme ?

— Oui, non, enfin, je ne sais plus trop… Elsa, ou alors Else. Quelle importance ? C'est peut-être un pseudonyme, de toute façon. Elle signe toujours Elsa L., ou quelque chose dans ce goût-là.

D'Elsa L. à Else Lasker-Schüler, il n'y avait qu'un pas à franchir. Aussitôt, mon imagination m'offrit la vision d'une créature exaltée habillée à l'orientale, portant sarouel et bandeau de soie aux couleurs vives autour du front, fréquentant les cercles littéraires et se prenant, comme la poétesse qui l'inspirait sans doute, pour un prince égyptien.

Et pourquoi pas ? Après tout, cette Elsa avait pour sœur Gabrielle, qui était déjà assez spéciale elle-même.

Je me voyais déjà au beau milieu de l'exposition, échangeant quelques mots avec Elsa L. :

— *À qui ai-je l'honneur ?*

— *Prince Youssouf.*

— *Je pensais que vous étiez Elsa L. ?*

— *On m'appelait ainsi jadis, mais je suis désormais le prince Youssouf, et je te souhaite la bienvenue à Thèbes, ma cité.*

Ce serait grandiose.

— Dis-moi, est-ce qu'elle ressemble à Else Lasker-Schüler, en plus ? m'enquis-je.

— À *qui* ?

— Oh, laisse tomber !

— Enfin, Julien, tu divagues ou quoi ? Elle a l'air fantastique, sinon je ne l'aurais pas invitée. Sans compter qu'elle pourrait peut-être me proposer deux ou trois vers pour mes colliers poétiques. Bon, à ce soir alors, mon vieux. Et gare à toi si tu te dégonfles !

Catherine fut la troisième personne à m'appeler. Elle était rentrée du Havre, et voulait me remercier d'avoir aussi bien pris soin de son chat.

— Je ne suis pas chez moi pour l'instant, je dois encore faire quelques courses, annonça-t-elle d'une voix gaie. Je peux passer récupérer ma clé plus tard ?

— Bien sûr.

Plus les heures passaient, moins j'avais envie de me rendre à cette fameuse soirée. Je fainéantai chez moi, m'allongeai sur le canapé après le déjeuner puis me mis à lire, repoussant toujours un peu plus le moment de quitter l'appartement, et donc de rencontrer « le prince Youssouf ».

Le carton d'invitation d'Alexandre indiquait dix-neuf heures, me semblait-il, mais rien ne m'obligeait à arriver parmi les premiers. À dix-neuf heures moins le quart, je balançai finalement mon livre dans un coin du canapé, et allai prendre une douche. J'étais en train de me laver les cheveux lorsque j'entendis à nouveau une sonnerie, mais venant de la porte d'entrée. Je nouai une serviette autour de ma taille et m'avançai dans le couloir, pieds nus. Un coup d'œil dans le judas m'indiqua que c'était Catherine qui se tenait sur le palier. Au bout d'un moment, elle appuya une seconde fois sur le bouton de la sonnette.

Sa clé, elle voulait avoir sa clé ! Mais où diable l'avais-je mise ? Je farfouillai dans le vide-poches posé sur la commode, dans l'entrée, mais ne l'y trouvai pas.

J'entrebâillai la porte, et vis qu'elle tenait une bouteille de vin à la main.

— Salut, Catherine. J'étais sous la douche. Je t'apporte tout de suite ta clé, d'accord ?

Et sans attendre de réponse, je refermai la porte.

Un quart d'heure plus tard, lorsque je sonnai chez elle après avoir troqué ma serviette de bain contre un pantalon, une chemise et une veste, Catherine ouvrit la porte d'un geste brusque, comme si elle avait guetté ma venue. Derrière elle, Zazie se mit à se rouler sur le tapis en ronronnant.

— Ah, Julien, te voilà ! s'exclama Catherine avec un sourire réjoui.

Elle avait quelque chose de changé. Sa peau était bronzée, une robe printanière à rayures bleues découvrait ses bras minces, ses yeux scintillaient et de petites gouttes turquoise se balançaient à ses oreilles, de charmantes oreilles que je remarquai parce qu'elle avait ramené ses cheveux en arrière.

— Mais entre !

Elle s'écarta, et un doux parfum de muguet vint me chatouiller les narines.

Je lui tendis sa clé en secouant la tête.

— Pas le temps. Je suis invité à une exposition.

— Oh, tu peux quand même rester un peu, non ? insista-t-elle.

Elle tourna les talons et s'éloigna d'un pas léger. Je la suivis, un peu indécis. Passant devant la cuisine, je sentis une bonne odeur de viande et de thym.

La table était mise dans la salle de séjour, et une bouteille de vin ouverte et deux verres attendaient sur le buffet bas.

Avant que je puisse réagir, Catherine versa un peu de vin dans les verres et m'en tendit un.

— Encore mille fois merci de t'être si bien occupé de Zazie, fit-elle très chaleureusement. Tiens, bois, il est bon. Tu en auras une bouteille, un petit cadeau de ma part.

— Mais ce n'est pas nécessaire, Catherine, protestai-je. J'habite dans le même immeuble, alors…

— Oui, c'est une bonne chose que tu habites dans le même immeuble. Je m'en réjouis, tu sais.

— Tu attends de la visite ? demandai-je en désignant la table dressée.

— Oui et non, répondit-elle. Mon amie vient de se décommander. Grippe intestinale.

— Aïe. C'est désagréable.

— Oui, convint-elle, avant de m'adresser un sourire étrange. Et maintenant, je me retrouve seule avec mes lasagnes à la toscane… Je peux difficilement inviter madame Grenouille à dîner… Pourtant, elle aurait sûrement du temps, elle…

Ses yeux brillaient, et je devinai où tout cela allait nous mener.

— Pas de chance, vraiment, déclarai-je en reposant mon verre. Mais il faut que j'y aille, je suis déjà en retard.

Je regardai ma montre : dix-neuf heures trente.

Je relevai la tête et la vis soudain devant moi, dans sa robe bleu et blanc. S'interposant entre le couloir et moi, elle me fixait, le regard suppliant, et une fois de plus, elle me fit penser à Julie Delpy.

— Reste encore un peu, Julien ! Tu pourrais au moins goûter à mes lasagnes. Après, il sera toujours temps d'aller à cette exposition, argumenta-t-elle, les joues rougies.

Je secouai la tête, perturbé.

— Mais Catherine, je...

— S'il te plaît ! s'exclama-t-elle sans me quitter des yeux. Tu ne te rappelles pas que c'est mon anniversaire, aujourd'hui ?

Non, je l'ignorais. C'était toujours Hélène qui s'occupait des anniversaires.

— Oh non ! lâchai-je, consterné.

Que pouvais-je faire d'autre ? Je restai, je ne suis pas un monstre. On ne laisse pas seule une jeune femme qui, en plus d'avoir perdu sa meilleure amie, a été plantée là le jour de son trente-deuxième anniversaire.

Sans compter que les lasagnes faites maison de Catherine étaient sûrement meilleures que les bricoles qu'il y aurait à l'exposition d'Alexandre, où la renversante Elsa L. allait malheureusement devoir trouver quelqu'un d'autre avec qui discuter.

Et c'est ainsi que je me soumis à la fatalité.

Ce soir-là, l'amie de ma femme se surpassa. Elle m'était tellement reconnaissante d'être resté qu'elle mit à profit tout son humour et tout son charme pour que je passe un agréable moment. Rapidement, je dois l'avouer, je me sentis très à mon aise grâce au délicieux repas, au bon vin rouge, quoiqu'un peu lourd, que Catherine ne cessait de nous servir généreusement, à la musique douce et aux bougies qu'elle avait allumées.

— Je suis vraiment désolé d'avoir oublié ton anniversaire, dis-je finalement.

Nous nous étions installés confortablement, avec une seconde bouteille, sur les canapés en lin beige qui se faisaient face, séparés par une table basse en verre. Il était clair depuis un bon moment que je ne me rendrais plus à l'exposition d'Alexandre, même si nous en parlions encore tous les deux au début, et que j'avais même proposé à Catherine, au cours du repas, de m'accompagner si elle ne voulait pas rester seule chez elle.

Un lampadaire était allumé dans un coin, baignant la pièce d'une lumière tamisée, et sur la table que nous n'avions pas débarrassée, les bougies finissaient lentement de brûler.

J'avais l'esprit un peu embrumé par l'alcool. Zazie s'était roulée en boule sur un coussin, près de moi, et je me sentais moi-même aussi indolent qu'un matou repu.

Catherine finit son tiramisu et posa la coupelle devant elle, puis elle se mit à fixer la flamme vacillante des bougies, l'air absent.

— Quand je pense qu'il y a deux ans, on fêtait mon trentième anniversaire tous ensemble au *Vieux Colombier*, tu te rappelles ? demanda-t-elle.

Je hochai la tête, songeur. Je me rappelais très bien ce repas dans la petite brasserie accueillante, non loin de l'église Saint-Sulpice, ainsi que les nombreux verres de vin rouge que nous avions bus à la santé de Catherine. Hélène, Catherine et moi, nous avions été les derniers à quitter l'établissement, titubant et riant. Il faut dire que nous n'habitions pas loin.

Il y a deux ans, en avril, tout allait parfaitement bien dans notre vie, à Hélène et à moi. C'était en juin de cette même année qu'étaient apparues les premières fissures à la surface de notre univers, des fissures sous lesquelles l'abîme se creusait déjà.

Je soupirai, envahi d'une profonde mélancolie.

Catherine poussa elle aussi un soupir, et comme si elle avait deviné mes pensées, elle lâcha soudain :

— Hélène était encore là, à l'époque.

Elle se tut, l'air abattu.

— Hélène n'aurait jamais oublié un anniversaire, reprit-elle au bout d'un moment. Elle m'écrivait toujours des cartes de vœux merveilleuses, quand c'était le mien… Je… je les ai toutes gardées, et parfois…

Elle s'interrompit brusquement et plaqua sa main sur sa bouche, les yeux brillants de larmes.

— Elle me manque tellement, chuchota-t-elle. Je ne sais pas quoi faire de tout ce vide qu'elle a laissé derrière elle. Ah, Julien !

— Elle me manque beaucoup à moi aussi, Catherine…

— Mais qu'est-ce qu'on peut faire ? Qu'est-ce qu'on peut bien faire ?

Elle avait posé la même question deux fois d'affilée, et chaque fois, ce fut comme si un coup de poignard me transperçait le cœur. Parce que la seule réponse possible était épouvantable.

Rien. Nous ne pouvions rien faire.

Je quittai pesamment le canapé.

— Je crois qu'il vaudrait mieux aller dormir, maintenant, déclarai-je doucement. Merci encore pour le repas, Catherine.

Elle se leva à son tour, un peu vacillante.

— Merci d'être resté avec moi, Julien.

Je me dirigeai vers le couloir, et elle m'accompagna jusqu'à la porte d'entrée.

— Bon, dors bien, alors, lui dis-je, désemparé.

Elle hocha la tête et tenta de sourire.

— Oui, toi aussi.

J'abaissai la poignée, et me retournai avant de sortir.

J'aurais mieux fait de m'abstenir.

Une expression de souffrance déformait le joli visage de Catherine. Elle se tordait les mains et les larmes coulaient sans retenue sur ses joues. Puis un sanglot lui échappa, et devant un tel désespoir, je sentis le sol se dérober sous mes pieds.

— Mais, Catherine… Non, Catherine, pas ça… murmurai-je en lâchant la poignée de la porte.

— Tu veux bien me prendre dans tes bras ?

Elle pleurait à chaudes larmes, et je me mis aussi à pleurer en la prenant dans mes bras. Nous restâmes longtemps ainsi dans l'étroit couloir, nous agrippant l'un à l'autre comme des naufragés cramponnés à leur radeau. Jusqu'au moment où, soudain, le désespoir céda la place à un désir ardent. Un désir de réconfort, de chaleur, de contact physique.

Nos mains s'aventurèrent, hésitantes. Ma bouche trouva celle de Catherine, douce et gonflée par les pleurs. Elle avait le goût du tiramisu. Après ces longs mois tristes, je serrais de nouveau une femme contre moi – un être vivant et plein de tendresse, au corps chaud, au parfum de muguet, que je suivis en chancelant jusque dans la chambre à coucher, comme obéissant à une promesse.

Le deuil nous avait rendus fragiles, nous avions tous les deux bu trop de vin, et je savais que nous traversions une crise — seule une crise peut faire agir ainsi, au beau milieu de la nuit. Et pourtant, pourtant, je fis glisser sur les épaules de Catherine les bretelles de sa robe, elle poussa un léger soupir et j'enfouis mon visage entre ses seins en chuchotant.

10

Certitudes perdues

Le petit matin me vit sortir furtivement de l'appartement de Catherine, comme un voleur.

Elle dormait encore lorsque je m'étais réveillé. J'avais regardé autour de moi pendant un moment, désorienté de me retrouver dans une chambre à coucher inconnue, avant d'être assailli par un violent sentiment de malaise. J'avais fixé le visage paisible de Catherine, encore barbouillé de mascara, et écarté doucement son bras nu qui pesait sur mon épaule. Qu'avais-je fait ? Qu'avions-nous fait ?

Le crâne pris dans un étau, je m'étais faufilé hors du lit en m'efforçant de ne faire aucun bruit, et j'avais ramassé, dans la pénombre, mes vêtements éparpillés sur le sol. Ensuite, j'avais gagné la porte d'entrée à pas de loup, mes chaussures à la main ; on se serait cru dans un vaudeville.

Zazie, couchée dans son petit panier, m'avait observé de ses yeux scintillants et avait poussé un léger miaulement. Par chance, elle était l'unique témoin de l'événement nocturne qui, au moins, s'était produit dans l'appartement de Catherine, et pas dans le mien. Je ne pouvais m'empêcher d'imaginer ce qui serait arrivé si Arthur était déjà rentré de vacances et si Catherine était montée à notre étage, avec son vin rouge et sa solitude. Une image s'était imposée à moi : mon petit garçon debout à côté du lit, le lendemain matin, nous fixant avec de grands yeux et demandant de sa voix claire : « Catherine dort dans le lit de maman, maintenant ? » Cette seule idée m'avait donné la nausée.

Je tirais donc doucement la porte derrière moi pour qu'elle se referme sans claquer, pressé d'enfiler mes chaussures, lorsque la porte de l'appartement d'en face s'ouvrit.

Je sursautai. Qui diable pouvait être déjà debout un dimanche, à six heures du matin ?

Madame Grenouille saisit la situation d'un seul coup d'œil, mais il faut dire que ce n'était pas très compliqué. Ma mauvaise conscience devait se lire sur mon visage. La vieille dame lâcha une exclamation outrée et secoua la tête avec désapprobation, avant de proférer un seul mot : « In-cro-ya-ble ! »

Je décidai de filer et, toujours en chaussettes, passai devant elle et montai l'escalier, son regard planté dans mon dos. Je l'entendais déjà donner libre cours à son indignation dans la petite boulangerie où j'achetais ma baguette, rue Jacob : « Rendez-vous compte, madame. Sa pauvre femme est sous terre depuis six mois à peine, et il se console déjà dans les bras de son amie. Les hommes sont tous les mêmes ! » Ensuite, elle prendrait son sachet de croissants, redirait : « In-cro-ya-ble ! », et la sympathique vendeuse, qui avait toujours quelques mots gentils pour moi le matin – moi, le veuf bien à plaindre –, hocherait la tête et me dévisagerait, la fois suivante, comme si j'étais un monstre insensible.

C'est effectivement incroyable, me dis-je une fois arrivé dans ma cuisine, mettant cuillère de café moulu sur cuillère de café moulu dans la cafetière italienne argentée, histoire de m'éclaircir les idées.

Il fallait justement que cela arrive avec Catherine !

Il me semblait que l'odeur du muguet avait imprégné mes vêtements.

J'allai sous la douche pendant que le café chauffait sur un brûleur de ma cuisinière, et je me repassai le film de la soirée, tandis que l'eau tombait dru sur mon dos.

J'avais trouvé agréable et troublant de tenir Catherine dans mes bras, de l'embrasser et de me sentir vivant – je ne pouvais pas le nier. À aucun moment, je n'avais éprouvé cette sensation de malaise qui se manifeste quand deux corps ne sont pas en harmonie. Ses marques de tendresse, sa chaleur… J'avais apprécié tout cela – enivré par le vin, ivre du désir ardent de combler l'affreux vide en moi. Mais en me réveillant et en la voyant près de moi, le lendemain matin, j'avais aussitôt été envahi par le sentiment d'avoir fait une bêtise monumentale. Je m'étais laissé emporter par l'émotion du moment. Sans compter que j'avais l'impression d'avoir doublement trahi Hélène.

L'amie de ma femme – c'était d'une banalité ! Un comportement honteux auquel j'avais cédé un peu trop facilement. Désormais, tout allait devenir terriblement compliqué, je le pressentais déjà.

Catherine était comme une sœur pour moi – ou

plutôt, une cousine éloignée –, mais verrait-elle également les choses ainsi ?

Je coupai la douche et enroulai une serviette autour de ma taille. Sur la table de la cuisine, mon téléphone portable bourdonnait. C'était Catherine, qui s'était visiblement aperçue que je m'étais éclipsé. Je ne décrochai pas, et allumai la radio.

Il en sortit une mélodie triste, et lorsque la femme se mit à chanter : *Don't you wish that we could forget that kiss ? And see this for what it is… That we're not in lo-ove*[1], j'éteignis la radio.

Le café était si fort que j'eus un haut-le-cœur à la première gorgée. Bien fait pour moi. Je pris un vieux paquet de biscuits sur l'étagère de la cuisine, et en trempai un dans le breuvage noir.

Nouveau bourdonnement… C'était Alexandre, cette fois. Je décrochai.

— Où étais-tu hier ? Ce n'est pas correct de ta part, vraiment, me reprocha-t-il. Je savais bien que tu ne viendrais pas.

— Ce n'est pas ce que tu crois…

— Bordel ! C'est quoi, ces conneries ? ! s'exclama Alexandre, lorsque je lui parlai de la nuit avec Catherine.

Mon ami a beau ciseler de délicats bijoux en or, il lui arrive de jurer comme un charretier. Mais, dans sa bouche, même les pires gros mots gardent un vernis un peu civilisé.

1. N'aimerais-tu pas oublier ce baiser ? Voyons la réalité en face… Nous ne sommes pas amoureux.

— Tu t'es tapé *Catherine* ?

— Ce n'est pas exactement le terme que j'emploierais, répliquai-je. On avait tous les deux l'émotion à fleur de peau, hier… et c'est arrivé, voilà.

— Et maintenant ?

— Pose-moi une question plus simple.

— Tu vois, si tu étais venu à ma soirée…

Je ne répondis pas, et me remis à boire mon abominable mixture à petites gorgées. L'esprit est toujours plus vif, après.

— Bon, et tu as trouvé ça agréable, au moins ? reprit Alexandre.

— Sur le moment, oui, sinon je ne me serais pas attardé. Elle était très jolie, et son chagrin me faisait beaucoup de peine, et je me faisais moi-même pitié… en quelque sorte…

Je me tus.

Silence à l'autre bout du fil. Alexandre paraissait réfléchir.

— Tu veux mon avis ? demanda-t-il finalement.

— Non.

— Deux êtres malheureux ne peuvent pas se réconforter.

— Merci pour le tuyau, commentai-je en me frottant les tempes.

— D'autant plus que vous pleurez la même personne. Ça ne peut tout simplement pas marcher.

Je ne le contredis pas. Pourtant, dans les romans de certains auteurs, cela fonctionnait parfois plutôt bien.

— Je me sens carrément horrible, déclarai-je.

— Pas étonnant. Et que dit Catherine ?

— Aucune idée. Elle vient de m'appeler, mais je n'ai pas décroché.

— Merde, merde, merde ! s'écria Alexandre avant de soupirer.

Je soupirai aussi.

— Mon vieux, tu m'en fais de belles ! Tout le monde sait qu'il ne faut pas toucher à l'amie de sa femme. On s'attire forcément des ennuis.

— Ah oui, monsieur le petit futé ? Je croyais que ça n'était valable que quand les deux femmes étaient encore vivantes.

— C'est juste, répondit-il après un petit rire réprimé. Bon, écoute, ça va s'arranger, Julien, ne te mets pas la rate au court-bouillon. Tout ça est très humain, non ? Il me semble que quelqu'un a dit que, dans certaines circonstances, on peut tomber amoureux de n'importe qui…

— Sauf que je ne l'aime *pas* ! criai-je, effaré par ses propos. Il s'agissait juste d'une stupide conjonction de facteurs qui ont favorisé la chose.

— Je sais bien, Julien, je sais bien, assura-t-il sur un ton apaisant. Et ça aurait pu être pire, crois-moi.

— J'en doute.

— Oh que si ! Elsa L. est venue à mon exposition et elle s'est comportée en femme fatale, une vraie croqueuse d'hommes. Réjouis-toi qu'elle ne t'ait pas mis le grappin dessus. Tu ne te débarrasserais pas d'elle aussi facilement que de ta jolie voisine.

— Comment ça, me *débarrasser* ? Il n'est absolument pas question de me « débarrasser » de Catherine, objectai-je, me sentant soudain obligé de la défendre. Je n'ai rien contre elle. Il faut simplement que j'arrive à lui expliquer que cette nuit passée ensemble était un faux pas qui ne se reproduira pas.

— C'est très simple, alors, *parle-lui.*

Alexandre raccrocha et je me mis à fixer mon portable, espérant que Catherine me rappellerait dans la journée. Mais l'amie de ma femme ne se manifesta pas.

Les deux jours suivants, on eût dit que Catherine s'était volatilisée. Son silence me déstabilisait, et je n'osais pas l'appeler. On ne discute pas de ce genre de sujet au téléphone… Un soir, j'avais sonné à sa porte, hésitant, mais personne n'avait ouvert et j'étais remonté avec un sentiment de soulagement. Peut-être toute cette histoire était-elle aussi désagréable pour elle que pour moi ? C'est en tout cas ce dont je tentais de me persuader. À moins que le hasard veuille qu'elle soit justement absente de chez elle, et qu'elle consulte sans cesse son téléphone portable pour voir si j'avais cherché à la joindre ? Moi, le traître.

Ce silence radio me rendait nerveux.

Le matin du jour où Arthur devait rentrer, je tombai sur elle alors que je m'apprêtais à sortir de chez le traiteur, rue de Buci, où je venais d'acheter quelques pêches, un peu de fromage, des feuilletés et les petites boulettes de viande à la sauce tomate qu'Arthur aimait tant.

Plantés l'un en face de l'autre, nos sacs à la main, nous échangeâmes un regard gêné.

— Salut, Julien.

— Salut, Catherine.

— Comment vas-tu ?

— Oh, bien… bien. Et toi ?

— Bien aussi.

Nous nous tûmes un moment, avant de reprendre d'une seule voix :

— Je…

— Oui ? fit-elle alors, l'air interrogateur.

— Non, toi d'abord.

— Non, non, toi…

Cela ne pouvait pas continuer ainsi. Surtout pas debout, entre la salade de haricots verts aux lardons et les coquilles de crabe.

— On va boire un café quelque part ? proposai-je finalement.

Elle hocha la tête, et me suivit jusqu'au bistrot le plus proche.

Elle n'allait pas être facile, cette conversation aux débuts hésitants. Nous étions tous les deux embarrassés, soucieux de ne pas blesser l'autre.

— Je suis vraiment désolée, Julien. Je ne comprends pas comment ça a pu arriver, déclara Catherine d'un air honteux, mais je…

Elle secoua la tête, visiblement perturbée que sa sympathie pour moi, sa compassion devant ma situation l'aient entraînée si loin.

— Et quand je me suis réveillée le lendemain matin, tu t'étais sauvé, et je me suis demandé, je me suis demandé… poursuivit-elle avant de s'interrompre, une lueur implorante dans les yeux.

— Je n'ai pas bien agi ce jour-là, commentai-je vivement. Mais j'étais bouleversé. Et maintenant, j'ai l'impression d'avoir trompé Hélène. C'est une sensation affreuse.

— Non, Julien, tu n'as rien à te reprocher, fit Catherine en se penchant en avant pour poser brièvement la main sur mon bras. C'était… Ah, je ne sais pas trop, c'était juste le contexte très particulier, non ? Dis… Tu crois qu'Hélène nous en voudrait ?

C'est ça, retourne encore le couteau dans la plaie ! pensai-je.

Je lâchai un soupir désemparé, sans répondre à sa question.

Il n'y avait pas de *nous*, il n'y avait que cette triste communauté de circonstance, rue Jacob.

— Ah, Julien ! Nous sommes encore secoués, toi et moi, reprit Catherine. Il ne se serait rien passé, sinon. Mais les choses vont forcément finir par s'arranger…

Elle avait planté ses yeux d'un bleu limpide dans les miens, et j'opinai du chef :

— Oui, un jour, forcément.

Après avoir fini de boire nos cafés, nous restâmes assis, indécis.

— Tu vois, Catherine… Je trouve qu'une relation saine devrait avoir pour base l'espoir, et pas la compassion mutuelle, déclarai-je finalement.

Elle approuva de la tête.

— Mais… On reste amis, Julien, n'est-ce pas ? demanda-t-elle, la voix mal assurée.

— Bien sûr, Catherine, quelle idée ! *Bien sûr* qu'on reste amis !

Je le pensais réellement à ce moment-là, tellement soulagé que nous ayons crevé l'abcès ! Mais j'avais négligé un paramètre : nous n'avions jamais été amis, Catherine et moi. C'était l'amie de ma femme, nous n'avions aucune histoire commune. Et au cours des semaines qui suivirent, chaque fois que je la vis, en la croisant par hasard dans le hall de l'immeuble ou en allant chercher Arthur chez elle, j'eus la sensation d'avancer en terrain glissant.

Hélène, mon Hélène bien-aimée,

Ces derniers jours, le temps s'est écoulé à une vitesse folle. Je devais aller samedi à l'exposition d'Alexandre, tu te rappelles ? Je t'en avais parlé dans une lettre. Mais ce soir-là, c'était l'anniversaire de Catherine, et elle ne voulait pas le fêter seule : apparemment, une amie s'était décommandée au dernier moment. Si bien que, comme tu t'en doutes sûrement, j'ai pu me régaler, chose imprévue, de délicieuses lasagnes.

Catherine était ravie que je lui tienne compagnie, et j'ai accepté son invitation. J'avoue que je n'avais pas très envie de me rendre à cette soirée, de toute façon. Alexandre a les meilleures intentions du monde, mais en ce moment, je n'aime pas trop me retrouver au milieu d'inconnus. Je me sens rapidement perdu. Ce n'était pas le cas avant, quand nous allions ensemble quelque part. Même si nous n'étions pas tout le temps l'un à côté de l'autre, nos regards se rencontraient régulièrement, traversant la pièce, faisant abstraction des autres personnes. Avec toi à mes côtés, ma chérie, j'aurais trouvé mes repères dans n'importe quelle fête. Devoir aller seul partout, désormais, c'est une expérience vraiment étrange. Repartir seul, encore plus. On sort dans la rue, et on se sent incomplet. Seul avec ses pensées. Fini d'échanger des impressions. Il faut encore que je m'habitue à tout cela.

En lieu et place de l'exposition de printemps qui se tenait à L'Espace des rêveurs, *j'ai donc passé la soirée chez Catherine. Nous avons énormément parlé de toi, Hélène, et du bon vieux temps. C'était vraiment un moment sympathique. Mais évoquer le trentième anniversaire de Catherine nous a rendus tous les deux très mélancoliques. «Je ne sais pas quoi faire de tout ce vide qu'elle a laissé derrière elle», a soudain dit Catherine, et ses paroles m'ont transpercé. Nos vies à tous ont changé avec une rapidité effrayante – en deux ans, seulement. Ton absence se fait sentir partout, Hélène, partout !*

Catherine a Zazie, et j'ai Arthur bien sûr, mais rien, rien ne saurait panser l'affreuse plaie de ton absence. Nous avons levé nos verres en pensant à toi, mon amour. Ah, la soirée se serait déroulée bien différemment si tu avais été des nôtres !

Arthur est rentré de Honfleur avant-hier. Il a monté l'escalier en donnant la main à sa mamie, gai et bronzé, et il m'a sauté dans les bras. C'est sans doute impossible, mais j'ai eu l'impression qu'il avait un peu grandi. Je suis drôlement heureux de l'avoir retrouvé, tout était trop calme sans notre petit garçon. Maintenant, l'appartement est de nouveau plein de vie. Et plein de jouets : il a réussi à éparpiller ses affaires partout à une vitesse incroyable, tu n'en reviendrais pas ! Un de ces jours, je glisserai sur un de ses fichus Playmobil et je me casserai la jambe.

Figure-toi qu'Arthur avait un cadeau pour moi et qu'il en était sacrément fier. Il a trouvé une étoile de mer sur la plage, et il dit qu'elle va me porter bonheur. Nous avons réfléchi pendant des heures au meilleur endroit où poser cette étoile de mer. Notre petit garçon est capable de faire preuve d'une grande application : il a longuement hésité entre ma table de chevet et le bureau. Aujourd'hui, l'étoile de mer trône dans toute sa splendeur sur le bureau, devant ta photo. Pour que tu puisses la voir toi aussi, m'a expliqué Arthur.

Voilà longtemps que maman et tante Carole n'ont pas eu une relation aussi harmonieuse. Leur séjour a dû être très paisible. Ces journées au bord de la mer ont également fait du bien à ma tante, et les deux sœurs ont beaucoup parlé. Il faut dire que Carole n'a pas toujours la vie facile avec la maladie de Paul, qu'on ne peut plus quitter des yeux. Heureusement, Camille s'est bien débrouillée avec lui.

À ce propos, il y a une nouvelle qui va te faire plaisir : Camille est enceinte – de ce gentil jeune homme qu'elle a rencontré il y a quelques mois seulement. Les choses n'ont pas traîné ! Ils doivent être comblés de bonheur, tous les deux. Sans compter que la perspective de l'arrivée d'un petit enfant est toujours porteuse d'espoir. Camille en a parlé à son père. « Papa, je vais avoir un bébé », lui a-t-elle annoncé. Et il paraît que le vieux Paul lui a souri, ravi, avant de demander : « De moi ? »

Tu vois, si tout n'était pas si triste, il y aurait vraiment de quoi rire.

Maman m'a dit un jour qu'il fallait avoir confiance en la vie, et qu'au bout du compte, tout a un sens. Mais je ne vois absolument pas quel sens ta mort pourrait bien avoir, ma chérie.

Je retournerai au cimetière demain, et je t'apporterai ma lettre. J'ai du mal à le croire, mais c'est déjà la vingtième. Eh oui, mon petit cœur, je rattrape mon retard. Finalement, j'ai moins de mal à t'écrire que je le pensais.

Ma voix contre ton silence. Je me demande s'il t'arrive d'avoir vent de ce qui se passe ici…

Je pense parfois que oui, et parfois que non. J'aimerais tant recevoir une réponse de ta part, fût-ce une seule et unique fois !

Seulement, cela n'arrivera sans doute jamais, si bien qu'en attendant de t'avoir à nouveau, « comme jadis en mai »,

Je demeure,

Ton Julien profondément malheureux

Mon Hélène adorée,

Arthur a découvert notre petit secret. Voici comment…

Hier matin, je m'apprêtais à partir pour le cimetière quand la maternelle a appelé : Arthur avait mal au ventre, il voulait rentrer à la maison, et on me demandait de venir le chercher. À mon arrivée à l'école, il se sentait déjà mieux. Son institutrice m'a dit en m'adressant un clin d'œil que c'était plutôt un bobo au cœur, sans doute. Manifestement, il voulait être avec moi. Peut-être a-t-il aussi du mal à se réadapter au rythme parisien après ses vacances à la mer. Je l'ai donc emmené au cimetière. Nous n'étions plus loin de ta tombe lorsqu'il a aperçu cette tailleuse de pierre dont je t'ai déjà parlé. Elle était occupée à restaurer une statue d'ange abîmée par le temps, et Arthur tenait absolument à rester pour voir comment elle allait fixer l'aile qui s'était détachée.

« Je peux regarder un peu, papa ? S'il te plaît ! » m'a-t-il supplié, et comme Sophie n'avait rien contre, je l'ai laissé avec elle et j'ai poursuivi mon chemin jusqu'à mon ange à moi. Alors que je contemplais le visage au regard tourné en arrière jour et nuit, il m'a brusquement paru moins aimable, la bouche plus sévère.

Je venais de placer la lettre dans le compartiment secret lorsque j'ai soudain entendu du bruit. Je me suis retourné et j'ai vu Arthur. Planté à quelques mètres de moi, il m'observait avec curiosité.

— Qu'est-ce que tu fais, papa ? m'a-t-il demandé de sa voix claire.

— Oh… eh bien, tu vois, il m'arrive parfois d'écrire à maman, ai-je répondu, puisque j'avais été pris sur le fait. Et pour que la pluie n'abîme pas mes courriers, je les mets dans une sorte de boîte aux lettres.

— Cool, a-t-il fait.

C'est ce qu'ils disent tous dans sa classe de maternelle, maintenant – « cool ». Cette histoire de lettres n'a pas paru le surprendre plus que cela. « Ça va lui faire plaisir, elle doit sûrement s'ennuyer des fois, dans le ciel », tel a été son commentaire. « Je ne sais pas encore écrire, c'est dommage. Quand je saurai écrire, elle aura aussi une lettre de moi. »

J'ai refermé le compartiment, et j'ai expliqué : « Seulement, c'est un secret, Arthur. Il ne faut en parler à personne, d'accord ? Mais vraiment à personne. Sinon… sinon les lettres n'arriveront pas. »

Il a hoché gravement la tête, et m'a assuré : « Je ne dirai rien du tout, papa. Je sais ce que c'est, un secret. Je ne suis plus un bébé. »

Il a pris ma main, et sur le chemin du retour, nous avons vu Sophie qui faisait sa pause-déjeuner, sur un banc au soleil. Elle avait apporté des sandwiches au pain de mie et une petite canette de bière, et elle a généreusement proposé que nous partagions son repas. Arthur parlait sans interruption, il lui a raconté dans le détail ses vacances à la mer ; quant à moi, j'étais absent tant mes pensées m'entraînaient loin.

Ah, Hélène ! Quelque chose me pèse sur le cœur…

J'ai un autre secret, mais celui-là n'a rien de beau. Peut-être le connais-tu déjà, d'ailleurs, si tu es vraiment encore là, quelque part, et si tu nous regardes.

Je n'ai pas été totalement honnête avec toi, ma chérie ! Cette soirée avec Catherine, cette soirée d'anniversaire que j'ai évoquée, elle s'est terminée d'une façon bien particulière…

Comme je te l'ai dit, nous étions très tristes tous les deux, et nous n'arrêtions pas de penser à toi, mais tout d'un coup, je ne sais pas comment c'est arrivé au juste, nous sommes tombés dans les bras l'un de l'autre en pleurant. Une chose en entraînant une autre… nous avons finalement passé la nuit ensemble.

J'ai affreusement honte, Hélène, d'autant plus que je n'aime pas Catherine. Nous étions terriblement malheureux ce soir-là, et nous avons recherché le soutien de l'autre. C'était une erreur, nous avons eu tort. Mais tu me manques terriblement, Hélène, et tu es partie pour toujours. C'est une situation difficile à endurer. Ah, si seulement tu pouvais me revenir ! Si je pouvais te ramener à la vie rien qu'en t'écrivant, j'écrirais mille lettres, crois-moi !

Voilà, je me retrouve seul avec ma mauvaise conscience, espérant que tu me pardonnes. « Tu crois qu'Hélène nous en voudrait ? » m'a demandé plus tard Catherine, lorsque nous avons parlé de ce qui était arrivé. Je n'avais pas de réponse à lui apporter. J'ai l'impression d'avoir trahi ce que j'ai de plus cher au monde, Hélène. Car tu es ce que j'ai de plus cher au monde.

Pourras-tu nous pardonner ? Pourras-tu me pardonner ?

Si seulement tu pouvais me répondre, mon ange, toi qui t'es tue à tout jamais ! Si seulement tu pouvais m'adresser un signe pour me dire que je n'ai pas à m'inquiéter. Je donnerais tant pour cela !

Je t'aime, mon ange. Je t'aimerai toujours.

Pardonne-moi !

Julien

11

De bonnes âmes

Le cours des événements allait m'empêcher de retourner au cimetière de Montmartre avant le mois de mai.

Peut-être étaient-ce ces émotions fortes qui me travaillaient depuis ma nuit avec Catherine. Peut-être était-ce le vent froid qui balayait le pont des Arts, un soir où je rentrais d'un dîner près de Beaubourg avec Alexandre. Peut-être encore le devais-je à Maxime, le camarade de maternelle d'Arthur, qui avait passé un après-midi à la maison et toussé sans arrêt vers moi pendant que nous jouions tous les trois au *Lièvre et la Tortue*... Toujours est-il que j'attrapai une grippe carabinée. J'avais la tête qui bourdonnait, mal aux articulations et une grosse fièvre, ce qui ne m'était pas arrivé depuis des années. Mais cette fois, on pouvait dire que j'étais gâté. Je me traînais du lit à la salle de bains puis de la salle de bains au lit, j'aidais Arthur à s'habiller le matin ou je lui mettais un dessin animé l'après-midi, et les choses s'arrêtaient là.

Cette période de ma vie devait me faire prendre conscience qu'il y avait décidément, dans notre entourage, quantité de bonnes âmes prêtes à nous apporter leur secours. Maman, qui m'avait conseillé de ne pas aller chez le docteur – « Quand on a une grippe virale, les médecins ne peuvent rien faire, et on repart avec d'autres germes ramassés dans la salle d'attente » –, venait tous les jours nous préparer à manger (je devais même prendre un peu de poids en fin de compte, plutôt inhabituel après quatorze jours de maladie). Élodie – la mère du petit camarade de jeu d'Arthur, qui ne toussait plus désormais – sonnait chez nous le matin et emmenait les enfants à l'école. Catherine, quant à elle, avait immédiatement proposé d'aller chercher Arthur à la maternelle l'après-midi ; elle jouait avec lui certains jours, et souvent, elle m'apportait à moi, le patient, un petit cadeau que j'acceptais avec reconnaissance.

Même Alexandre, qui avait pourtant la phobie des microbes, passa me voir deux fois – certes, en pressant son foulard contre sa bouche et en éloignant le plus possible sa chaise du canapé dans lequel j'étais couché.

Je dormis énormément durant ces deux semaines. Mon corps menait seul son combat contre les virus, me déchargeant de toute responsabilité, si bien qu'aidé par d'efficaces comprimés analgésiques, je passais mes journées à somnoler très sereinement, les rideaux à demi tirés.

Un jour, je rêvai d'Hélène : elle apparut devant moi, souriante, portant une longue robe blanche ainsi qu'une couronne de marguerites dans les cheveux, et je me demandai même si c'était la dernière mode au ciel. Elle m'embrassa tendrement sur la bouche et dit :

— *Je voulais m'assurer que tu allais mieux, Julien. Comment te sens-tu ?*

— *Bien, maintenant*, répondis-je dans un soupir, soulagé qu'elle soit revenue. *Ne pars plus jamais, Hélène, s'il te plaît. J'ai tellement besoin de toi !*

— *Mais enfin, Julien, mon petit fou...* fit-elle avant de rire doucement. *Je suis toujours à tes côtés, tu n'as pas compris ça ?*

Elle s'assit à mon chevet, se mit à dégager mon front des cheveux que la fièvre avait collés, et je pris sa main libre, si longue, si fine. *Je ne vais plus la lâcher, cette main*, me dis-je. *Plus jamais.* Je fermai les yeux, transporté par cette idée. Tout allait bien : Hélène était près de moi, je tenais sa main bien fermement dans la mienne...

Lorsque je me réveillai, je n'avais pas desserré mon étreinte ; je me cramponnais à la tête de lit, et je restai un moment à fixer, stupéfait, le montant en bois qu'entouraient mes doigts.

Un après-midi – j'étais déjà sur le chemin de la guérison –, Catherine me ramena Arthur, et après qu'il eut quitté le salon, elle resta un moment debout dans la pièce, l'air indécis. Elle avait visiblement quelque chose sur le cœur. Nous entendions Arthur chanter depuis sa chambre : il s'était installé à sa petite table pour dessiner avec des crayons de couleur en cire, sa nouvelle occupation préférée. Catherine posa alors l'index sur ses lèvres, et referma silencieusement la porte du salon.

Je soulevai la tête de l'oreiller. Mais que se passait-il ?

— Julien, il faut qu'on parle, commença-t-elle à voix basse, avant de s'asseoir dans un des deux fauteuils en tissu faisant face au canapé. C'est à propos d'Arthur.

— Comment ça, Arthur ? demandai-je, alarmé. Qu'est-ce qu'il a ? Quelqu'un lui fait des ennuis à la maternelle ?

Après tout, on lisait régulièrement dans les journaux des reportages consacrés à ces enfants qui faisaient l'objet de moqueries et que les autres excluaient.

— Non, non, ce n'est pas ça, reprit Catherine.

— Quoi, alors ?

Ses joues devinrent soudain écarlates.

— Arthur m'a demandé aujourd'hui si j'allais être sa nouvelle maman.

— *Quoi ?!* Qu'est-ce qui peut lui faire penser ça ? m'enquis-je, méfiant.

— Je lui ai posé la question, et il m'a expliqué que madame Grenouille lui avait parlé un matin dans l'escalier. Elle lui a raconté qu'il est vraiment à plaindre, parce que son méchant papa a déjà oublié sa petite maman et qu'il a une nouvelle femme, cette professeure qui habite l'appartement en face de chez elle, et chez qui il va la nuit, en cachette. Et elle a ajouté : « Tu auras sûrement bientôt une belle-mère, mon pauvre, pauvre petit garçon ! »

— La vieille sorcière ! m'exclamai-je, traversé par une décharge d'adrénaline. Je vais lui tordre le cou.

— Non, il ne vaut mieux pas, sinon Arthur n'aura plus de père non plus. Mais qu'est-ce qui a bien pu lui donner cette idée, à elle ?

Je soupirai, et ma tête retomba sur l'oreiller.

— Eh bien... commençai-je avec gêne. Elle m'a vu, le jour où... Tu sais bien... le jour où je suis sorti de ton appartement tôt le matin. Sa porte s'est soudain ouverte, et elle m'a jeté le mauvais œil.

Catherine eut un bref sourire, puis elle redevint sérieuse.

— Tu devrais parler avec Arthur, il a besoin d'explications. Je lui ai déjà dit que nous étions juste de bons amis, précisa-t-elle sur un ton hésitant, une expression indéfinissable dans les yeux. J'ai bien fait, non ?

— Bien sûr, assurai-je. Tu as tout fait comme il fallait, Catherine. Je parlerai plus tard avec Arthur.

— Bien, conclut-elle en se levant, avant de prendre son cartable et de rouvrir la porte du salon. À demain, alors.

Elle me fit un signe de la main, que je lui rendis.

— Dis... Catherine ?

— Oui ?

— Merci. Pour tout.

Ce soir-là, je regardai de nouveau *Robin des Bois* avec Arthur. Nous étions assis côte à côte sur le canapé, lui dans son pyjama avec les oursons bruns, moi dans mon pyjama rayé, et il y avait entre nous un saladier de chips que nous nous partagions en bonne intelligence. Blotti sous la couverture, Arthur poussait des petits cris amusés chaque fois que Robin des Bois jouait un mauvais tour au shérif de Nottingham. À la fin du film, lorsque, après bien des aventures palpitantes, le rusé Robin prit Marianne dans ses bras et que quantité de petits cœurs se mirent à tourner autour des deux renards, Arthur soupira de contentement.

Puis il se tourna brusquement vers moi.

— Papa… tu sais quoi ? demanda-t-il en gloussant.

— Non, mon chéri, mais tu vas sûrement me le dire.

Je l'attirai contre moi, et il cala sa tête contre mon torse.

— J'ai une petite amie, moi aussi, annonça-t-il, l'air rêveur.

— Quoi ?! m'écriai-je en le regardant avec étonnement. C'est un peu trop tôt, Arthur, non ? Tu n'as que quatre ans.

— Non, papa, c'est pas trop tôt. C'est comme Maxime, il a une petite amie.

— Aha, fis-je.

Qu'est-ce que j'en savais, après tout ? Je n'étais que le père.

— Sauf que la mienne est plus jolie. Elle a des cheveux roux comme maman, Giulietta, reprit Arthur, qui s'étira et poussa un soupir bienheureux. À l'école, c'est la plus jolie du groupe des Schtroumpfs, de toute façon. Sa maman vient d'Italie !

— C'est… c'est génial, commentai-je devant son air fier, légèrement déconcerté. Et… explique-moi un peu, si tu veux bien. Comment ça se passe, quand on a une petite amie ?

— Ah, papa, c'est super facile ! déclara-t-il avant de prendre une poignée de chips qu'il se mit à mâcher avec satisfaction. Tu choisis une fille, après tu vas la voir et tu lui demandes : « Tu veux sortir avec moi ? » Alors, elle répond « Oui », enfin, *si elle est d'accord…*

– Il m'avait jeté un coup d'œil oblique, et la précision me fit sourire. – Et puis, on s'embrasse, et là on est ensemble.

— Oh… Dis donc ! lâchai-je, soulagé. Et… Giulietta… elle a tout de suite été d'accord quand tu lui as posé la question ?

— Oui, répondit-il avec une expression ravie, en revenant se pelotonner contre moi. Maintenant, elle s'assoit toujours à côté de moi à la cantine, on se garde une place. Elle me trouve cool.

— Eh bien, c'est parce que tu es un petit garçon très cool, dis-je en lui ébouriffant les cheveux, et je décidai de sauter sur l'occasion : écoute, il faut que je t'explique quelque chose moi aussi, Arthur.

— Tu vas parler de Catherine ? demanda-t-il en écarquillant les yeux.

— Oui. Catherine et moi, on est amis, commençai-je, seulement… On ne *sort* pas ensemble, d'accord ?

Il eut un hochement de tête, l'air perplexe.

— Mais, madame Grenouille…

— Madame Grenouille est une vieille dame pas heureuse dans la vie. Elle aime bien dire du mal des autres gens et elle raconte beaucoup de bêtises, l'interrompis-je. Elle m'a vu sortir un matin de l'appartement de Catherine, quand tu étais à Honfleur avec mamie. Tu vois, j'ai juste consolé Catherine, parce que c'était son anniversaire et qu'elle aurait été toute seule, sinon. Je suis resté avec elle cette nuit-là, pour qu'elle ne soit pas trop triste. Tu comprends ?

Au moins, ce n'était pas un pur mensonge…

— Mais oui, papa, répondit Arthur qui paraissait

rassuré. Catherine m'a déjà dit que vous étiez seulement amis.

— Exactement, lâchai-je, soulagé.

— Mais bon, tu sais quoi ?

— Non, quoi ?

— Elle peut devenir ma nouvelle maman si tu veux, c'est pas grave. Je la trouve gentille. C'est pas une méchante belle-mère comme dans *Cendrillon*, précisa-t-il, et il bâilla comme une carpe.

— Tu as sûrement raison, fis-je. Mais quand même : Catherine et moi, on est juste des amis. Et ça ne changera pas.

Il dodelina de la tête, l'air somnolent, et je le mis au lit.

Cette nuit-là, je rêvai d'une petite fille rousse qui s'appelait Giulietta. Assise sur la grande balançoire installée sous le vieux pin parasol, dans notre jardin de Honfleur, elle s'en donnait à cœur joie, tandis que mon fils la poussait en criant chaque fois : « Plus haut, Giulietta, encore plus haut ! »

Quelques jours plus tard, lorsque je me sentis enfin suffisamment en forme pour quitter l'immeuble, un ciel bleu azur s'étendait au-dessus de Paris. Nous étions au mois de mai, les arbres et les fleurs s'épanouissaient dans les parcs, le soleil réchauffait mon visage, et il y avait, dans ma veste, une longue lettre que j'avais écrite à Hélène le week-end précédent. Bien qu'ayant été longtemps malade, j'avais eu deux ou trois choses à lui raconter.

Je montai dans la rame de métro, dont les occupants, ce jour-là, semblaient un peu de meilleure humeur que d'habitude. Je baissai les yeux sur mon bouquet printanier très coloré, heureux de pouvoir bientôt le déposer sur la tombe d'Hélène.

Pendant mon absence, le cimetière de Montmartre était devenu un paradis de verdure, où la nature paraissait avoir littéralement explosé en l'espace de quelques semaines. Les oiseaux lançaient leurs trilles, et le parfum des châtaigniers emplissait l'air.

Savourant la douceur de cette journée, j'allongeai le pas, et bientôt, j'atteignis le petit chemin, au bout du cimetière, où s'aventuraient rarement les visiteurs. La dernière fois, quand j'étais venu avec Arthur, Sophie restaurait un ange non loin de là. Manifestement, son travail était achevé, car le personnage en pierre avait retrouvé ses deux ailes, et il fixait avec satisfaction la sépulture sur laquelle il veillait. En revanche, je ne voyais Sophie nulle part.

Encore quelques pas, et je me retrouvai devant la tombe d'Hélène. Je contemplai, abattu, l'ange en bronze dont le visage portait les traits tant aimés.

— J'espère que tu ne m'en veux plus, Hélène, murmurai-je, pensant à la lettre désespérée que je lui avais apportée, plus de deux semaines plus tôt. Je ne t'ai pas donné de nouvelles depuis un moment, mais j'étais malade.

Je pris derrière la tombe un vase pour mes fleurs, les y disposai et fis un pas en arrière pour admirer leurs couleurs délicates, tranchant avec le vert du lierre. Ensuite, je sortis la lettre de ma veste, actionnai le mécanisme à l'arrière de la stèle et ouvris le compartiment secret. Comme j'en avais maintenant l'habitude, je me penchai en avant pour placer l'enveloppe avec les autres… et je me figeai en plein mouvement.

Je m'accroupis pour regarder à l'intérieur du compartiment. Je n'en croyais pas mes yeux, et pourtant, le doute n'était pas permis.

Toutes mes lettres avaient disparu.

À leur place, il y avait un petit cœur en pierre.

12

Plus de choses entre le ciel et la terre

J'étais assis depuis une heure sur les marches devant le Sacré-Cœur, regardant la ville qui s'étalait à mes pieds. Il était midi et Paris étincelait au soleil, sous un ciel sans nuages. Tout bourdonnait de vie autour de moi. Des étudiants s'installaient sur le large escalier en pierre claire, et déballaient un sandwich sorti de leur sac à dos. Plus bas, des touristes ne parvenaient pas à décider s'ils préféraient qu'on les prenne en photo devant la basilique, cette « meringue » d'un blanc éclatant qui trônait sur la butte Montmartre, ou plutôt devant le décor grandiose qu'offrait la ville. Des couples d'amoureux s'embrassaient, heureux de se trouver dans ce lieu iconique surplombant Paris, véritable incarnation du romantisme pour la plupart d'entre nous. J'avais moi-même gravi ces marches un soir que je me promenais dans le quartier avec Hélène, et je m'y étais assis à côté d'elle. L'atmosphère était paisible, et la ville en contrebas évoquait un océan de lumières.

J'ouvris la main droite, dans laquelle reposait toujours le cœur en pierre, et le fixai avec incrédulité tandis que les idées les plus étranges tourbillonnaient dans ma tête.

Après avoir découvert que toutes mes lettres s'étaient envolées, j'étais longtemps resté planté devant la tombe. Je ne quittais pas l'ange des yeux, pressant le petit cœur en pierre contre ma poitrine. J'avais l'impression d'avoir reçu un coup de massue sur la tête. « Mon Dieu, avais-je chuchoté, la gorge étreinte d'une émotion folle. C'est toi qui as fait ça, Hélène ? »

Finalement, j'avais placé la nouvelle lettre dans le compartiment secret, et soigneusement refermé celui-ci. Ensuite, j'avais quitté le cimetière, le regard braqué devant moi. J'avais marché sans but dans les rues de Montmartre, comme à la dérive ; désemparé, trop agité pour m'installer dans un café. Livrés à eux-mêmes, mes pieds m'avaient entraîné tout en haut de la Butte.

J'observai de nouveau ma trouvaille. Ce n'était pas un de ces objets décoratifs que les fleuristes vendaient parfois. Il s'agissait plutôt d'un caillou aux reflets roses, qui avait naturellement la forme d'un cœur un peu tordu. Comme ces galets, dans le lit d'une rivière descendant la montagne en clapotant, qu'un soleil estival faisait briller et qu'on ramassait, ravi par ce petit trésor, puis qu'on rapportait chez soi.

Je refermai les doigts autour du cœur et mon regard se porta vers l'horizon, qui se perdait dans une espèce de brume. *Serait-ce possible ?* me demandai-je alors. Des circonstances particulières, extraordinaires même, inconcevables pour mon esprit, auraient-elles permis que je tienne dans ma main la réponse que j'avais implorée dans ma précédente lettre ? Hélène m'adressait-elle un signe ? En effet, que pouvait-il symboliser d'autre, ce cœur, que l'amour ? L'amour éternel.

Je respirai profondément. *Il faut que tu te calmes, Julien, redescends sur terre*, me sermonnai-je. Une morte qui envoyait des signes, non mais, vraiment ! On ne voyait ce genre de choses que dans les romans, quand des personnages voyageant dans le temps se retrouvaient aux prises avec des situations invraisemblables, à moins que des jeunes femmes dans le coma ne quittent leur corps pour se remettre elles-mêmes dans la course. Non, tout cela était parfaitement absurde.

Minute… Était-ce réellement absurde ? Était-ce si insensé que cela ?

Toutes mes lettres avaient disparu, j'avais pu le constater de mes propres yeux. Or, qui était au courant de cette correspondance ? Je n'en avais parlé à personne, je n'avais pas davantage évoqué le compartiment secret. Sauf que… Poursuivant ma réflexion, je vis surgir dans ma tête l'image d'Arthur, qui m'avait récemment surpris cachant une enveloppe à l'arrière de la pierre tombale – mais Arthur n'était pas allé au cimetière depuis, et par ailleurs, à qui aurait-il pu en parler ? Je secouai la tête. Non, décidément, la disparition des lettres devait s'expliquer d'une autre façon.

Bien entendu, d'un point de vue purement théorique, et bien que je juge la chose très improbable, quelqu'un pouvait avoir découvert la cavité creusée dans la tombe, et emporté les lettres par curiosité. Mais qui agirait ainsi, sérieusement ? Qui ferait main basse sur une correspondance aussi personnelle ? Dans un *cimetière* ?

Un auteur à la recherche d'une bonne histoire, par exemple, telle fut la pensée qui me traversa aussitôt l'esprit, et je ne pus m'empêcher de sourire.

J'avais néanmoins pu voir de temps en temps des inconnus devant la tombe d'Hélène. Peut-être certains individus étaient-ils assez dingues pour s'emparer d'objets dans des cimetières, et conserver leur butin comme ces fans qui collectionnent les autographes de leurs musiciens préférés.

Mais, même en admettant qu'une personne ait trouvé les lettres par hasard, et qu'elle n'ait pas pu résister à la tentation de les prendre, cela ne résolvait pas la question du cœur en pierre. Pourquoi quelqu'un aurait-il déposé à mon intention ce petit cadeau dans la cachette ? Qui, à part Hélène, ferait une telle chose ?

Cette pensée était troublante, bien sûr, mais plus je réfléchissais, plus je trouvais fascinante l'idée que c'était Hélène en personne qui avait voulu me répondre en me laissant ce joli caillou. Elle cherchait à me faire comprendre qu'elle me pardonnait la nuit passée avec Catherine et qu'elle m'aimait.

Je continuais à contempler le ciel, assis sur les marches devant le Sacré-Cœur, lorsque tout me parut brusquement très logique. Shakespeare ne faisait-il pas déjà dire à son Hamlet qu'il y avait plus de choses entre le ciel et la terre que n'en rêvait notre philosophie ? *There are more things between heaven and earth, Horatio, than are dreamt of in our philosophy.* Les vers si souvent cités m'étaient revenus, et j'approuvai de la tête leur justesse. Par cette journée de mai ensoleillée, ils revêtaient plus de sens pour moi qu'ils n'en avaient jamais eu pour le malheureux Hamlet.

Je me remis à gamberger. N'arrivait-il pas sans cesse des choses qu'aucun être humain ne pouvait expliquer ? Les apparitions de la Vierge et autres manifestations surnaturelles… Les miroirs qui tombaient du mur quand quelqu'un mourait… Deux amants qui se retrouvaient, sans s'être donné rendez-vous, sur le pont où avait eu lieu leur toute première rencontre… Même Albert Einstein – un scientifique d'une telle envergure que ses propos ne pouvaient pas être remis en cause – avait affirmé que, selon les lois de la physique, il était tout à fait possible de voyager dans le temps. À bien y réfléchir, nous n'avions pas la moindre idée de ce qui pouvait se passer entre le ciel et la terre. Nous n'étions que des hommes avec un horizon humain, limité ; alors, qui pouvait savoir ce qui se cachait derrière ?

À la fois troublé et exalté face au miracle qui s'était de toute évidence opéré, je me mis à caresser le cœur en pierre dans ma main. Soudain, quelque chose vint me cacher le soleil.

Une jeune femme, cheveux roux et taches de rousseur, se tenait devant moi. Elle portait un jean et un tee-shirt bleu clair où s'étalait l'inscription *Feeling better and worse at the same time*, et elle me tendait son smartphone, comme si elle avait pour moi un appel venant de l'univers.

— Vous voulez bien ? demanda-t-elle avec un charmant accent, souriante.

— Je veux bien… quoi ? répondis-je, dérouté, en

la fixant comme on fixe une apparition. Mais qui appelle ?

Elle me regarda avec étonnement, puis secoua sa chevelure et rit.

— Ha, ha, ha ! Non… Je vous demande si vous voulez bien me prendre en photo, monsieur.

— Ah bon, oui… Mais bien sûr, bredouillai-je. Désolé.

Bon sang, j'étais vraiment à côté de la plaque ! Je mis le cœur en pierre dans une poche de mon pantalon et pris le smartphone, dont l'application appareil photo était déjà ouverte. La jeune femme monta quelques marches et se plaça devant la basilique, dont les coupoles d'un blanc immaculé se dressaient dans le ciel bleu.

— Il faut qu'on voie le Sacré-Cœur en entier, me lança-t-elle avant de prendre différentes poses, l'air mutin.

Puis elle me rejoignit et se mit à examiner les photos sur son portable.

— Merci beaucoup ! Oui, très réussi. *Lovely, very lovely !* Au fait… vous êtes d'ici ?

Je hochai la tête.

— Bon, alors vous pouvez peut-être m'indiquer le plus court trajet jusqu'au *Consulat* ? Vous savez, le restaurant…

Elle sortit vivement de sa poche un plan de la ville, et fit tomber dans le même mouvement un petit livre.

Je me penchai en même temps qu'elle, et mon crâne manqua cogner le sien.

— Oh, lâchai-je en lui rendant le volume peu épais. Vous lisez de la poésie ?

— *Yes*, répondit-elle en pressant le recueil contre sa poitrine. J'aime Jacques Prévert. J'écris mon mémoire de licence sur lui, et je passe un semestre ici, à Paris. Vous connaissez *Le Jardin* ? Un texte magnifique…

Ses yeux étincelaient, et j'eus une impression de déjà-vu.

— Bien sûr que je le connais, assurai-je avec un sourire.

Tout être amoureux découvrait forcément un jour ou l'autre ce poème – les plus beaux vers qu'un baiser ait jamais inspirés.

— Qui ne le connaît pas ? repris-je.

Obéissant à un énigmatique scénario, je fus tenté de proposer à cette jeune étudiante d'aller boire un café, mais elle s'enquérait déjà :

— Et donc, pour aller au *Consulat* ? On m'attend là-bas.

Nous nous penchâmes sur son plan, et je lui expliquai le chemin.

— Si vous prenez cette direction, vous ne pouvez pas le rater ! lui criai-je alors qu'elle montait les marches menant au Sacré-Cœur.

Elle se retourna et lança :

— Merci, monsieur. Et bonne journée !

— Hé, attendez ! Quel est votre prénom ?

Je m'attendais à ce qu'elle dise « Hélène » ou « Helen ».

— Caroline, répondit-elle en riant, et elle partit.

Un peu plus tard, tandis que je descendais en flânant la rue qui longeait *Le Consulat*, je la vis installée au soleil, plaisantant avec un jeune homme. Je passai près d'eux sans qu'elle me remarque, et me mis à méditer sur le fait que la vie était décidément un cycle bien mystérieux, dans lequel tout se répétait, tout était lié. Je n'étais pas de ceux qui croient aux signes, mais après une journée pareille, même Thomas l'incrédule aurait peut-être cru à la résurrection de Jésus.

Certes, je ne pouvais pas *savoir* si ce caillou en forme de cœur, glissé dans la poche de mon pantalon, constituait réellement un signe ; cependant, j'avais foi en lui… À l'image de l'oiseau, qui croit au jour et chante avant même que l'aube pointe.

Ma rencontre avec l'étudiante rousse m'avait donné une idée, en tout cas. Une fois rentré chez moi, je fouillai les rayonnages de ma bibliothèque, et remis finalement la main sur le poème de Prévert. Ensuite, je m'installai à mon bureau et écrivis une nouvelle lettre à Hélène.

Ma plus que bien-aimée,

Désormais, le quatorze mai revêtira pour moi une importance particulière. Aujourd'hui, je me suis en effet remis à croire que tu es toujours à mes côtés, mon ange, comme tu me l'as assuré dans ce rêve que j'ai fait, en proie à la fièvre. Tu n'es pas qu'un corps que la terre digère lentement, tu es bien quelque part. Ce n'est pas parce qu'on est mort qu'on cesse fatalement d'exister.

Je me suis rendu au cimetière aujourd'hui, pour t'apporter une nouvelle lettre après ces semaines d'absence. Quel n'a pas été mon étonnement en ouvrant le compartiment secret ! Il était vide, et à la place de la petite pile d'enveloppes, j'ai trouvé un cœur en pierre. Il est posé devant moi tandis que je t'écris, et bien que cela aille à l'encontre du bon sens, j'ose formuler l'espoir qu'il vienne de toi, ma chérie. Tu te rappelles que je t'avais confié mon désir absolu de recevoir ne serait-ce qu'une réponse de ta part ? Eh bien, je suis tenté de croire que je l'ai maintenant obtenue.

Ce matin, Hélène, lorsque j'ai constaté que notre cachette était vide, et découvert le cœur en pierre, j'ai eu le souffle coupé. J'étais frappé de stupeur. L'effroi, la joie me figeaient sur place. J'ai ensuite erré dans Montmartre en tentant de comprendre ce qui venait de m'arriver. Je me sentais grisé de bonheur, puis le doute m'assaillait de nouveau : non, une telle chose était impossible. À moins que… Mon cœur qui ne demandait qu'à croire, et ma raison qui pensait détenir toute vérité, se livraient un combat sans merci. J'ai ainsi gravi la Butte d'un pas mal assuré, mes pensées oscillant entre « Impossible » et « Pourquoi pas ? », et arrivé en haut, j'ai rencontré, sur les marches devant le Sacré-Cœur, cette jeune femme rousse qui m'a terriblement fait penser à toi. Elle aime la poésie, comme toi, même si c'est celle de Prévert et pas de Heine ; il s'est noué un dialogue qu'il me semblait avoir déjà vécu, et la situation m'a soudain donné l'impression d'être le héros d'un voyage dans le temps. Si ce n'est que l'étudiante rousse est finalement allée boire un café, non pas avec moi, mais avec un jeune homme. Et au Consulat, Hélène, au Consulat !

À cet instant, c'est le cœur qui l'a emporté sur la raison.

Je ne comprends pas de quelle manière tout cela est lié, ma bien-aimée, je sais juste que c'est le mois de mai et que je t'ai retrouvée de la plus impossible des façons, que je t'ai « à nouveau comme jadis en mai ».

Tu liras dans ces dernières lignes tout mon amour, un amour aussi infini que ce baiser dans le parc Montsouris, que Prévert a rendu à jamais impérissable – pour nous, et pour tous ceux qui s'aiment !

Julien

Le Jardin

Des milliers et des milliers d'années
Ne sauraient suffire
Pour dire
La petite seconde d'éternité
Où tu m'as embrassé
Où je t'ai embrassée
Un matin dans la lumière de l'hiver
Au parc Montsouris à Paris
À Paris
Sur la terre
La terre qui est un astre.

13

Feeling better and worse at the same time

Ce soir-là, Alexandre devait venir à la maison. Je me réjouissais de le voir, tout en pressentant que passer la soirée avec lui n'était pas une bonne idée, cette fois.

Et ce fut effectivement le cas. Mon ami a beau jurer comme un charretier, il perçoit la moindre petite vibration. Son âme d'artiste, sans doute.

Alexandre avait à peine franchi le seuil de l'appartement qu'il dépliait ses antennes.

— Qu'est-ce qui t'arrive ? Tu as l'air différent, affirma-t-il en ôtant son trench, et il me regarda en plissant les yeux.

— N'importe quoi, répondis-je. Allez, entre !

Je tentai d'afficher un air impassible. Pour être honnête, je n'étais pas loin d'imploser, tant les événements de la journée me préoccupaient. J'aurais tant aimé pouvoir parler de tout avec quelqu'un ! Les enveloppes qui avaient disparu, le cœur en pierre, ma théorie concernant l'impossible… Seulement, j'avais bien conscience qu'Alexandre se lancerait dans une entreprise de démystification globale dès que j'aurais entamé mon étrange histoire. Certes, l'orfèvre créait des bijoux qui faisaient rêver les femmes, mais il avait les pieds sur terre. Plus que moi, en tout cas. Par ailleurs, j'hésitais à révéler que j'écrivais à Hélène. Il s'agissait du dernier secret partagé avec elle : qui savait ce qui se passerait si je le dévoilais ?

Nous nous installâmes donc dans le salon, et j'ouvris une bouteille de vin rouge. Alexandre me parla d'un couple d'Américains qui avaient acheté la moitié de sa boutique ce jour-là, puis il prit des nouvelles de ma « jolie voisine », et je pus l'informer qu'heureusement, Catherine avait bien pris notre discussion, et qu'elle avait la même animosité que moi envers la vieille vipère de l'immeuble. Nos verres se vidaient et se remplissaient, j'allumais cigarette sur cigarette. Mes pensées ne cessaient de divaguer, tandis que je faisais semblant d'écouter.

— Julien ? Allô ? Tu es encore avec moi ? demanda soudain Alexandre en claquant des doigts devant mes yeux, et je sursautai. Alors, qu'est-ce que tu en dis ?

Je le fixais, sans comprendre ce qu'il me voulait. Et avant que je puisse répondre, il poursuivit :

— Tu n'as rien à en dire parce que tu ne m'as absolument pas écouté ! Donc, ne viens pas me raconter que tout est comme d'habitude. Il s'est passé un truc, je le sens bien. Ce n'est pas pour rien que tu es assis là comme un somnambule.

Ses yeux sombres me détaillèrent avec insistance. Puis il lâcha un petit rire.

— Dis donc… Non, ce n'est pas possible…

Il secoua la tête avec incrédulité, et je crus l'espace d'un instant qu'il avait tout deviné, mais il reprit :

— Tu n'es quand même pas… Tu ne serais pas tombé *amoureux*, par hasard ?

— *Quoi ?!* m'exclamai-je en me redressant, avant d'écraser ma cigarette avec agacement. Non, bien sûr que *non*, espèce d'idiot !

— Holà ! fit-il, et il leva les mains en signe d'apaisement. Tout doux, tout doux. Bon, explique-moi ce qui t'arrive, alors. Allez, m'encouragea-t-il d'une voix cajoleuse. Raconte à ton vieux Jim…

Je ne pus m'empêcher de rire, et me mis à me mordiller les lèvres.

Il s'agita dans son fauteuil, impatient, puis il se pencha vers moi.

— Aha, donc tu as bien un secret. C'est quelque chose qui te fait du bien, au moins ? Remarque, tu n'as plus l'air aussi malheureux qu'avant, en tout cas. Il y a du progrès.

— Si seulement je savais où j'en suis… commentai-je, et repensant à l'inscription sur le tee-shirt de l'étudiante rousse, je murmurai : *Feeling better and worse at the same time.*

— Comment ça, tu te sens mieux et moins bien en même temps ? C'est quoi, cette devinette ? Tu peux préciser ?

Je poussai un gros soupir et m'enfonçai dans le canapé, au milieu des coussins.

— J'ai vécu une de ces journées ! Tu ne vas pas me croire… déclarai-je finalement, avant d'adresser une prière muette à Hélène.

Ensuite, je racontai tout à mon meilleur ami.

Il faut reconnaître ce mérite à Alexandre : il ne m'interrompit pas une seule fois, même s'il poussa un grognement irrité à quelques reprises. Entre deux gorgées du vin qu'il buvait pensivement, ses yeux revenaient se poser sur moi, compatissants. Et lorsque j'eus achevé mon récit, il fit précisément ce que je craignais. Il gâcha tout.

— Pfff… Tu es drôlement allumé, mon vieux, commença-t-il, l'air décontenancé. Tu ne trouves pas toi-même cette histoire un peu dingue, maintenant que tu me l'as racontée ?

Je regrettai instantanément d'avoir lâché ne serait-ce qu'un mot à ce propos.

— Je savais bien que tu ne pourrais pas comprendre. Mais tu vois, il y a plus de choses entre le ciel et la terre…

— C'est ça, c'est ça. Arrête avec ces conneries ésotériques ! m'interrompit-il.

— Figure-toi que ces « conneries ésotériques », comme tu dis, c'est Shakespeare qui les a écrites, fanfaronnai-je.

— Eh bien, figure-toi que je le sais aussi. Seulement, Julien, allô ! Réveille-toi ! Hélène était une femme fabuleuse, la meilleure de toutes. On ne l'oublie pas et elle sera toujours là, assura-t-il en se frappant la poitrine. Mais elle est *morte*, Julien ! Elle ne peut pas prendre tes lettres dans sa pierre tombale ou y déposer des cœurs en pierre, c'est *impossible*.

Je quittai mon siège d'un bond et franchis le seuil de la porte à deux battants qui séparait mon salon en deux parties, avant de gagner, avec la détermination d'un général en campagne, mon bureau adossé au mur du fond. Je m'emparai du cœur en pierre, et revins le poser avec une certaine brusquerie sur la table basse, sous le regard ahuri d'Alexandre.

— Et si c'était possible, malgré tout ? demandai-je.

— Mais enfin, Julien, redescends ! C'est complètement absurde, tu ne t'en rends pas compte ? Tu devrais t'entendre... Un signe d'Hélène, non mais, vraiment ! On est où, là ? Dans *Poltergeist II* ? Dans *Ghost* ?

Il prit le cœur en pierre et l'examina sous toutes les coutures, en secouant la tête. Puis il le reposa sur la table et soupira.

— Je commence à me faire du souci pour toi, Julien. Très franchement, rien que le coup des lettres, je trouve ça limite. Un compartiment secret dans une pierre tombale, c'est déjà pas commun ! Enfin, si ça t'aide et que tu le lui avais promis... Hélène était intelligente : elle devait avoir une idée derrière la tête pour te demander de lui écrire. Mais bon, tu devrais quand même consacrer plus de temps à des activités qui se font avec d'autres êtres de chair et de sang, au lieu de te préoccuper autant d'un cadavre qui pourrit sous terre. Pardon de parler aussi crûment, mais je trouve ça plutôt tordu. Tu vas finir nécrophile !

Bras croisés devant la poitrine, je décidai d'ignorer ses paroles offensantes.

— Et d'où vient le cœur, alors ? insistai-je, car il fallait que je le confronte aux faits. Et qui a emporté les lettres ?

Alexandre haussa les épaules.

— J'aimerais bien le savoir, moi aussi, répondit-il. Seulement ce n'est pas Hélène, en tout cas. Désolé, mon vieux : j'en mettrais ma main à couper.

— Tu prends un risque, commentai-je, et il eut un large sourire.

— L'avenir nous le dira.

Nous nous tûmes un moment. En bas, dans la rue, un moteur de voiture vrombit. Je repensai à la lettre que je venais d'écrire et que j'apporterais le lendemain à Hélène.

Et là, on verra bien, me dis-je, buté. *On verra bien !*

Mais qu'attendais-je au juste ? Une autre réponse ? Est-ce que j'espérais que la tête de l'ange en bronze se mette à me parler ? Je soupirai, et Alexandre remplit de nouveau généreusement nos verres.

— Il faut que tu arrêtes avec ces bêtises, Julien. Tu te rends malade, point barre. Crois-moi, je serais le premier à crier hourra s'il y avait un moyen de ramener Hélène à la vie. Hélas, ce n'est pas possible, conclut-il, puis il se pencha en avant et attrapa ma main, qui se tendait déjà vers le paquet de cigarettes. Et maintenant, fini de les enchaîner, tout l'appartement est enfumé comme un pub irlandais. Tu veux tuer ton petit garçon, en plus ?

Alexandre se dirigea vers la fenêtre et l'ouvrit d'un geste brusque, faisant entrer l'air frais.

— Aaah ! Respire-moi ça ! s'exclama-t-il, et il inspira profondément avant de se laisser tomber dans le canapé, à côté de moi. Écoute, Julien, *même* si ton hypothèse était juste, *même* si c'était Hélène qui avait pris les lettres et mis le cœur à la place… qu'est-ce que ça t'apporterait, franchement ?

— Je saurais qu'elle existe encore quelque part, répondis-je à voix basse.

— Mais Julien ! Tu le sais déjà, ça. Enfin, si tu as envie de le croire. Mais bon, d'accord, admettons qu'elle existe encore quelque part, comme tu le dis si joliment… Et qui sait ? C'est peut-être bien vrai, et elle nous écoute en ce moment même, assise dans ce fauteuil vide, ou alors elle déambule à côté de nous, invisible, comme les morts dans cette pièce de théâtre de Sartre. C'était quoi le titre, déjà ?

— *Les jeux sont faits.*

— Voilà, merci ! Donc, en supposant que tu aies raison sur toute la ligne, qu'est-ce que tu en retirerais, très concrètement ? Tu vas pouvoir discuter avec Hélène, assis sur ce canapé ? Tu vas pouvoir la toucher, la prendre dans tes bras ? Elle sera couchée à côté de toi la nuit ? Vous allez petit-déjeuner ensemble, tu vas lui parler de ce que tu auras lu dans le journal ? Elle va rire quand Arthur aura dit quelque chose d'amusant ? Te préparer dans la cuisine un de ses divins clafoutis aux cerises ? Non, rien de tout ça ne va arriver, Julien.

Il s'interrompit, puis répéta en martelant les mots :

— Rien. De. Tout. Ça. Tu crois que si, toi ? Tu crois vraiment qu'elle va entrer un jour dans la pièce, sa couronne de marguerites sur la tête, et te serrer contre elle ?

Je baissai les yeux et me mis à fixer tristement le cœur en pierre.

— Mais alors, qui… dis-je, désemparé.

Je pris le caillou aux reflets roses et le serrai dans ma main, comme on se cramponne à une bouée.

Alexandre passa le bras autour de mes épaules.

— Julien. Ne va pas t'imaginer que j'ignore à quel point c'est dur pour toi…

Nous restâmes ainsi un moment, silencieux, la brise nocturne faisant doucement battre la fenêtre.

— Voilà une drôle d'histoire, c'est sûr, concéda finalement Alexandre. Mais je suis persuadé qu'il y a une explication toute simple à ce « miracle »… Dis-moi, tu es certain qu'Arthur ne peut pas avoir parlé à quelqu'un de ce compartiment secret ?

Je secouai la tête.

— Non, je lui ai encore posé la question ce soir, en le mettant au lit. Il avait déjà oublié, il n'a même pas compris de quoi je voulais parler. Il a ses préoccupations d'enfant, tu vois… Il a le béguin pour une petite fille rousse de la maternelle.

Je souris en repensant à Arthur qui m'avait montré sa petite copine, lorsque j'étais allé le chercher à l'école, avant de chuchoter : « Elle est super belle, papa, non ? »

— Faut croire qu'il a hérité de tes gènes, fit remarquer Alexandre sur un ton moqueur, avant de se redresser brusquement. Attends, je sais ! – Il se frappa le front du plat de la main. – Je ne comprends pas pourquoi je n'y ai pas pensé tout de suite. C'est pourtant clair comme de l'eau de roche : le marbrier !

— Le marbrier ?! Là, c'est *toi* qui es dingue, Alexandre ! Le *marbrier* prend mes lettres et m'offre un caillou en forme de cœur… C'est clair comme de l'eau de roche, mais oui ! Le marbrier, qui a une femme, et deux fils adultes qui travaillent avec lui dans l'entreprise familiale, s'est découvert sur le tard un faible pour les jeunes veufs. Elle est bonne celle-là, ha, ha, ha !

— Attends, minute ! intervint Alexandre, qui avait flairé une piste et entendait la suivre jusqu'au bout. Le marbrier, que tu as chargé de réaliser la pierre tombale, est l'unique personne dont nous savons avec certitude qu'elle connaît l'existence de cette cachette… D'accord, ce n'est pas forcément lui le coupable, ça pourrait aussi être quelqu'un de son atelier – à moins qu'il ait vendu la mèche à un autre client, par exemple, pour se vanter de son travail. Va savoir ! On a peut-être affaire à une veuve éplorée, qui a trouvé follement romantique ton idée de compartiment secret. Elle est allée regarder quels cadeaux tu avais choisi d'offrir à ta femme pour l'éternité, et elle est tombée sur tes lettres. Qu'elle a toutes lues, bien entendu. C'est typique des femmes, ça. Des curieuses, d'incorrigibles romantiques.

— Hm, fis-je, stupéfait. Tu sais quoi, Alexandre ? En fait, c'est *toi* qui devrais écrire des romans.

J'étais impressionné par la facilité avec laquelle il avait élaboré sa théorie, comme s'il la tirait de son chapeau. Et je devais avouer que cette histoire de marbrier n'était pas complètement aberrante. L'homme parlait beaucoup, un trait de caractère qui m'avait déjà énervé quand j'étais allé choisir la stèle.

— Non, je préfère te laisser l'écriture, commenta Alexandre, flatté. Mais je te cède volontiers cette idée grandiose pour ton prochain roman.

Il eut un sourire de satisfaction, jugeant sans doute que la soirée avait tout de même permis d'aboutir à une conclusion dont nous pouvions nous accommoder tous les deux. Ensuite, il vida son verre et le reposa sur la table basse d'un geste décidé.

— Je te conseille d'essayer de tirer les vers du nez au marbrier, reprit-il, avant de glousser. Et tu ne perds rien à ouvrir l'œil au cimetière, au cas où de jolies veuves traîneraient dans les parages. C'est une piste très sérieuse à mon avis, mon vieux.

— Je le ferai, Alexandre, je le ferai, lui assurai-je. Je comptais aller sur la tombe d'Hélène demain, de toute façon : je lui ai écrit une nouvelle lettre. On verra bien si celle d'avant aussi a disparu.

— Oui, on verra bien, répéta Alexandre en se levant. Sois attentif, et tu découvriras vite qui est derrière tout ça.

Il me dit au revoir, et je me sentis étrangement oppressé en refermant la porte derrière lui. J'allai déposer les verres à vin dans la cuisine, perdu dans mes pensées, puis passai la tête dans la chambre d'Arthur. Il dormait paisiblement, son ours en peluche dans les bras. Ensuite, je retournai dans le salon et m'approchai de la fenêtre, toujours ouverte. Je levai les yeux vers le ciel d'un noir d'encre, et mon cœur se serra.

14

Il m'aime, un peu, beaucoup…

L'inexplicable change l'être humain. Les questions sans réponses sont plus difficiles à supporter que toute autre chose, si bien que nous nous donnons du mal pour acquérir une certitude. Nous aspirons à la vérité, à la connaissance – mais qu'advient-il si nous ne sommes pas sûrs de réellement vouloir savoir ce que nous découvrirons en fin de compte ? Si l'illusion éclate comme une bulle de savon ?

Le lendemain, en franchissant le portail du cimetière de Montmartre qu'un employé venait d'ouvrir, j'éprouvais une sensation indéfinissable. J'avais passé une nuit agitée, et ne savais pas trop quoi espérer – que ma dernière lettre ait disparu, ou qu'elle m'attende bien gentiment dans sa cachette ? Qu'il y ait un nouveau signe, ou pas le moindre indice permettant de conclure qu'une main inconnue avait ouvert le compartiment secret ?

En ce tout début de matinée, il n'y avait encore personne. Empruntant le trajet si familier qui traversait le cimetière en fleurs, je ne croisai que le jardinier qui marchait en traînant les pieds. Alexandre avait semé dans mon cœur les graines de la méfiance, et lorsque le vieil homme grommela son salut, je le dévisageai et me demandai si ce drôle de type serait capable de me jouer un tour aussi étrange. Peut-être détestait-il les gens comme moi, qui pénétraient dans son royaume de pierre sans y avoir été invités ? Poursuivant mon chemin, je regardai plusieurs fois autour de moi, victime de l'impression absurde qu'on me suivait, imaginant qu'une femme coiffée d'un chapeau à voilette noire pouvait se cacher quelque part, entre les arbres – et là, ce fut moi-même que je trouvai un peu bizarre.

Quand j'arrivai enfin devant la tombe d'Hélène, le cœur battant, j'hésitai à ouvrir la cachette. Mais il le fallait.

J'actionnai le mécanisme, et cherchai à tâtons la lettre que j'y avais déposée la veille. Elle n'était plus là, mais mes doigts rencontrèrent tout de même un obstacle un peu mou. Je poussai un léger cri, croyant d'abord que c'était une main, puis je sortis prudemment « l'objet » et ris de soulagement.

C'était une petite couronne de myosotis et de marguerites.

Je la tenais en main sans savoir quoi penser. Je l'examinai soigneusement, écartai les pétales avec précaution, pour voir si un petit mot n'y était pas glissé, par exemple… mais non. Il n'y avait que les fleurs, rien de plus. Comment cela, *rien de plus* ? Quelqu'un était venu en mon absence, avait pris ma lettre, et laissé la couronne pour m'adresser un signe.

Quelqu'un, mais qui ?

La première image qui avait surgi dans ma tête lorsque j'avais découvert les fleurs, c'était le petit bouquet de myosotis de Catherine. Je me rappelais très bien la fois où je l'avais croisée au cimetière, des semaines plus tôt, alors que j'apportais ma première lettre à Hélène. C'était elle qui avait déposé les myosotis, de son propre aveu. Et elle était très embarrassée (enfin, moi aussi). Se pouvait-il qu'à l'époque déjà, elle ait vu quelque chose… qu'elle m'ait observé en secret, même ? Je tentai de me remémorer plus précisément le moment en question. Non, il n'y avait personne à proximité de la tombe, je l'aurais remarqué. Et puis, qu'est-ce que c'était que cette idée insensée ? Catherine habitait dans le même immeuble que moi, elle pouvait me parler n'importe quand, sans avoir à rôder dans des cimetières et à ouvrir des tombes. De plus… Passant en revue la journée de la veille, il me revint à l'esprit qu'elle devait être présente au collège jusqu'à la fin de l'après-midi, et qu'ensuite, Arthur était allé chez elle pour jouer avec Zazie. Le cimetière fermait à dix-huit heures, et j'imaginais mal Catherine escaladant en pleine nuit le haut portail vert pour me laisser ses myosotis.

Je secouai la tête et murmurai :

— Julien, tu hallucines !

Effectivement, je n'étais pas loin d'avoir des visions, car il me parut tout à coup évident que la petite couronne de fleurs portait la signature d'Hélène. N'avait-elle pas les cheveux ceints de marguerites, dans mon rêve ?

— Ah, Hélène, qu'est-ce que tu me fais ? chuchotai-je, hébété, en regardant l'ange toujours impassible. Bientôt, je ne saurai plus quoi croire.

Je sortis de ma petite sacoche la lettre accompagnée

du poème de Prévert, et la plaçai dans la cavité creusée dans la pierre.

— Je suis impatient de savoir ce que tu vas en penser, déclarai-je à voix basse, et je refermai le compartiment secret.

Ensuite, j'inspectai minutieusement la stèle. Non, décidément, il était très difficile de distinguer à l'œil nu l'interstice du clapet de pierre.

Je me relevai. J'avais parfaitement conscience que tout ceci était passablement étrange, mais debout devant la tombe, la petite couronne de fleurs dans la main, le regard tourné vers le visage d'Hélène, je me sentis détaché de ce monde, et les arguments d'Alexandre perdirent de leur importance.

Je m'arrachai finalement à ma contemplation, à contrecœur. J'avais quitté les petits chemins et je longeais l'avenue Hector-Berlioz, le pas lent, lorsque j'entendis quelqu'un me héler.

Je me tournai et aperçus plus loin, entre les monuments funéraires surmontés de petits toits, une silhouette menue assise sur un banc, tout de sombre vêtue, sa boîte à outils près d'elle. Sophie… Je m'approchai.

— Salut, Julien ! s'écria-t-elle, l'air réjoui. Alors comme ça, te revoilà ? Ça fait une éternité…

— J'étais là hier encore, pourtant, déclarai-je, et elle haussa les sourcils avec étonnement. Seulement… j'ai été malade.

— Et moi qui pensais déjà que tu avais réintégré le monde des vivants et que je ne te reverrais plus jamais ! lança-t-elle en rajustant sa casquette, ses yeux étincelant de malice.

Si tu savais, petit lutin, si tu savais, pensai-je.

— J'aurais trouvé ça vraiment dommage, poursuivit-elle avec un grand sourire. Sérieux, nos discussions commençaient à me manquer. – Elle se décala un peu sur le banc. – Allez, installe-toi un moment, je vais seulement me mettre au travail, tu vois. Alors, comment va ?

— Oh… Ma foi… Très bien pour l'instant, bredouillai-je, avant de jeter un coup d'œil à la petite couronne que je tenais toujours. Enfin, compte tenu des circonstances…

— Jolies fleurs, dit soudain Sophie. Elles sont pour ta femme ?

— Non, j'en reviens.

J'avais lâché ces mots sans trop réfléchir, et devant son air stupéfait, je songeai que je me donnerais bien des gifles.

— Oh, pour qui sont-elles, alors ?

— Les fleurs… euh… les fleurs… bégayai-je en me sentant très idiot, elles… elles sont pour toi !

Je souris, soulagé d'avoir eu cette inspiration salvatrice.

— Pour *moi* ? s'étonna-t-elle, et son teint rosit. Mais…

— Oui, pour toi, l'interrompis-je vivement en posant la couronne sur ses genoux. J'espérais bien te trouver ici. Figure-toi que tu me manquais, toi aussi. – Je ris et décidai de tourner la chose en plaisanterie. – C'est bien toi qui m'as dit que les bouquets fleurissent pour rien sur les tombes, non ?

— Bien vu, l'écrivain !

Elle rit à son tour, mais son regard conservait une

expression de doute. Elle hésita, puis s'enquit de nouveau :

— Alors… Elles sont pour moi, sûr ?

Je hochai la tête avec ardeur.

— Mais oui, puisque je te le dis !

— Tu es vraiment doué pour inventer des histoires… Mais bon, merci quand même ! s'exclama-t-elle avant de poser la petite couronne près d'elle. Tiens, des myosotis et des marguerites… Tu sais ce que ça signifie, dans le langage des fleurs ?

— Non, quoi ?

— Eh bien… Le myosotis symbolise l'amour et la fidélité. Il me semble que, dans le temps, on disait que les yeux des gens tombés fraîchement amoureux faisaient penser au myosotis… expliqua Sophie avant de se pencher vers moi, sourcils froncés. Oh… *ça alors* ! Tes yeux ont justement la couleur des myosotis.

Elle me décocha un large sourire, et j'eus un petit rire gêné. Ça, par exemple ! Le lutin serait-il en train de flirter avec moi ?

— Et maintenant, au tour de l'autre, annonça-t-elle en cueillant une des fleurs de la couronne et en la tenant en l'air. La marguerite, elle, symbolise le bonheur authentique. Fantastique, non ? En plus, qu'est-ce qu'on peut faire avec une marguerite ?

Elle se mit à agiter la fleur sous mon nez.

— Alors ? J'attends…

— Aucune idée, dis-moi ! demandai-je, décontenancé. Je ne connais pas bien le langage des fleurs.

— Mais enfin, Julien… Tous les enfants connaissent ce vieux jeu ! lança-t-elle avant de se mettre à détacher les pétales du bout des doigts. Il m'aime… un peu… beaucoup…

Elle continua ainsi jusqu'au dernier pétale.

— Pas du tout ! Zut alors ! s'écria-t-elle en jetant la tige dégarnie par-dessus son épaule, puis elle scruta mon visage. Et maintenant, tu ne veux pas me dire pourquoi tu avais cette jolie petite couronne de fleurs ? À moins que ce soit un secret… C'est ça ? *J'adore* les secrets.

Et comme je ne réagissais pas, elle poursuivit en souriant :

— Très bien, plus facile alors : comment avance ton livre, l'écrivain ?

Bon, elle n'essayait pas de flirter, non.

— Comme ci, comme ça, répondis-je vaguement, et une idée me vint alors. Et toi, Sophie ? J'ai vu l'autre fois que l'ange avait retrouvé ses deux ailes. Ça va, le travail ? Qu'est-ce que tu fais en ce moment ?

— Oh, je restaure une épitaphe sur un caveau de famille. Ce n'est pas un gros challenge, mais une commande est une commande.

Je hochai gravement la tête comme l'aurait fait un homme du métier, mais à cet instant précis, je me souciais de son activité de tailleuse de pierre comme de ma première chemise.

— Dis, Sophie, tu viens ici tous les jours, non ?

— Eh bien, *presque* tous les jours : il m'arrive d'être en congé le week-end. Il y a autre chose dans la vie que les anges et les pierres tombales, hein ! Aujourd'hui, par exemple, je vais arrêter le boulot plus tôt que d'habitude. C'est l'anniversaire de ma cousine et on est invités.

Je ne cherchai pas à savoir qui était ce « on », et posai la question suivante en essayant de prendre le ton le plus détaché possible :

— Et… au fait, tu as vu des gens près de la tombe d'Hélène, ces derniers temps ? Enfin, à part moi, bien sûr.

Elle me regarda avec attention, puis haussa les épaules et lâcha :

— Hm. Laisse-moi réfléchir… Le jardinier du cimetière balaie régulièrement le chemin. Et je me souviens d'un groupe de Japonais qui ont photographié quelques tombes, je crois que ton ange en bronze était dans le lot. Il y a aussi un homme élégant qui est passé dans le coin, une femme avec un grand chapeau noir, et j'ai aperçu un jour une petite dame âgée.

Elle interrompit son énumération pendant quelques instants, avant de reprendre :

— Oh, j'allais oublier la jeune femme blonde qui vient régulièrement apporter des fleurs.

Cette jeune femme blonde, c'était sans aucun doute Catherine.

— Quelqu'un d'autre, sinon ? insistai-je.

— Eh bien ! Je te trouve drôlement curieux. Pourquoi ? Tu veux connaître la cote de popularité de ta femme ? Écoute, je ne surveille pas toutes les allées et venues, mais je dirais que sa tombe est plus fréquentée que d'autres. Exception faite des célébrités, bien entendu. Alors… qui encore ? Un jour, j'ai vu un jeune couple s'attarder devant la tombe : ils l'ont bien regardée et le mec a même pris des notes dans un petit carnet, seulement ça remonte à un bon moment. Et puis… Ah oui, il y a quelques jours, un clochard traînait autour avec sa bouteille de vin.

Sophie fit une petite grimace après avoir conclu sur ce souvenir, et je revins à la charge :

— Et hier ? Tu as vu quelqu'un hier ?

— Non, désolée. Enfin, il se peut que quelqu'un soit venu, mais je ne pouvais pas m'en rendre compte parce que j'étais trop loin.

— Et quand tu travaillais près de la tombe d'Hélène, quand tu réparais l'ange… est-ce qu'une des personnes dont tu viens de me parler a… fait quelque chose là-bas ?

Elle me fixa d'un air surpris.

— Qu'est-ce que tu veux dire, Julien ? Tu veux parler de vandalisme ? Il y a eu des dégâts ? On a piqué un truc ?

Je sentis que je rougissais. J'aurais peut-être dû simplement lui dire toute la vérité, mais je ne le fis pas. Sophie m'aurait sûrement traité de dingue comme mon ami Alexandre.

— Euh… non, répondis-je précipitamment. Ou plutôt, si. Je ne retrouve plus mon arrosoir vert. Il est toujours derrière la stèle, d'habitude.

— Aha.

Les grands yeux sombres de Sophie s'attardèrent un moment sur moi. Impossible de savoir si elle m'avait réellement cru.

— Il y a des pilleurs de tombes dans le cimetière, alors, reprit-elle finalement, souriante. Bon, si tu veux, je peux ouvrir l'œil pour toi, Julien. Je suis là tous les jours, après tout.

Son téléphone portable sonna, et elle m'adressa un regard d'excuse.

— Pas de problème, déclarai-je en me levant. Ne t'en fais pas pour moi, je dois y aller de toute façon.

Je fis au revoir de la main et Sophie sourit, avant de me remercier encore en désignant juste du doigt, ravie, la petite couronne de fleurs près d'elle. Tandis que je m'éloignais, je l'entendis dire, d'une voix aux inflexions tendres :

— Bien sûr que je n'ai pas oublié, Chouchou. Je finis plus tôt aujourd'hui, je te l'ai déjà dit... Oui, oui, je serai à la maison à cinq heures maximum... Oui... moi aussi.

Ce fut ainsi que je quittai le cimetière les mains vides, au propre comme au figuré. La visite que je fis ensuite chez *Marbrerie Bertrand & Fils* n'allait pas se dérouler de façon beaucoup plus satisfaisante – pas si on voulait croire à la théorie d'Alexandre concernant la jolie veuve à la fibre romantique, en tout cas.

Je trouvai monsieur Bertrand dehors, conseillant un couple de gens âgés et leur vantant les mérites des pierres tombales d'occasion.

— Nous pouvons effacer l'ancienne inscription et vous faire quelque chose de joli, claironnait-il. Ça vous reviendra moins cher en ayant quand même de l'allure. Personne n'a besoin d'apprendre que la pierre a déjà servi. – Il m'aperçut et se gratta l'oreille. – Mais allez-y, regardez tranquillement. Comme je dis toujours, ça ne coûte rien de jeter un œil !

Le couple se mit à longer les stèles exposées, discutant à voix basse, et monsieur Bertrand se dirigea vers moi avec un large sourire. Visiblement, il se souvenait de moi.

— Monsieur Azoulay ! Qu'est-ce qui vous amène ici ? demanda-t-il en me serrant la main. Il ne vous faut pas déjà une autre pierre tombale, quand même ?

Je commençai par rassurer le marbrier. Puis, assez laborieusement, je lui exposai l'objet de ma visite.

La réaction de monsieur Bertrand fut violente. Manifestement, je venais de le blesser dans son honneur professionnel.

— Mais enfin ! s'exclama-t-il avec indignation, écartant les bras pour souligner son innocence. Vous me pensez capable de ça ? Pas croyable ! – Il se mit à secouer la tête sans interruption. – Écoutez, jeune homme, je dirige cette entreprise depuis quarante ans maintenant ; mon père l'a dirigée avant moi, et quand je serai six pieds sous terre, ce qui j'espère n'arrivera pas de sitôt. – Il donna trois petits coups sur un bloc de marbre près de lui. – Mes deux fils reprendront l'affaire familiale. Eh bien, figurez-vous que depuis tout ce temps, jamais, jamais personne ne s'est plaint !

— Mais je ne me plains pas, vous savez, assurai-je vivement devant son regard lourd de reproches. Je me demande juste s'il se peut, éventuellement, que vous ayez parlé à quelqu'un de… euh… de la *particularité* de la pierre tombale.

J'avais baissé la voix en prononçant ces derniers mots. Monsieur Bertrand lâcha un grommellement incompréhensible.

— Enfin, si c'est le cas, il suffit de me le dire, repris-je en parlant entre mes dents. Vous voyez, il est très important que je sache si quelqu'un est au courant. C'est une question de vie ou de mort… en quelque sorte.

Je me mis à le fixer avec insistance, en me félicitant d'avoir su trouver la formule *ad hoc*.

Le marbrier recula d'un pas, l'air effaré, et plissa les yeux. Puis, soutenant mon regard sans un clignement, il croisa les mains sur son tablier de travail, tendu par un ventre énorme.

— C'est exclu, monsieur Azoulay. J'ai enchâssé ce compartiment secret moi-même, en personne, et mes propres fils n'ont pas participé une seule seconde à l'exécution de la stèle. Vous m'aviez précisé que ça devait rester confidentiel, et j'ai respecté votre désir. Ça n'a pas changé depuis, que le diable m'emporte si je mens ! Les discussions que j'ai avec les clients ne sortent pas de cet atelier, vous pouvez me croire. Si vous saviez tout ce que j'entends comme histoires… Et les proches des défunts ont parfois de drôles de requêtes.

Il leva les yeux au ciel, l'air théâtral, et je ne me risquai pas à imaginer les situations auxquelles il pouvait faire allusion.

— Non, monsieur, poursuivit-il, la discrétion, c'est notre métier, comme je le dis toujours à mes fils. Une discrétion éternelle. Je ne suis pas que marbrier, je sais aussi rester muet comme une tombe, ha, ha, ha !

Il avait ri bruyamment, et je me dis qu'il faisait peut-être régulièrement usage de ce jeu de mots. On aurait presque dit un slogan : « Le marbrier qui reste muet comme une tombe. »

Le couple âgé, qui tournait toujours autour des stèles, cessa de palabrer et regarda dans notre direction avec intérêt.

Remarquant que je ne m'esclaffais pas avec lui, monsieur Bertrand remit le couvert :

— Mais qu'est-ce que je dis… Muet comme *deux* tombes, ha, ha, ha !

Son ventre imposant tressautait. Supportant mal un tel accès de jovialité dans un cadre aussi particulier, je pris congé, et laissai monsieur Bertrand rejoindre ses clients, qui allaient sûrement pouvoir bientôt profiter, eux aussi, de son éternelle discrétion.

15

Dans la forêt de la mémoire

Lorsque Alexandre m'appela le dimanche matin, je consultais pensivement le recueil édité par la Librairie Gallimard, comme si souvent depuis quelques jours. Le livre ancien aux pages jaunies rassemblait de merveilleux poèmes de Jacques Prévert – et apparemment, quelques lignes de ce petit volume m'étaient destinées, me donnant matière à de nouvelles énigmes.

Eh bien oui, j'étais retourné entre-temps sur la tombe d'Hélène – poussé par la curiosité. Et en effet, ma dernière lettre avait disparu lorsque j'étais venu déposer une nouvelle enveloppe dans le compartiment secret. À la place, mes doigts s'étaient refermés sur cet ouvrage d'occasion que j'avais sorti de sa cachette, à la fois décontenancé et ravi.

Ce vieux livre de poche un peu abîmé – qui évoquait une de ces trouvailles faites sur les quais de Seine, chez les bouquinistes vendant chaque jour de petits trésors du temps passé, dans leurs boîtes accrochées aux parapets – constituait sans nul doute une réaction à ma précédente lettre, dans laquelle j'offrais à Hélène le fameux poème de Prévert que connaissent tous les amoureux.

Sans plus attendre, je m'étais mis à feuilleter le recueil, debout devant la tombe, la respiration courte.

Une personne avait inscrit son nom sur la première page, d'une écriture un peu démodée : *Augustine Bellier.* Cela ne me disait rien... Probablement l'ancienne propriétaire du livre, qui devait avoir rendu l'âme depuis belle lurette. J'avais tourné soigneusement les pages, une par une, cherchant une annotation, une corne – quelque chose qui puisse me fournir un indice. J'avais finalement découvert, entre deux feuillets, une carte postale ancienne de teinte brunâtre, faisant visiblement office de signet. Le recto était décoré de roses blanches, et le verso vierge. Le poème figurant sur la page en question avait pour titre *Cet amour.*

Je ne le connaissais pas.

Il s'agissait d'un long texte sur l'amour, incarné par diverses personnes au fil des vers. L'auteur y qualifiait la nature du sentiment, les visages qu'il pouvait revêtir. On lisait aussi que, si les hommes oubliaient parfois l'amour, l'amour, lui, ne les oubliait jamais. Les dernières lignes étaient soulignées d'un léger trait de crayon à papier... et quelqu'un avait aussi ajouté deux mots :

Nous n'avons que toi sur la terre
Ne nous laisse pas devenir froids, DE PIERRE
Beaucoup plus loin toujours
Et n'importe où
Donne-nous signe de vie
Beaucoup plus tard au coin d'un bois

Dans la forêt de la mémoire
Surgis soudain
Tends-nous la main
Et sauve-nous.

Je me tenais devant la tombe, profondément ébranlé. Et plus tard, alors que j'avais quitté le cimetière depuis longtemps et que j'étudiais le poème encore et encore, pour comprendre le message qu'un être terrestre ou céleste cherchait à me délivrer, ma gorge se serrait chaque fois que je lisais le vers : *Ne nous laisse pas devenir froids,* DE PIERRE. Quant à l'appel pressant, à la toute fin : *Dans la forêt de la mémoire / Surgis soudain / Tends-nous la main / Et sauve-nous*, il me faisait monter les larmes aux yeux.

Voilà, j'avais enfin compris… Hélène avait beau présenter aujourd'hui le visage impassible d'un ange, aux traits aussi figés que la pierre, elle me manifestait toujours son amour, depuis l'orée de la forêt de la mémoire. Une forêt symbolisant naturellement le cimetière, lieu charnière entre la vie et la mort.

Dès l'instant où j'avais découvert le petit recueil de Prévert, il avait été clair pour moi que Catherine ne pouvait pas se cacher derrière tout cela – même si elle venait régulièrement au cimetière. Non, jamais de la vie ! Contrairement à Hélène, sa meilleure amie, Catherine n'avait aucune sensibilité poétique. Elle avait étudié les sciences naturelles, et son mémoire de licence s'intitulait prosaïquement : *Sur la trace des microbes.* Elle était professeure de *biologie*, bon sang ! Elle ne lisait pas de poésie, et elle n'en offrait pas non plus. Aussitôt après avoir eu cette pensée, je présentai mentalement des excuses à toutes les professeures de biologie qui lisaient quand même de la poésie. C'était possible, évidemment. Après tout, Boris Pasternak était médecin, et il avait écrit de magnifiques poèmes. Mais rien à voir avec Catherine, ma voisine. Je doutais qu'on puisse trouver ne serait-ce qu'un recueil de poésie dans sa bibliothèque aux dimensions plutôt modestes.

Pour en revenir à ce dimanche matin, j'étais assis dans mon lit – quelque peu détaché des réalités de ce monde après m'être absorbé dans la belle poésie de Prévert, et formulant déjà dans ma tête la prochaine lettre à Hélène –, lorsque la sonnerie du téléphone m'arracha à mes pensées.

C'était Alexandre, qui voulait savoir comment s'était passée ma visite chez le marbrier.

— Alors… Tu as découvert quelque chose ?

— Tu peux l'oublier, il jure ses grands dieux que ce n'est pas lui, répondis-je, et je lui racontai mon échange avec monsieur Bertrand, le marbrier discret « à mort ».

— Eh bien… Comment peux-tu être sûr qu'il dit toute la vérité ? objecta Alexandre.

Je poussai un gémissement.

— Ah, Alexandre, laisse tomber ! Arrête avec tes théories du complot, maintenant. Il n'y a pas de jolie veuve qui se préoccupe de mon salut.

— Dommage, fit Alexandre. Quoi d'autre ?

Je lui rapportai ma discussion avec Sophie, hésitant, et énumérai les gens qu'elle avait vus près de la tombe d'Hélène.

— Ça y est, on la tient ! La femme au chapeau noir ! s'exclama Alexandre, triomphant. Moi, ça me fait terriblement penser à une veuve… À moins que tu connaisses quelqu'un qui porte un chapeau noir ?

— Non. La dernière fois que j'ai vu une femme avec un grand chapeau noir, c'était dans un film de Fellini. Mais comme monsieur Bertrand sait rester muet comme une tombe, pas la peine de continuer à spéculer.

— Et la dame âgée que cette tailleuse de pierre a mentionnée ?

— Oh, je pense que ça pourrait être ma mère. Maman va de temps en temps sur la tombe d'Hélène, même si ce n'est pas une habituée des cimetières.

— Pas comme toi ! lâcha Alexandre.

— Pas comme moi, non, répétai-je, un peu en rogne. Tu aurais pu t'abstenir de faire ce commentaire, tu ne crois pas ?

— Désolé, déclara Alexandre sur un ton contrit, avant de revenir à la charge : et sinon, tu as encore dégoté quelque chose dans ta fameuse cachette ?

— Oui.

J'avais de moins en moins envie de poursuivre cette conversation.

— Et donc ? Oh, Julien, c'est pénible de devoir te tirer les vers du nez, je cherche juste à t'aider.

Je soupirai, et lui parlai de mes deux dernières trouvailles.

Lorsque j'évoquai la petite couronne de fleurs, il me coupa aussitôt la parole :

— C'est la jolie voisine, forcément ! C'est la seule qui va régulièrement déposer des bouquets de myosotis, tu me l'as raconté toi-même. Et cette tailleuse de pierre… elle a dit qu'une jeune femme blonde venait très souvent sur la tombe, non ? Ta voisine est peut-être bien tombée amoureuse de toi, finalement. Va savoir.

— Figure-toi que j'y ai aussi pensé, monsieur le petit futé ! Sauf qu'il faut l'éliminer du cercle des suspects, et pour plusieurs raisons. D'abord, le jour où la couronne de fleurs a été déposée dans le compartiment, Catherine ne pouvait matériellement pas se rendre au cimetière. Ensuite…

— Ensuite ?

Je le mis alors au courant pour le recueil de poésie.

— Hm… reprit Alexandre. Mouais, mouais, mouais. Effectivement, ça ne ressemble pas à ta mademoiselle Balland, on dirait. Et qu'est-ce qu'il raconte, ce poème ?

Je lui expliquai le thème qu'il traitait, et lui lus même les lignes soulignées.

— C'est plutôt le style d'Hélène, tu ne trouves pas ? demandai-je avec circonspection.

— Ben non, je ne trouve pas. Pas du tout. Au contraire.

— Comment ça ? l'interrogeai-je, réticent.

Mon ami Alexandre me livra alors son analyse des vers de Prévert, totalement différente de la mienne.

— Écoute, ça me paraît assez évident, pourtant ! Tu ne dois pas devenir froid et insensible comme toutes ces pierres tombales, tu ne dois pas fermer ton cœur à un nouvel amour. L'amour t'envoie un signe – au cimetière, l'endroit où te ramènent sans cesse tous les souvenirs liés à Hélène. L'amour se présente à toi, il veut te sauver, seulement il faut que tu le lui permettes. L'amour te tend la main, tu piges ?

Je me taisais, stupéfait.

— Ma foi… commençai-je finalement. On peut interpréter les poèmes de différentes manières, c'est une de leurs particularités. Comme les prédictions de l'oracle de Delphes. Moi en tout cas, j'ai immédiatement pensé à Hélène.

— Tiens, étonnant ! s'exclama Alexandre, qui paraissait prendre plaisir à ce jeu de devinettes. Tu ne penses qu'à Hélène de toute façon, mon vieux.

— Et le cœur en pierre, tu m'expliques comment il colle avec ta théorie ? m'enquis-je avec mauvaise humeur.

Je commençais à me demander si je n'avais pas eu tort de tout raconter à Alexandre.

Je songeai à ma première trouvaille, toujours posée sur mon bureau. C'était avec elle que tout avait commencé. Avec ce cœur en pierre, qu'Hélène m'avait laissé pour me faire savoir qu'elle m'aimerait éternellement. J'avais reçu ce signe au moment où j'en avais le plus besoin, en plein désarroi. Impossible que ce soit juste une coïncidence.

— Ça colle parfaitement, mon cher, répondit alors Alexandre. Il est grand temps que tu rouvres à la vie ton cœur qui s'est pétrifié.

Je ne réagis pas. J'avais l'impression d'entendre ma mère.

— Donc, ça pourrait quand même être cette Catherine… se remit à réfléchir tout haut Alexandre. Ou quelqu'un d'autre qui aurait des vues sur toi. Dis donc, et cette fille que tu vois au cimetière ? Elle ne pourrait pas tremper là-dedans ? Peut-être qu'elle trouve le gentil veuf à son goût. Après tout, elle passe son temps à bricoler les tombes.

— Quoi ? Sophie ?

Je réfléchis un moment, puis secouai la tête. Sophie avait un petit ami à qui elle disait « Moi aussi » au téléphone.

— Mauvaise pioche ! Elle a un petit copain, précisai-je, repensant à l'accent tendre qu'avait soudain pris sa voix, la dernière fois.

— Comment tu le sais ?

— Il lui téléphone sans arrêt. Elle l'appelle Chouchou et elle est dingue de lui. En plus, elle est beaucoup trop… garçon manqué pour s'intéresser à la poésie.

— Bon, très bien, commenta Alexandre, rayant mentalement de sa liste la tailleuse de pierre. Qui dans ton entourage lit des poèmes, sinon ?

— Personne. À part Hélène.

— Julien ! Je t'en prie… De temps en temps, on pourrait vraiment croire que tu as une araignée au plafond. Et ton éditeur alors, comment il s'appelle déjà… Fabre ?

— Favre, corrigeai-je. Jean-Pierre Favre.

— Oui, bon, pourquoi pas lui ? Si c'était lui, l'homme élégant près de la tombe ? Ce Favre est sûrement super cultivé, il doit avoir de l'imagination, savoir manier les mots… Et je parie qu'il y a des recueils de poésie dans sa bibliothèque à lui. Il craint peut-être que tu ne finisses jamais ton livre, et il essaie de te ramener sur le droit chemin.

— Et c'est pour ça qu'il cherche à attirer mon attention sur le *cimetière* ?

— Non ! Je dis qu'il cherche à t'éloigner de ce cimetière. Seulement, tu ne veux pas m'écouter.

— Complètement absurde, ton idée. Dans ce cas, je pourrais tout aussi bien me demander si ce n'est pas *toi* qui tires les ficelles, Alexandre. Parce que, si on y réfléchit bien, tu graves des vers dans des pendentifs, non ? Et il me semble qu'il t'est déjà arrivé de reproduire une ou deux citations de Prévert, je me trompe ? Tu serais bien capable d'agir comme ça, en tout cas.

— Tu refroidis, mon vieux, lâcha Alexandre.

Nous nous tûmes tous les deux, et toujours assis dans mon lit, je me mis à entortiller machinalement un bout de ma couette, perplexe.

Alexandre fut le premier à reprendre la parole :

— Ouais, ben alors, il ne reste plus…

Je retins mon souffle, curieux d'entendre ce qu'il allait encore échafauder.

— … Il ne reste plus qu'Elsa L., j'imagine, conclut-il avant d'éclater de rire.

L'idée était si drôle que je ne pus que rire, moi aussi.

— On se voit ce soir ? proposa Alexandre. On aura peut-être de meilleures idées.

— Impossible ! objectai-je. Ma mère a pris des places pour *La Flûte enchantée.* Ils l'ont adaptée pour les enfants, et on y emmène Arthur cet après-midi.

Maman estimait qu'en matière d'éducation culturelle, il n'était jamais trop tôt pour commencer.

— *La Flûte enchantée*, c'est le spectacle parfait pour un enfant de quatre ans, avait-elle indiqué en me voyant hausser les sourcils. En plus, Arthur va avoir cinq ans cette année.

— Bon enchantement à vous, alors, fit Alexandre. On se verra plus tard.

Ma bien-aimée Hélène, soleil de mes nuits,

Je suis tellement tiraillé, mon cœur ! J'aimerais tant croire que c'est toi qui prends mes lettres, qui me laisses des signes, et parfois j'y crois dur comme fer, quoi que puisse en dire Alexandre.

Lorsque j'ai trouvé le recueil de Prévert, j'étais persuadé que cela ne pouvait venir que de toi – qui, à part toi, m'offrirait des poèmes ? Et n'était-ce pas la réponse parfaite aux vers que j'avais moi-même recopiés à ton intention ? Mais ensuite, de nouveau, comme en cet instant précis, je me dis que tout cela n'est pas possible. Je t'écris en me demandant : À qui est-ce que j'écris là ? Qui peut bien lire mes lettres ? Et pourtant, je suis incapable de m'arrêter. Quelle serait l'alternative, aussi ? Ne plus t'écrire et donc ne plus recevoir de réponses ? Sans compter que je t'ai promis de le faire, ma chérie, alors tant que je n'aurai pas rédigé cette trente-troisième lettre, je continuerai à m'adresser à toi, je continuerai à espérer... Mais espérer quoi, au juste ?

T'avoir à nouveau comme jadis en mai ? Voir ma vie prendre une tournure heureuse ?

Lorsque je t'ai fait cette promesse, Hélène, je ne soupçonnais pas qu'écrire ces lettres m'entraînerait dans une aventure pareille. Car c'est ce que c'est devenu pour moi – une aventure riche en énigmes. Seul Alexandre est dans la confidence. À moins que quelqu'un d'autre soit au courant ?

Ah, Hélène, parfois je ne sais vraiment pas quoi souhaiter ! Ou plutôt si, je le sais. Je souhaite que ce jeu étrange, fait de grandes questions et de petites réponses, se poursuive ! Je n'ose pas imaginer ce qui arriverait si un jour, brusquement, je ne découvrais plus rien dans la cachette ; si tout cela cessait, si le contact était rompu ! Je crois que ce serait recevoir un coup de massue sur la tête.

Tu avais dit qu'écrire ces lettres pourrait m'aider – et tu avais raison, ma fine mouche. Me confier à toi me distrait de mes préoccupations, redonne une certaine structure à ma vie, me permet de prendre de la hauteur, me fait avancer. C'est encore plus vrai depuis que je vais au cimetière en m'attendant à trouver une réponse dans ce fameux compartiment, naturellement.

La situation est tellement insensée – je n'ose pas en parler autour de moi, de peur qu'on pense que je suis cinglé, bon à enfermer. Pourtant, il m'arrive d'avoir envie de le crier à tue-tête, sur tous les toits : je sens que mes lettres sont lues, qu'il y a des réponses à mes questions.

Ces réponses m'apportent leur soutien durant les pires moments de ma vie, Hélène, et me procurent même de l'espoir – bien que cet espoir défie le bon sens.

Dimanche, je suis allé voir La Flûte enchantée *de Mozart avec Arthur et maman. C'était une représentation donnée en plein air par une compagnie de théâtre indépendante, dans le parc Montsouris, où ils avaient dressé une estrade pour l'occasion. Il s'agissait d'un spectacle adapté pour les enfants, mais c'était magique. Nous nous donnions la main, maman, Arthur et moi, sous le charme. Nous avons ri des pitreries de Papageno, de la drôlerie de Papagena. Et nous avons emboîté le pas à Pamina et Tamino, dont le grand amour triomphe de toutes les épreuves.*

Peut-être que des épreuves m'attendent, moi aussi. Je veux me montrer fort, ma bien-aimée, et ne pas perdre courage. Ne pas perdre foi non plus dans le fait que tout finira par s'arranger. Car je n'ai que cela pour le moment : ma foi.

Attendant un signe de toi, je t'embrasse un millier de fois.

Julien

16

La porte fermée

Le mois de mai prit fin, et la profonde tristesse qui avait pesé sur moi comme une chape de plomb, ces derniers mois, fit place à une attente fébrile. Si, jusqu'à présent, j'avais plus ou moins « fonctionné » en pilotage automatique, j'étais désormais parfaitement réveillé, voire tendu. En proie à une nervosité que remarqua même mon petit garçon.

— Papa, tu n'arrêtes pas de remuer le genou, constata-t-il un matin, alors que nous étions assis à la table de la cuisine.

En tout cas, le chagrin m'anesthésiait un peu moins, apparemment. Un jour que j'avais emmené Arthur voir *Ma vie de Courgette*, je me surpris à m'intéresser aux aventures du petit orphelin, et après le film, alors que nous faisions la queue pour acheter des crêpes au Nutella au stand du boulevard Saint-Germain, derrière la vieille église de Saint-Germain-des-Prés, Arthur déclara avec satisfaction :

— Tu recommences à rire, papa. C'est cool !

En semaine, j'essayais d'avancer dans l'écriture de mon roman, même s'il prenait une toute nouvelle direction. Le week-end, je faisais des sorties avec Arthur. Je voyais de temps en temps Alexandre mais j'évitais de lui parler des lettres disparues, et quand il me posait la question, je répondais par une boutade : « Rien de nouveau sur le front du cimetière. »

Il m'arrivait même de descendre discuter le soir avec Catherine, sur son balcon. Depuis que madame Grenouille nous avait voués aux flammes de l'enfer, nous étions devenus complices, et l'embarras que nous éprouvions l'un devant l'autre après cette fameuse nuit avait disparu, faisant place à une relation de bon voisinage teintée d'amitié – du moins, c'était ce que je pensais à l'époque.

Tous les mercredis, j'allais déjeuner chez ma mère, et le dimanche, quand il faisait beau, nous allions au bois de Boulogne, Arthur et moi. Nous y louions parfois une barque que je manœuvrais sur le lac, entre familles et couples d'amoureux, pour le plus grand plaisir de mon petit garçon qui poussait des cris et des exclamations de joie. Ou alors nous prenions un petit bateau pour nous rendre au *Chalet des Îles*, nous y asseoir au soleil et manger une tartelette à la framboise. Cela, c'était la partie normale de ma vie.

Et puis, il y avait « le secret » et cette agitation qui m'avait gagné, qui croissait et atteignait son paroxysme le vendredi matin, quand Louise venait faire le ménage et que je quittais l'immeuble pour rejoindre cette colline dans le nord de Paris à laquelle mon destin était manifestement lié.

Dès que je prenais le métro pour Montmartre,

mon cerveau entrait en ébullition, j'étais électrisé. Qu'allais-je trouver cette fois ?

En effet, ma requête avait miraculeusement été entendue : le jeu étrange se poursuivait. Chacune de mes lettres donnait lieu à une réponse, et après chaque nouveau signe, j'en écrivais une autre. Je me sentais comme ivre… Ce va-et-vient fiévreux me faisait penser à Cyrano de Bergerac qui, à la fois malheureux et brûlant d'ardeur, s'adonne à sa correspondance amoureuse sans montrer son visage. J'étais avide de ces petits signes que recelait le compartiment secret. Je les rapportais précieusement chez moi, je cherchais à les interpréter, à résoudre leurs devinettes. J'étais incapable de me freiner, puisque mes lettres continuaient à disparaître et que le contenu de la cachette alimentait sans cesse mon intérêt.

Après être allé voir *La Flûte enchantée* avec Arthur, j'avais découvert une boîte à musique. Pas plus grande qu'une boîte d'allumettes, elle était recouverte d'un carton blanc sur lequel on reconnaissait sans peine les silhouettes de Papageno et de Papagena, dansant ensemble dans leurs costumes de plumes. J'avais tourné avec curiosité la petite manivelle sur le côté, et entendu la mélodie du glockenspiel jouée par Papageno :

Wer viel wagt, gewinnt oft viel !
Komm, du schönes Glockenspiel,
Lass die Glöckchen klingen, klingen,
Dass die Ohren ihnen singen.

Das klinget so herrlich,

Das klinget so schön !
Larala la la larala la la larala[1] *!*

J'avais posé la boîte à musique sur ma table de chevet. Le soir, quand venait la mélancolie, j'actionnais la manivelle, et la mélodie entraînante et cristalline s'élevait dans l'obscurité.

Les fois suivantes, en réponse à mes lettres, j'avais sorti du compartiment une rose couleur lavande, puis une grenade d'un rouge éclatant. Un autre jour, un dépliant du musée Rodin m'attendait.

Bien qu'il se trouve rue de Varenne, où habitait maman, je ne m'étais jamais rendu dans ce petit musée situé dans le quartier gouvernemental, à l'écart des artères animées de Saint-Germain. Et c'est ainsi qu'un mercredi, après avoir déjeuné chez ma mère, j'étais allé me promener, nerveux, dans le jardin enchanteur entourant l'hôtel particulier du dix-huitième siècle. J'avais fait avec une certaine perplexité le tour du *Penseur* assis sur son socle, plongé dans une éternelle réflexion, puis j'étais passé au groupe des *Bourgeois de Calais*. Laissant derrière moi les buis taillés en boule, j'étais ensuite entré dans le musée et j'avais admiré, à l'étage, les réalisations moins imposantes

1. Si j'osais ! Qui ne risque rien n'a rien…
Viens, mon gentil glockenspiel,
Fais tinter à leurs oreilles
Et résonner tes sonnettes !
Ô belle musique, musique, doux son !
Larala la la larala la la larala !
(Traduction du livret par J.-G. Prod'homme et Jules Kienlin, éditions Costallat, 1912.)

de Camille Claudel, cette femme qui avait été l'élève de Rodin puis sa maîtresse malheureuse, et avait exécuté quelques œuvres impressionnantes d'expressivité avant que le grand maître la quitte. Après quoi, rendue folle par le chagrin, elle avait fini ses jours dans un asile.

J'avais détaillé chaque sculpture sous tous les angles, et observé les autres visiteurs en plissant les yeux, tentant de découvrir pourquoi au juste j'étais là.

C'est un sentiment étrange que de chercher une chose en ignorant totalement ce que c'est. Mais notre vie tout entière ne constitue-t-elle pas une telle quête ? La quête du « pays perdu » que décrit avec une si grande justesse Alain-Fournier dans son *Grand Meaulnes* ?

Je m'étais longuement absorbé dans la contemplation du gracieux bronze représentant deux amants qui dansent une valse, étroitement enlacés, chavirant avec fougue sur le côté. Sobrement intitulée *La Valse*, cette œuvre était également signée de la pauvre Camille, et je m'étais soudain demandé qui pouvait bien m'entraîner dans sa danse en me faisant venir ici.

Quittant le musée Rodin une heure plus tard, je m'étais assis sur un des bancs, heureux d'avoir enfin visité les lieux mais pas plus avancé qu'avant.

J'avais donc poursuivi cette correspondance. Je ne cessais pas d'écrire à Hélène, sans savoir si c'était réellement elle qui recevait mes lettres. Je voulais le croire, mais régulièrement, je me remettais à douter de ma santé mentale et je me reprochais ma lamentable stupidité. Finalement, j'avais tout bonnement arrêté de me tourmenter à ce propos. Je vivais dans un univers à part, comme au cœur d'un doux rêve, et je nourrissais l'espoir que tout finirait par s'expliquer.

Ce fut effectivement le cas… mais bien plus tard, alors que l'été touchait à sa fin. Et seulement après que j'eus réalisé quelque chose d'essentiel.

Quoi qu'il en soit, durant ces semaines où le printemps suivait son cours, où les journées devenaient plus claires et plus chaudes, je me retrouvai seul avec mes pensées. Je ne parlais plus de mes visites au cimetière et de ma nouvelle raison d'être, pas même avec Alexandre. La vie continuait – pour les autres, en tout cas. Par ailleurs, j'avais décidé qu'il valait mieux que je taise mon secret, confiant dans le fait que je comprendrais tout, un jour ou l'autre.

Sophie était la seule personne qui, inévitablement, se rendait compte que je venais régulièrement au cimetière. Même si je ne la voyais pas chaque fois, sa cordialité, ses remarques amusantes et la façon dont elle me remettait parfois les idées en place étaient toujours les bienvenues. De plus, elle me prévenait quand elle avait aperçu quelqu'un devant la tombe d'Hélène. Elle disait en plaisantant qu'elle était « ma meilleure espionne », et il arrivait qu'elle me laisse lui offrir un café ou un verre de vin, en guise de remerciement.

Ces rencontres sans façon ne duraient jamais longtemps. Quant au dîner dans son petit bistrot préféré – le seul repas que nous ayons partagé –, Sophie ne devait pas renouveler son invitation. Elle me prêtait cependant une oreille attentive, me donnant souvent un de ses conseils sans que je lui aie rien demandé, ou me déridant lorsque, une fois de plus, le découragement s'emparait de moi.

Un jour, vers midi, alors que nous étions installés à la terrasse d'un café rue Lepic, Sophie se mit à me fixer, pensive.

— Je peux te poser une question, l'écrivain ?

Misère ! Quand les femmes commençaient une phrase de la sorte, cela ne présageait rien de bon.

— Mais oui, assurai-je néanmoins, et je me mis à déballer avec application mon morceau de sucre.

— Pourquoi tiens-tu autant à savoir qui vient sur la tombe d'Hélène ? Tu crains la concurrence, ou quoi ? demanda-t-elle en penchant la tête sur le côté. Tu gagnes haut la main le concours du plus fidèle visiteur de cimetière, Julien. Je peux te le garantir.

Elle se renversa dans sa chaise, l'air amusé, et le soleil vint se prendre dans ses cheveux.

Je lâchai un petit rire, soulagé qu'elle n'ait pas l'air de vouloir insister. Puis mes yeux croisèrent les siens, et pendant un instant, je fus tenté de me livrer à cette jeune femme qui m'inspirait tellement confiance.

— Tu sais, Sophie…

Elle me regardait avec intérêt, et je sentis que j'allais manquer de cran. Ce n'était peut-être pas une bonne idée, finalement… Ou bien si ? Je commençais à perdre pied.

— Oui ? m'encouragea-t-elle.

— Il y a des moments où j'aimerais te dire quelque chose, mais… je n'ose pas, déclarai-je maladroitement.

— Oh.

Elle me fixait, une étrange expression dans les yeux, et au lieu de lâcher un des commentaires moqueurs dont elle était coutumière, elle se tut.

Je ne savais pas quoi ajouter, et un silence pesant

s'installa, notre embarras grandissant de minute en minute.

Sophie se mit à jouer avec la bretelle de sa salopette, comme si elle s'était détachée. Finalement, elle haussa légèrement les épaules et eut un sourire prudent.

— Bon, tu n'auras qu'à me le dire quand tu oseras, alors, fit-elle.

Tout indiquait qu'elle avait interprété mes paroles de travers… Maintenant, elle s'imaginait probablement que le crétin qui passait sa vie au cimetière était tombé amoureux d'elle. Il fallait que je dissipe le malentendu.

— Non, non… Ce n'est pas… pas ce que tu crois… bégayai-je. Ça… ça n'a rien à voir avec nous, Sophie. C'est… une sorte de… *secret*.

— Tiens, tiens… Un secret, commenta-t-elle.

Et nous eûmes tous les deux un rire gêné.

Plus tard, repensant à cette curieuse conversation, il devait m'arriver de me demander s'il y avait effectivement eu malentendu, ou si ce dernier ne renfermait pas la vérité tout entière.

Quelque chose avait changé. Je n'étais plus triste à chaque heure de la journée, ni tous les jours, d'ailleurs. Fallait-il y voir l'influence de Sophie ? Était-ce grâce à la mission secrète qui me ramenait sans cesse au cimetière ? Quoi qu'il en soit, je parvenais désormais, de temps en temps, à détacher les yeux des souvenirs de ma vie d'avant pour tourner le regard vers demain – demain et la lettre suivante, la réponse suivante, la fois suivante.

Ce jour de juin-là, devant la tombe d'Hélène, je

considérais avec perplexité une carte sur laquelle étaient peints des motifs orientaux. Je venais de la sortir de la cachette, avant d'y placer une nouvelle lettre. Sur une porte en bois de couleur turquoise, entourée de riches arabesques, on pouvait lire une citation du poète bengali Rabindranath Tagore :

Ne pleurez jamais d'avoir perdu le soleil, les larmes vous empêcheront de voir les étoiles.

J'étais déjà occupé à me demander comment interpréter ces mots, lorsque j'entendis des pas légers sur le chemin. Je me retournai et vis Catherine. Un bouquet de violettes à la main, elle me fixait.

— Salut, Julien, lança-t-elle avant de s'approcher, l'air intéressé. Qu'est-ce que tu lis ?

— Rien ! m'exclamai-je en fourrant la carte dans ma petite sacoche.

Elle fit aussitôt un pas en arrière.

— Pardon, je ne voulais pas… Je ne voulais pas me montrer indiscrète, excuse-moi.

— Non, non… pas de problème. C'est juste…

Je laissai ma phrase en suspens.

— Il fait tellement beau aujourd'hui ! s'exclama-t-elle après avoir posé son bouquet de violettes sur la tombe. Et je finissais tôt. Alors, j'ai eu envie de retourner voir Hélène.

— Eh oui, lâchai-je en souriant. On a eu la même idée, apparemment.

Un moment plus tard, alors que nous tournions les talons pour quitter le cimetière, une idée me traversa soudain l'esprit.

— Catherine… Ça te dit quelque chose, Rabindranath Tagore ?

— Tu veux parler de ce poète oriental ? demanda-t-elle, la mine impassible.

— C'est ça.

Je scrutai son regard, mais il était paisible.

— Tu connais la maxime qui parle du soleil et des étoiles ? repris-je.

Elle réfléchit un moment, puis secoua la tête.

— Non, je ne crois pas. Je ne connais qu'une phrase de ce Tagore, ma professeure de musique me l'avait notée un jour sur une partition. En gros, ça disait que le poids du moi s'allège quand on rit de soi-même. Pourquoi tu me demandes ça ?

Elle n'était au courant de rien. Ou alors, elle jouait bien la comédie.

— Ah, pour rien en particulier.

En approchant de la sortie, j'aperçus Sophie qui était en train de ranger sa boîte à outils dans la remise.

Sophie me dit bonjour, et après un regard appuyé à la chevelure blonde de Catherine, elle haussa les sourcils et me jeta un coup d'œil entendu. Quant à Catherine, un peu déconcertée par cette rencontre, elle détailla la jeune femme menue aux yeux sombres, coiffée d'une casquette foncée. Je les présentai brièvement, et j'eus la sensation que, spontanément, elles ne s'appréciaient pas.

Ma très chère Hélène,

Nous sommes samedi soir, et cet après-midi, pour la première fois, Arthur a invité sa copine de maternelle – Giulietta, une petite fille délurée avec des cheveux roux et des taches de rousseur. Tu ne devais pas être très différente, enfant. Arthur a fait les présentations après le départ de la mère de Giulietta.

Il a déclaré : « C'est mon papa, il écrit des livres. » Giulietta, visiblement impressionnée, a voulu savoir combien de temps cela me prenait. Si seulement je le savais moi-même ! Après quoi, ils sont allés dans la chambre d'Arthur, et ils ont dessiné avec ardeur pendant des heures. Malheureusement, ils ont ensuite eu l'idée d'embellir le mur au-dessus du lit d'Arthur...

De mon côté, je m'étais installé à mon bureau et je travaillais à mon nouveau roman. Tu ne vas pas le croire, chérie, mais je progresse : pas beaucoup, trois à quatre pages par jour peut-être, mais la qualité y est. J'ignore si cela plaira à Favre, en fin de compte, car ce livre sera très différent de celui auquel il s'attend – voilà au moins une chose que je sais. L'éditeur dansera-t-il bien la nuit au clair de lune ? J'ai tendance à en douter. Le point positif, au moins, c'est que je me suis remis à écrire régulièrement.

Je m'étais donc assis à mon bureau et n'écoutais que d'une oreille les bruits venant de la chambre d'Arthur, où les enfants ne cessaient de babiller et de rire. Puis ils se sont tus. Le silence n'a plus été interrompu que par des gloussements étouffés et des chuchotements, et je me suis demandé en souriant, sans trop y prêter attention, ce qu'ils pouvaient bien fabriquer. À un moment, j'ai entendu Arthur dire : « On va prendre ceux-là, ça ira mieux », et Giulietta a poussé un cri ravi : « Ah oui, super ! », avant d'ajouter, sur le ton de celle qui fait quelque chose d'énormément amusant en ayant bien conscience que c'est défendu : « On n'a pas le droit, normalement. » Finalement, j'ai gagné la chambre d'Arthur sur la pointe des pieds, et en ouvrant doucement sa porte, j'ai eu du mal à en croire mes yeux…

Les deux garnements, debout l'un à côté de l'autre sur le lit d'Arthur, étaient en train de recouvrir consciencieusement de peinture au doigt la tapisserie blanche, dans une belle harmonie. Les petits pots de couleurs étaient presque vides.

Effaré, je me suis écrié :

— Mais c'est quoi, ça ?!

— On voulait faire un très, très grand dessin, papa, m'a expliqué Arthur avec candeur, en essuyant sur son pantalon ses mains barbouillées de peinture. Ensemble ! Seulement, la feuille était trop petite.

— On a fait de l'art ! s'est exclamée Giulietta, les yeux brillants.

On aurait dit une petite Papagena, dans sa robe maculée de taches de toutes les couleurs.

J'ai regardé les soleils, les arbres, les fleurs, les nuages, les drôles de volatiles et les bonshommes bariolés, et brusquement, j'ai éclaté de rire. Leur œuvre n'avait pas grand-chose à envier à certaines toiles de Miró.

« Giulietta est là… et là, c'est moi », a précisé Arthur en me montrant deux personnages avec des têtes gigantesques et des corps minuscules, qui riaient en ouvrant bien grand une bouche garnie de petites dents pointues.

Ils avaient des yeux ronds comme des billes avec une spirale à l'intérieur, des pieds difformes et quatre doigts à chaque main. L'un des deux avait la tête hérissée de cheveux rouge vif aussi raides que des fils de fer, et arborait un énorme nœud rose.

Je n'exagère pas en affirmant qu'on aurait dit des habitants de la planète Mars, sauf qu'il ne pouvait pas y avoir ambiguïté si on lisait les deux prénoms inscrits d'une écriture tremblée sous ces bonshommes (même si l'orthographe laissait à désirer) :

ATUR + JULETA

Arthur et Giulietta ne me quittaient pas des yeux, guettant ma réaction. Soufflé, j'ai lâché un : « Waouh ! »

« Tu vois, Giulietta, mon papa trouve notre dessin cool », a commenté notre petit garçon.

J'ai décidé d'être un père cool et d'affronter la situation avec stoïcisme. Soupirant intérieurement, j'ai pris dans l'armoire d'Arthur des vêtements propres pour les deux jeunes artistes, et j'ai bien fait comprendre à Arthur qu'il n'était pas question que de nouvelles œuvres d'art de ce genre apparaissent sur les autres murs de l'appartement. Ensuite, j'ai commandé des pizzas pour nous trois.

Tout à l'heure, quand j'ai mis Arthur au lit, il m'a dit, rayonnant : « C'était une super journée, papa. » Il a poussé un soupir béat, puis : « Giulietta aussi est très contente. » Ça comptait beaucoup pour lui, apparem-

ment. Et soudain, il s'est redressé : « Tu crois que ça plairait à maman d'avoir un dessin comme ça ? »

Je lui ai répondu, en lui caressant les cheveux :

— J'en suis sûr. Mais pas un trop, trop grand.

— Oui, je sais… Sinon, il rentrera pas dans l'écrin au cimetière !

Il a gloussé, et je me suis demandé où il était allé pêcher un terme aussi compliqué – il l'a probablement entendu dans un de ces films d'aventures qu'il adore, dans la bouche d'un chasseur de trésors.

J'ai jeté un dernier coup d'œil à la peinture au-dessus de son lit, puis j'ai éteint la lumière. J'espère que Giulietta « sortira » encore très, très longtemps avec lui – sans quoi il faudra sans doute donner quelques coups de pinceau pour faire disparaître la petite Martienne.

Tu recevras donc prochainement une autre de mes lettres, Hélène, peut-être accompagnée d'une création d'Arthur.

Tandis que je t'écris, j'ai devant moi la carte que j'ai découverte vendredi au cimetière – dans « l'écrin ».

J'ai lu et relu la maxime de Tagore, et je ne sais toujours pas quoi en penser exactement. Que représente le soleil dont il est question ? Serait-ce toi ? Mais alors, à qui sont les étoiles que je suis censé voir au-delà des larmes ?

Et puis, qui a déposé cette carte à mon intention ? Est-ce toi, mon Hélène bien-aimée ?

Il y a des jours, comme aujourd'hui, où j'en doute. Et pourtant, je tiens à poursuivre ce dialogue – tu vois, je continue à m'adresser à toi, à te raconter ma vie sans toi, comme tu m'as demandé de le faire.

Hier, alors que je me tenais devant ta tombe, j'ai été

pris au dépourvu par l'arrivée subite de Catherine ; elle fixait avec curiosité la carte que j'avais en main. Elle prétend ne pas connaître la citation de Tagore. Seulement, est-ce vraiment un hasard si elle a surgi à ce moment précis ?

Alors que nous quittions ensemble le cimetière, nous avons rencontré Sophie, tu sais, cette tailleuse de pierre dont je t'ai déjà parlé. Catherine et elle se sont jaugées comme deux tigresses, et plus tard, Catherine m'a demandé sur un ton assez mordant qui était cette jeune femme ressemblant à un petit ramoneur, et d'où nous nous connaissions.

Lorsque je lui ai expliqué que Sophie travaillait au cimetière et qu'elle restaurait des sépultures, elle a paru se désintéresser d'elle.

Ah, les femmes ! Mystérieuses créatures, toutes autant qu'elles sont... Mais pas aussi mystérieuses que les réponses que je reçois à mes lettres. Où va me mener cette correspondance, Hélène ? Mène-t-elle seulement quelque part ? Ou s'agit-il uniquement d'une sympathique occupation, voire d'une sorte de drogue pour un homme qui a perdu sa femme et qui ne peut pas arrêter de s'apitoyer sur son propre sort, de se raccrocher à la dernière lueur d'espoir ? De se cramponner à une morte qui l'a quitté à tout jamais ? Pourquoi me prêter à ce jeu, en pure perte ? Oh... mais qu'est-ce que j'écris là ?! Pardonne-moi, ma chérie ! Aucune des lettres que je t'ai adressées n'était inutile, et que tu les aies prises de ta blanche main, toi, ou que quelqu'un d'autre se les soit appropriées... peu importe, j'ai aimé m'y confier.

Je me retrouve maintenant dans la peau d'Orphée, qui voudrait tant arracher sa chère Eurydice au royaume des ombres, et finit malgré tout par la perdre. Il la perd parce qu'il doute, parce qu'il se retourne pour s'assurer que sa bien-aimée, dont il n'entend pas les pas derrière lui, le suit toujours.

Je ne veux jamais douter de ta présence, Hélène ! Je ne peux pas te voir, et pourtant, tu es là.

Je veux continuer à profiter du soleil que tu as toujours été pour moi ; que tu es peut-être encore.

À toi, à jamais !

Julien

17
Orphée

Le samedi suivant, j'arrivai, hors d'haleine, devant le petit cinéma d'art et essai de la rue Tholozé, à Montmartre, qui projetait les grands classiques du septième art, mais aussi des films récents. Je tenais fermement mes deux tickets, impatient de découvrir ce qui m'attendait dans ce lieu. J'avais un peu de retard parce que j'avais emmené Arthur chez ma mère où il allait passer la nuit, et que nous nous étions aperçus là-bas qu'il avait oublié Bruno. Étant donné qu'Arthur ne dormait nulle part sans son ours en peluche, j'étais retourné le chercher rue Jacob, en courant.

La veille, j'avais failli ne pas trouver les billets. Heureusement, comme je ne voulais pas croire que la cachette puisse être vide, j'avais exploré à tâtons la cavité creusée dans la stèle, et mes doigts s'étaient finalement refermés sur deux bouts de papier – les tickets violet pâle que j'avais poussés tout au fond sans le vouloir, en mettant mon enveloppe.

Il s'agissait d'entrées pour la séance du lendemain soir, samedi, au *Studio 28*. Les places étaient numérotées : neuvième rang. Comme s'il avait un sixième sens, Alexandre m'avait justement appelé ce jour-là. Il me proposait de sortir le soir même, et j'avais répondu que j'avais quelque chose de prévu.

— Tiens, tiens, quelque chose de prévu… Et quoi ?

J'avais envisagé pendant un instant de lui demander s'il avait envie de m'accompagner au cinéma, puis rejeté cette idée. Il aurait été trop compliqué de lui expliquer la provenance des billets. Mon ami ignorait totalement que je continuais à aller régulièrement au cimetière pour y déposer des lettres, et qu'un nombre grandissant d'objets sortis du compartiment secret s'alignait désormais sur mon bureau.

Je lui avais donc raconté que j'avais déjà accepté d'aller voir un film avec Catherine, sur l'initiative de celle-ci. Alexandre avait émis un sifflement, avant de me souhaiter de bien m'amuser avec mademoiselle Balland.

Plus tard, alors que je longeais la rue Bonaparte en tenant Arthur par la main, l'ironie avait voulu que nous croisions Catherine qui venait en sens inverse.

— Salut, vous deux ! Qu'est-ce que vous faites de beau ? s'était-elle enquise en regardant le sac à dos pour enfant que je transportais.

— Je dors chez mamie, ce soir ! s'était exclamé Arthur. Elle va me faire du clafoutis aux cerises.

— Dis donc, c'est super ! Du clafoutis aux cerises, miam… Je suis jalouse, moi aussi j'adore ça !

Catherine m'avait souri, puis, l'air interrogateur, elle avait arqué ses sourcils joliment dessinés. Encore ce regard à la Julie Delpy… J'avais soupiré intérieurement, avant de lui rendre malgré tout son sourire. Mais je n'avais pas envie de donner plus d'explications.

— Bon, eh bien, passe une bonne soirée, Catherine. Il faut qu'on y aille, ma mère nous attend, avais-je juste lâché.

Quelques secondes plus tard, tandis que nous passions devant *Les Deux Magots*, avant de traverser le boulevard Saint-Germain, j'aurais parié qu'elle nous suivait d'un regard étonné. Quant à ma mère, je lui avais indiqué que j'avais rendez-vous au cinéma avec Alexandre. Elle avait eu l'air content, et avait déclaré que c'était une bonne nouvelle que je recommence à faire des choses. De la sorte, tout le monde était à la fois bien et mal informé.

Lorsque je pénétrai dans le petit cinéma après avoir monté les marches en toute hâte, les spectateurs avaient déjà disparu dans la salle. Seul un homme âgé tournait encore autour du guichet, indécis.

Je vis l'affiche en noir et blanc exposée dans la vitrine, et mon cœur se mit à battre encore plus vite que pendant le sprint que j'avais dû piquer depuis la station de métro.

Le film projeté ce soir-là était *Orphée* de Jean Cocteau, et je ne pus m'empêcher de regarder quelques instants, fasciné, les vieilles photos montrant Jean Marais et Maria Casarès.

Puis j'allai vite tendre mes tickets au guichetier.

— Je suis en retard ?

— Vous avez de la chance, monsieur, la séance n'a pas encore commencé, répondit-il en déchirant un coin des billets. Neuvième rang. La personne qui vous accompagne va arriver ?

Quelqu'un allait-il me rejoindre ? Je n'avais pas du

tout envisagé cette possibilité, mais apparemment, nul ne m'attendait. Je n'imaginais pas que cela puisse être le vieil homme qui allait et venait toujours dans l'entrée, l'air hésitant, alors je secouai la tête.

— Non… Je… J'ai une place en trop. Vous pouvez sans problème la proposer à quelqu'un.

— Oh, je la veux bien, moi, fit à cet instant l'homme âgé, qui n'était visiblement pas dur d'oreille pour autant.

Tandis que nous avancions prudemment dans la salle obscure pour rejoindre le neuvième rang, il m'expliqua :

— Il n'y avait plus que des places aux deux premiers rangs, et j'ai beau apprécier énormément Cocteau, je n'avais pas envie de me tordre le cou.

Je lâchai juste : « Je comprends, je comprends », et m'installai. Quelques secondes plus tard, le rideau rouge se levait sur les premières mesures retentissantes d'une musique aux accents pathétiques, m'évitant d'avoir à faire la conversation.

Je dois avouer que j'étais assez abasourdi. Dans ma précédente lettre, je m'étais comparé à Orphée… et une semaine plus tard, je recevais des billets pour aller voir le film du même nom. Un signe de taille, assurément !

Je m'enfonçai dans mon fauteuil en retenant mon souffle. J'allais découvrir pour la toute première fois le chef-d'œuvre de Cocteau, dont certaines phrases énigmatiques allaient me donner du grain à moudre.

Il s'agissait d'une réinterprétation du mythe ancien d'Orphée et Eurydice, dans laquelle Orphée revêt les traits d'un illustre poète, en mal d'inspiration. Un jour qu'il est au *Café des poètes*, il voit arriver son rival, saoul, accompagné d'une princesse vêtue de noir à l'air austère, son mécène apparemment. Le jeune homme provoque une bagarre, et se fait renverser peu après. La princesse charge son chauffeur de transporter le blessé dans son automobile, et ordonne à Orphée de l'accompagner puisqu'il a été témoin de l'accident.

Tandis que sa jolie femme, la blonde Eurydice, l'attend avec inquiétude, Orphée tombe sous le charme de la sombre princesse, ignorant qu'elle est « Madame la Mort ». Cette dernière, ayant des vues sur le poète, tente de l'appâter au moyen de mystérieuses phrases diffusées par l'autoradio de sa limousine noire. Les mots, tellement surréalistes qu'ils paraissent tout droit sortis d'un rêve, fascinent Orphée : « Un seul verre d'eau éclaire le monde », « Le silence va plus vite à reculons »… Ils l'obsèdent, même. Mais lorsque sa femme Eurydice, qu'il a honteusement négligée, est victime d'un accident de vélo et meurt, Orphée veut aller la chercher dans le monde des morts. Avec l'aide du chauffeur de la princesse, le prudent Heurtebise – en réalité, un étudiant qui, abandonné par sa petite amie, s'était suicidé au gaz –, et en se servant d'une paire de gants spéciaux, Orphée parvient à accéder, en traversant le miroir de sa chambre, au royaume des ombres où règnent des règles plus strictes que sur terre ; où « peut-être » n'existe pas. Les miroirs constituent des portes que peuvent emprunter les morts. Orphée se sent déchiré entre le désir ardent que lui inspire la funeste princesse, et sa jolie femme, la candide Eurydice, qui attend un enfant de lui. Il est autorisé à repartir avec celle-ci, mais ne devra plus jamais la regarder. Un jour, leurs yeux se croisent par hasard dans le rétroviseur de la limousine, et Eurydice disparaît. Mais en fin de compte, Madame la Mort fait preuve de compréhension. Renonçant à Orphée par amour et dans l'espoir de rendre le poète immortel, elle fait remonter le temps au couple, jugeant que les hommes doivent accomplir leur destinée.

Je m'immergeai dans le film, m'abandonnant à la singulière fascination que ses scènes étaient encore capables d'exercer à notre époque. J'avais l'impression de déambuler dans un rêve à la beauté étrange, un peu inquiétant, me permettant de voir ce qu'on ne voyait jamais, d'ordinaire.

Quant à moi, étais-je en proie à une obsession comme Orphée ? Qui était ma princesse noire, et qui était mon Eurydice ? Aimais-je la mort, ou la vie ? J'absorbai chaque image, je bus chaque réplique, et lorsque le rideau rouge redescendit devant l'écran, je me sentis engourdi, comme si je sortais d'un profond sommeil.

— Un chef-d'œuvre qui n'a pas pris une ride, murmura sur un ton admiratif le vieil homme à côté de moi, dès que les lumières de la salle se rallumèrent. Encore merci à vous de m'avoir offert ce ticket, jeune homme.

Je hochai simplement la tête. Il quitta sa place et s'éloigna, tandis que je restais assis encore un petit moment.

Finalement, je me levai, et alors que mon regard balayait distraitement les rangs de devant, qui se vidaient peu à peu, j'entendis retentir un éclat de rire argentin.

Je plissai les yeux pour m'assurer que c'était elle. Devant moi, deux rangs plus loin, une jeune femme menue portant une robe blanche était plongée dans une discussion animée avec une amie. Ses cheveux noirs, mi-longs, étaient simplement retenus à l'arrière de la tête par une barrette scintillante.

Je voyais Sophie en robe pour la première fois, et je la trouvai ravissante. Il faut dire que je ne la connaissais qu'en salopette, voire en bleu de travail, si bien que je continuai à fixer avec étonnement cette fille à l'allure d'elfe, qui venait à nouveau de rire.

Minute… Était-ce vraiment Sophie ?

À cet instant-là, elle bougea un peu la tête, et je reconnus son visage en forme de cœur.

— Sophie ?

Elle ne m'avait pas entendu… Alors, je répétai son nom, plus fort, et elle se tourna vers moi avec une expression stupéfaite.

— Julien ?! Mais qu'est-ce que tu fais ici ? Pas possible ! s'écria-t-elle, et après avoir longé nos rangées respectives, nous pûmes nous avancer l'un vers l'autre, dans l'allée.

Après m'avoir dit bonjour, Sophie désigna sa voisine de fauteuil, une jeune femme aux cheveux blond cendré, relevés en chignon, qui s'était levée et nous rejoignait. Elle avait un port de danseuse.

— Je te présente ma cousine Sabine. C'est elle qui m'a traînée ici, mais je dois dire que j'ai trouvé le film pas mal du tout, non ? fit Sophie.

Sabine m'adressa un charmant sourire, tandis que Sophie jetait des petits coups d'œil curieux derrière moi.

— Et toi, qui t'accompagne ? me demanda-t-elle ensuite.

— Oh, je suis venu seul.

— Ah bon ? s'étonna-t-elle. Tu es un fan de Cocteau, alors ?

— On dirait bien, répondis-je.

— Il se trouve que Julien est un poète lui aussi, expliqua Sophie à sa cousine, avant de lâcher un petit rire amusé. Enfin, même s'il répète toujours qu'il n'est qu'un vil auteur de romans divertissants !

Sabine haussa les sourcils, puis elle formula un commentaire qui me fit aussitôt l'apprécier :

— Bien divertir, c'est tout un art qu'il ne faudrait pas sous-estimer... Et si on allait boire un verre ? Il y a un chouette bar-jardin, ici. Si on se dépêche, on aura encore de la place.

— Bonne idée ! s'exclama Sophie, qui se mit immédiatement à fouiller dans son petit sac à main. Passez devant, je préviens juste que je vais rentrer plus tard que prévu.

Peu de temps après, nous étions installés dans une sorte de patio minuscule, jouxtant le salon de thé à l'intérieur du cinéma. Des petites tables rondes d'inspiration marocaine et des palmiers poussant dans des pots transformaient l'endroit en une charmante oasis. Un mur était décoré de photos en noir et blanc qui représentaient des comédiens célèbres, composant un immense collage. Je reconnus Jean-Louis Barrault, le mime triste des *Enfants du paradis*, Brigitte Bardot, Jeanne Moreau, Catherine Deneuve, Marlon Brando, et Humphrey Bogart dans l'inévitable trench-coat de Philip Marlowe. Toutes les tables du salon de thé étaient occupées, et assis devant notre verre de vin, nous nous réjouissions de faire partie des heureux élus qui avaient eu la chance de trouver une place dans ce lieu assez intime.

Nous nous mîmes à discuter avec ardeur, parlant du film pour commencer, puis de toutes sortes de choses. Sophie eut le tact de ne pas mentionner que nous nous étions rencontrés au cimetière. Du reste, ce soir-là, le fait que j'avais perdu ma femme n'allait avoir aucune espèce d'importance, pour une fois. Sabine avait des yeux sérieux et intelligents, mais elle pouvait faire preuve d'un très grand sens de l'humour. Elle travaillait comme rédactrice culturelle pour une revue et connaissait une foule de livres et de films, dont elle était capable de faire l'analyse avec une grande clarté. Elle avait même lu mon premier roman qu'elle avait jugé « extrêmement amusant », un avis qui me fit très plaisir.

La soirée s'écoula en un rien de temps, et ce fut seulement lorsque les serveurs commencèrent à pousser bruyamment les chaises sous les tables que nous nous aperçûmes que nous étions les derniers clients dans la petite cour intérieure.

Sophie regarda sa montre.

— Ouh là ! Déjà une heure vingt, annonça-t-elle, avant de s'adresser avec un sourire charmeur à l'un des serveurs : merci d'avoir eu autant de patience.

J'insistai pour payer le vin – après tout, je n'avais pas payé ma place –, et les adieux se firent en bas des marches menant au cinéma.

— Très heureuse d'avoir fait ta connaissance,

Julien, déclara Sabine en me tendant sa carte de visite. La prochaine fois que tu penseras que tu ne sais pas écrire, tu n'as qu'à me téléphoner. Je te rappellerai que tu as beaucoup de talent.

Elle avait une expression facétieuse dans le regard, et j'empochai la carte.

— Je n'hésiterai pas à faire appel à toi.

— Au revoir, Sophie, à la prochaine fois ! Et bonjour à Chouchou de ma part ! s'exclama Sabine, avant d'embrasser sa cousine et de se mettre à descendre la rue, sa cape flottant au vent.

— Et voilà, c'était Sabine, ma cousine préférée, fit Sophie en souriant, avant de me regarder en inclinant la tête sur le côté. Je n'ai pas de carte de visite sur moi, l'écrivain, mais tu peux aussi m'appeler si tu as besoin que quelqu'un te rappelle que tu as beaucoup de talent... Je te donne mon numéro de portable, si tu veux.

— Pas la peine, répondis-je en souriant aussi.

Sophie couvrit ses épaules avec un châle et leva les yeux vers le ciel, où la lune était pleine.

— C'est tellement paisible, maintenant, dit-elle. Je crois que c'est de nuit que je préfère Montmartre... On fait un bout de chemin ensemble ?

Nous empruntâmes en flânant la rue en pente, silencieux.

— C'était vraiment un drôle de film... Étrange et beau à la fois, reprit finalement Sophie. Il y a une phrase en particulier qui m'a beaucoup plu...

— Laquelle ?

— Tous les mondes sont émus par l'amour, cita-t-elle avec une expression rêveuse.

— Oui, c'est effectivement très beau.

— Tu crois qu'il y a d'autres mondes que le nôtre, Julien ?

— Peut-être. C'est parfois l'impression qu'on a, non ? L'univers est très grand, après tout.

— Infini, même, commenta-t-elle. C'est difficile à concevoir.

Nos pas résonnaient sur les pavés.

— Tu sais, Julien, cet homme, Orphée, il m'a fait penser à toi.

— Pourquoi ? À cause de sa femme morte ?

— Non. Parce que pour un peu, il choisissait le mauvais camp. Je suis très contente en tout cas que cette princesse noire ait libéré Orphée. C'est toujours la vie qui devrait gagner au bout du compte, pas la mort.

Elle s'arrêta, et je fis de même. Nous échangeâmes un regard et j'eus pendant un instant la sensation que nos deux âmes se rejoignaient, par-delà les quelques pas qui nous séparaient.

— Bon, je te laisse ici, m'expliqua alors Sophie. Je vais par là, et toi par là. Bonne nuit, Julien !

— Bonne nuit, Sophie.

Je la suivis des yeux tandis qu'elle s'éloignait, une douce brise jouant avec l'ourlet de sa robe. Et, envahi d'un regret soudain, je songeai que les filles les plus sympathiques étaient toujours prises.

18

La carte de mon cœur

Je commençais à avoir l'impression d'évoluer moi-même dans un film. Je repensais régulièrement à ma soirée au cinéma, j'avais dans la tête quantité d'images qui m'en évoquaient d'autres – et ce fut alors que je découvris le plan.

C'était par une chaude journée de juillet, à l'heure du déjeuner. Le cimetière était désert, pas de Sophie à l'horizon. Lorsque j'ouvris la cachette pour y déposer ma lettre, je trouvai un plan de la ville de Paris, qui avait un peu vécu. Je regardai tout autour de moi, puis le mis dans ma poche.

Non, sérieusement… pensai-je. *Que peut bien faire un Parisien d'un plan de Paris ?*

— C'est une blague ou quoi ? pestai-je à mi-voix en fixant l'ange en bronze, qui continuait à sourire comme toujours, l'air indifférent.

Très bien, pas de réponse, c'est une réponse. J'allai prendre le vase posé derrière la pierre tombale, le remplis d'eau au robinet le plus proche et y disposai mon bouquet coloré.

Depuis la soirée au cinéma, je n'étais pas resté

inactif. J'avais écrit plus de cinquante nouvelles pages dans une sorte de frénésie – des pages nourries de réalité, davantage en rapport avec ma vie que cette histoire de livre remportant par méprise le prix Goncourt. Et lorsque Jean-Pierre Favre, au cours d'un déjeuner au *Petit Zinc*, avait voulu savoir comment j'avançais, j'avais regardé la charmante dame qui respirait le parfum d'une fleur, sur le pilier Art nouveau derrière lui, et répondu hardiment que mon roman serait achevé à la fin de l'année. Une déclaration un peu présomptueuse, je l'avoue. Mais j'avais la nette impression que d'ici là, guidé par l'invisible fil de ma mystérieuse Ariane, j'aurais retrouvé mon chemin dans le labyrinthe de ma vie. Ce qui permettrait aussi au roman d'aboutir à sa conclusion.

Heureusement, il n'avait pas été question du contenu de ce livre – sinon, Favre se serait peut-être étouffé avec son steak tartare couronné d'un œuf sur le plat.

— Fantastique ! s'était-il juste exclamé après avoir porté sa fourchette à sa bouche.

Difficile de déterminer si cet enthousiasme était suscité par la qualité de la viande, ou par le fait que son auteur avait manifestement repris du poil de la bête…

Par ailleurs, je m'étais occupé de l'organisation des congés. J'étais tellement immergé dans mon petit film à moi que je n'avais pas du tout réfléchi au fait que la maternelle allait fermer ses portes cet été. En fait, c'était Catherine qui me l'avait rappelé, un après-midi où j'étais allé chercher Arthur chez elle.

— Vous avez des projets pour les grandes vacances ? m'avait-elle demandé, et je l'avais fixée pendant un moment avec ahurissement.

— Ah... Eh bien...

C'était la destination la plus plausible qui m'était venue à l'esprit :

— Je pense qu'on va aller à Honfleur. Mais c'est bien que tu en parles, il faudrait que j'en discute avec ma mère.

Arthur avait soudain levé les yeux de l'album qu'il était en train de regarder.

— Giulietta peut venir ? Ça serait tellement *cool*, papa !

Imaginant déjà les deux enfants en train de redécorer toute la maison de Honfleur avec de la peinture au doigt, j'avais soupiré, mais avec amusement.

— Je crois que ça ferait un peu trop pour mamie.

Arthur avait secoué la tête et déclaré :

— Mamie dit que Giulietta peut venir.

— Quoi ? m'étais-je étonné. Tu as déjà posé la question à mamie ?

Catherine avait souri devant ma stupéfaction.

— On dirait que ton petit garçon se montre un peu plus prévoyant que toi, Julien. Il doit tenir ça d'Hélène, elle adorait planifier toutes sortes de choses.

Nous avions ri tous les deux – nous arrivions désormais à parler des sympathiques petites manies d'Hélène sans que cela nous attriste trop. Et pendant quelques instants, j'avais repensé à tous ces débuts d'année, à ce fameux jour de l'An où il n'y avait pas plus belle occupation pour Hélène que de s'asseoir à table pour tout noter dans son nouvel agenda :

anniversaires, concerts, week-ends entre amis ou avec la famille, fêtes à la maternelle, sorties, vacances.

Elle appelait cela « semer des petites joies ».

J'avais donc parlé avec maman, puis avec les parents de Giulietta. Finalement, nous avions convenu qu'en août, maman partirait à la mer pour deux semaines, avec les deux enfants et Camille, la fille de tante Carole ; quant à moi, je les rejoindrais plus tard, pour deux autres semaines, et Camille rentrerait alors à Paris en ramenant Giulietta avec elle. Je n'étais plus allé à Honfleur depuis longtemps, et je me réjouissais de retrouver la vieille demeure où j'avais passé, enfant, tant d'étés merveilleux. Voilà quel était le programme.

Mais comme on le dit si joliment, l'homme prévoit, et Dieu rit.

Ce jour de juillet, donc, tandis que j'empruntais le chemin en sens inverse pour quitter le cimetière, perdu dans mes pensées, je ne me doutais pas que je ne me rendrais pas à Honfleur de tout l'été. Il y a beaucoup de choses que je ne soupçonnais pas, à l'époque. Avec le recul, j'ai l'impression d'avoir été frappé de cécité.

Comme souvent, alors que je longeais l'avenue Hector-Berlioz, je croisai le jardinier à la mine sinistre, qui me fixa sans me saluer ; cette fois, il traînait derrière lui un sac-poubelle gris contenant des déchets végétaux. Aussitôt après, j'aperçus, à ma droite, derrière des arbustes, un grand chapeau noir qui paraissait flotter – se déplaçant de sépulture en sépulture, montant et descendant.

Ce chapeau couvrait la tête d'une dame vêtue d'un élégant tailleur noir, qui s'arrêta finalement devant une tombe au-dessus de laquelle se dressait un ange en pierre. Naturellement, je pensai immédiatement à la théorie d'Alexandre sur la jolie veuve, ainsi qu'à Sophie qui m'avait raconté avoir vu quelquefois au cimetière une femme portant un grand chapeau noir. Mais la femme ne se recueillait pas sur la tombe d'Hélène. Par ailleurs, j'avais plus important à faire que de suivre des veuves en noir, sans compter que j'avais faim.

Je me décidai pour un restaurant marocain, boulevard de Clichy. En attendant mon tajine d'agneau au couscous, je sortis de ma poche le plan de Paris trouvé ce jour-là dans la cachette. Il s'agissait d'une carte pliée en accordéon, que j'étalai gauchement sur la petite table. Je me mis à étudier minutieusement l'enchevêtrement de ruelles, de rues, de boulevards… Comme je l'ai déjà dit, le plan n'était pas neuf, il était même déchiré à certains endroits, et alors que je me redressais pour embrasser tout Paris du regard, je remarquai un cercle tracé au stylo à bille, autour d'une place. Juste à côté, à droite, on avait dessiné une petite étoile, semblable à ces astérisques renvoyant à une note de bas de page.

Étonnant.

Je me penchai plus près, et constatai que c'était le square Jehan-Rictus qui était entouré – situé tout près de la station de métro Abbesses, il ne se trouvait pas loin non plus du restaurant dans lequel j'étais installé. Que pouvait-il bien y avoir là-bas ?

Mon tajine arriva, et le parfum de la viande d'agneau cuite à l'étouffée, avec des dattes et du miel, vint chatouiller mes narines. J'étais en train de replier assez maladroitement le plan – je n'avais jamais été très doué pour cela –, lorsque je me rendis compte que quelqu'un avait inscrit une phrase au dos de la carte. Une phrase accompagnée d'une petite étoile :

Quand on aime, on lance son cœur par-dessus le mur et on saute derrière lui.

Jamais quiconque n'avait avalé un tajine aussi vite. Quel dommage de traiter ainsi un plat ayant longuement mijoté au four, une viande si tendre qu'elle se détachait de l'os dès qu'on la touchait avec sa fourchette…

C'était vraiment délicieux. J'en engloutis quelques bouchées, avalai une grande gorgée de vin rouge et demandai l'addition. Je réglai aussitôt.

— Ça ne vous a pas plu, monsieur ? s'enquit le serveur en me considérant comme si je l'avais personnellement offensé.

— Si, si, fantastique ! répondis-je en me levant si précipitamment que je faillis renverser ma chaise. Mais il faut que je m'en aille, vous comprenez ?

Je repris vivement le plan, dans l'idée de repérer le trajet le plus direct jusqu'au square Jehan-Rictus.

Le serveur hocha la tête avec une expression désolée, mais il ne comprenait pas. Quand on touchait à peine à un tajine d'agneau aussi bon, on venait forcément d'ailleurs.

— Je peux vous aider, monsieur ? Vous avez besoin que je vous explique le chemin ?

— Pas du tout. Je suis de Paris.

Je fourrai la carte dans ma poche, et me mis en route.

Quelques minutes plus tard, j'arrivais devant le square Jehan-Rictus, le cœur battant. Le petit jardin ombragé abritait sur son côté gauche une œuvre dont j'avais déjà entendu parler (après tout, j'étais de Paris), mais que je n'avais pas encore eu l'occasion de voir. Il s'agissait du fameux « Mur des je t'aime » : sur le flanc d'un vieil immeuble était encastré un immense tableau affichant – déclinés dans toutes les langues, paraît-il – les trois petits mots qui sont le moteur du monde.

Je t'aime.

Je t'aime… Cent fois, mille fois.

J'ignorais l'identité de la personne qui avait lancé son cœur par-dessus le mur. Alors, tenant toujours le plan de la ville, je me laissai tomber sur un banc depuis lequel j'avais vue sur le Mur des je t'aime.

Cet après-midi-là, j'appris quantité de choses sur l'amour.

Je vis deux amies qui s'arrêtèrent, bras dessus, bras dessous, pour se lire mutuellement les inscriptions. Je vis des amoureux se regardant dans les yeux et s'embrassant. Je vis de jeunes mariés qu'on prit en photo devant l'œuvre et qui pourraient un jour montrer le cliché à leurs enfants. Je vis deux Anglais qui, l'un après l'autre, s'immortalisèrent sautant en l'air devant le mur. Je vis un groupe de Japonais faisant des signes, gloussant et ne se lassant pas de former des cœurs avec leurs mains. Je vis une jeune fille avec un sac à dos s'attarder longuement, immobile. Et un couple de personnes âgées qui se prirent gauchement la main, reconnaissantes à la vie de leur avoir offert autant de temps ensemble.

Je vis un grand nombre de gens ce jour-là, des personnes de nationalités et d'âges très différents. Mais toutes avaient une chose en commun : quand elles se retournaient et s'éloignaient du mur, elles avaient le sourire aux lèvres.

La journée était bien avancée et le soleil déjà bas lorsque je quittai mon banc. J'entendis un bref *pling* venant de ma poche. J'en sortis mon téléphone et découvris un texto d'Alexandre, qui avait manifestement essayé de me contacter tout l'après-midi. Je ne pus m'empêcher de sourire en lisant son message :

Alors ? T'es où ? Encore fourré avec la jolie voisine ? On ne me la fait pas, mon vieux.

Alexandre était incorrigible : depuis que j'avais prétendu que nous allions au cinéma ensemble, Catherine et moi, il refusait de me croire quand j'assurais qu'il n'y avait rien entre nous.

J'appuyai sur une touche pour composer son numéro, et il décrocha aussitôt.

— Mais enfin, Julien, qu'est-ce que tu as fabriqué toute la journée ? Tu es plus difficile à joindre que le pape, râla-t-il. C'est bien beau d'avoir un portable, seulement il faut le consulter de temps en temps.

— Ça y est, me voilà, maintenant ! Qu'est-ce qu'il y avait de si important ? demandai-je, amusé, en me remettant à regarder le mur, dont une jeune femme aux cheveux d'un roux flamboyant était apparemment en train d'étudier les inscriptions.

La jeune femme se retourna lentement, et pendant quelques instants, je crus voir Hélène. Elle pivota sur ses talons, et tout se figea autour de moi.

— Alexandre, je dois te laisser, annonçai-je d'une voix rauque.

Devant moi, à quelques mètres, se tenait Caroline, *la* Caroline avec qui j'avais parlé des poèmes de Jacques Prévert sur les marches devant le Sacré-Cœur. Et elle me souriait.

Hélène, ma chérie,

Il est tard. Arthur dort paisiblement dans sa chambre et je suis assis à mon bureau, encore bouleversé par les événements de la journée.

Aujourd'hui, en t'apportant ma lettre, j'ai trouvé un plan de Paris dans la cachette – et ce plan, sur lequel figuraient un rond tracé au stylo à bille et une phrase étrangement belle parlant d'un mur et d'un cœur, a conduit mes pas jusqu'au Mur des je t'aime.

Je suis resté là très longtemps, sur un banc, observant les gens qui venaient voir cette œuvre, bizarrement ému par les scènes qui s'y déroulaient. Je regardais ces inconnus, j'attendais, et soudain, j'ai été submergé par le désir impérieux de pouvoir dire à nouveau « Je t'aime » à quelqu'un, moi aussi ; quelqu'un qui me regarde et prenne ma main. Comme tu le faisais, Hélène.

J'ai eu Alexandre au téléphone, j'ai été distrait un moment – et puis, j'ai levé les yeux et je t'ai vue devant ce mur, Hélène, oui, TOI, et crois-moi, mon cœur s'est arrêté et j'ai eu la sensation de tomber en chute libre.

Seulement ce n'était pas toi, mais Caroline, l'étudiante rousse rencontrée devant le Sacré-Cœur, tu te rappelles ? Celle qui lit aussi de la poésie et qui m'avait déjà fait penser à toi, mon amour ; cette jeune femme qui m'a adressé la parole le jour même où j'ai découvert le cœur en pierre, le tout premier des signes.

Caroline se tenait là, comme si elle était la réponse à toutes mes questions. Elle me souriait, et brusquement, j'ai eu l'absolue conviction que c'était elle qui avait tracé toutes ces pistes, pour me guider en fin de compte jusqu'à ce mur.

Je me suis dirigé vers elle en chancelant.

— Caroline… Caroline ! C'est vous ? C'est vous qui m'avez laissé tous ces signes ?

Elle me regardait avec gentillesse, mais visiblement, elle ne comprenait pas. Elle m'a demandé, l'air décontenancé :

— Quels signes ? Qu'est-ce que vous voulez dire, monsieur ?

— Mais… Mais enfin… Pourquoi êtes-vous là aujourd'hui ? ai-je bredouillé. Que faites-vous ici, devant ce mur ?

Elle a ramené sa chevelure rousse en arrière, l'air embarrassé.

— Well… Je voulais voir le célèbre Mur des je t'aime, moi aussi, et… faire une photo. Oh non, la honte ! Maintenant, vous allez sûrement penser que je veux garder une trace de mon passage devant tous les monuments de Paris, comme une idiote de touriste.

J'ai senti que tout le sang quittait mon visage. Elle a eu un petit rire, puis elle m'a fixé avec inquiétude. Je devais vraiment avoir une sale mine, parce qu'elle a dit :

— Vous ne vous sentez pas bien, monsieur ? Venez, on va s'asseoir.

Elle m'a emmené vers le banc que je venais de quitter en me soutenant. Une fois assis, je me suis penché en avant et je me suis pris la tête entre les mains, pour me ressaisir. Mais qu'est-ce que je croyais ? J'étais complètement cinglé – cette étudiante qui passait un semestre à Paris ne connaissait même pas mon nom… et encore moins ta tombe, Hélène !

C'était uniquement pour moi que la situation était gênante. J'ai levé les yeux vers elle.

— Excusez-moi, pendant un instant, je vous ai… prise pour quelqu'un d'autre. Et après, tout s'est mis à tourner autour de moi.

— Hypoglycémie ! Je connais bien. Et puis, vous êtes peut-être resté trop longtemps au soleil.

Caroline a fouillé dans son petit sac à dos en daim.

— Tenez, prenez ça. J'en ai toujours sur moi pour le cas où.

Elle m'a tendu un petit morceau de sucre enveloppé de papier. J'ai lentement défait l'emballage, j'ai mis le sucre dans ma bouche et je l'ai croqué.

— Alors… Ça va mieux ? s'est inquiétée Caroline.

Si elle me prenait pour un givré qui traînait toujours dehors à ne rien faire, la tête dans les nuages, et qui racontait des choses sans queue ni tête, elle n'en laissait rien paraître.

— Oui… merci.

Mon malaise passait. Mon regard est alors tombé sur l'emballage du sucre, porteur d'une inscription en lettres vertes, et je n'ai pas pu m'empêcher de sourire.

— À ce que je vois, vous êtes aussi allée au Café de Flore. *Vous écumez tout Paris, ma parole !*

J'essayais de plaisanter pour que la conversation prenne une tournure plus normale, et elle a précisé :

— Je fais des recherches pour mon mémoire de licence. Il fallait que j'aille voir les lieux où Prévert retrouvait le groupe Octobre.

Nous sommes restés encore quelques minutes sur ce banc, et Caroline m'a parlé de son travail. Je n'ai compris que la moitié de ce qu'elle m'a expliqué, je l'avoue, probablement parce que j'étais épuisé. Épuisé par les choses dérangeantes qui se produisaient effectivement dans ma vie, et par celles que je m'imaginais dans mon délire.

Finalement, elle s'est levée et m'a tendu son smartphone.

— Vous voulez bien faire une autre photo de moi, ou encore mieux, une vidéo ? Devant le mur.

Elle a rajusté le petit gilet qu'elle portait sur une jupe estivale.

Après avoir ajouté, en me faisant un clin d'œil, que cette vidéo était destinée à son petit ami Michael, qui était rentré à Londres et à qui elle manquait terriblement, elle m'a montré comment lancer l'enregistrement. Ensuite, elle a demandé :

— Au fait, vous vous appelez comment, monsieur ? Pour le cas où on se rencontrerait encore…

— Azoulay. Julien Azoulay.

— Très bien, monsieur Azoulay, alors c'est parti ! s'est-elle exclamée. Mais il faut qu'on voie le mur en entier.

J'ai hoché la tête, levé le téléphone portable au niveau de mes yeux et appuyé sur le bouton.

Caroline s'est dirigée vers le mur. Elle y est restée un moment dos tourné, avant de pivoter lentement sur ses talons. Alors, son visage s'est éclairé d'un sourire fantastiquement juvénile, elle a écarté largement les bras, comme pour étreindre le monde entier, et elle s'est écriée :

— Je t'aime !!!

Ah, Hélène ! Nous avons été comme elle un jour – comblés et insouciants, plus jeunes qu'un jour de mai naissant. J'aurais tant donné pour que ces mots s'adressent à moi... Tu me manques affreusement, ma chérie, mais l'amour manque aussi à ma vie. Oui, j'aimerais tant être de nouveau heureux, Hélène.

Je pense à toi comme on pense à un doux rêve. C'est toi qui aurais dû te tenir devant ce mur et me crier : « Je t'aime !!! »

Je t'ai déjà adressé tant de lettres... Il n'en reste plus beaucoup avant la trente-troisième, la dernière ; une échéance que je vois approcher anxieusement.

Que se passera-t-il une fois que j'aurai écrit cette lettre, Hélène ? Qu'arrivera-t-il ?

Seras-tu là, à m'attendre ? Quelqu'un d'autre sera-t-il là ? Ou n'y aura-t-il personne ?

Je l'ignore, je ne sais plus rien, à part que je ne supporterai plus très longtemps ce jeu. Je me mets à avoir des hallucinations, et dans ma folie et ma confusion, je soupçonne de parfaits inconnus. Les choses ne peuvent pas continuer ainsi, il faut que cela s'arrête.

Mon cher ange, je suis bouleversé.

Que dois-je faire, mon âme sœur ? Toi qui étais toujours là pour moi, qui l'es encore. Toi, la femme à mes côtés, qui m'encourageais chaque fois que je désespérais. Cela m'était d'un grand secours, cela comptait énormément pour moi.

Mais maintenant, j'ai besoin d'une lueur d'espoir, Hélène, j'en ai terriblement besoin ! Alors, j'écarte les bras et j'attends.

Viens dans ma nuit, et éclaire-la !

Julien

P.-S. Je venais de glisser la lettre dans l'enveloppe quand je me suis souvenu qu'Arthur avait fait un dessin pour toi. Il veut absolument que je le mette dans « l'écrin ». Alors, le voici... Depuis qu'il sait écrire son prénom, il signe toutes ses créations « ATUR ». Ce soir, il m'a demandé si je pensais que son dessin allait te plaire, et je lui ai répondu que j'en étais persuadé. Voilà au moins une chose que je sais avec certitude.

19

Découvertes

— Tu sais quoi, mon vieux ? J'ai bien l'impression que quelqu'un te balade, et pas qu'un peu. Et je sais qui c'est…

J'étais installé avec Alexandre dans un café rue de Grenelle, non loin de *L'Espace des rêveurs*. Nous étions assis dehors, à une petite table, et le cendrier devant moi était presque plein.

Après que j'eus raccroché au nez de mon ami sans explication, en voyant Caroline devant le Mur des je t'aime, celui-ci m'avait menacé de rompre tout contact si je ne venais pas chez lui *illico* pour lui raconter ce qui se passait.

Je n'avais pas pu m'exécuter *illico* – il fallait que j'aille chercher Arthur à la maternelle. Par ailleurs, je voulais commencer par mettre de l'ordre dans mes idées. Je n'y étais pas vraiment parvenu, et c'est ainsi que le lendemain, à l'heure du déjeuner, je m'étais rendu rue de Grenelle, en proie à des sentiments mitigés, pour me soumettre aux questions inquisitrices d'Alexandre et tout lui exposer. Heureusement, il s'était abstenu de faire un quelconque commentaire sur les veufs éplorés qui avaient une araignée au plafond.

— Eh ben, dis donc ! lâcha-t-il finalement. Drôle d'histoire, vraiment. Quand je raconterai ça à la prochaine réunion de mon cercle…

— Quel cercle ? demandai-je. Le cercle des poètes disparus ?

— Ha, ha, fit Alexandre. À ce que je vois, il te reste un peu de ton célèbre humour.

Il fit signe au serveur et commanda deux steaks frites.

— Et pas de discussion, m'ordonna-t-il, avant de tendre le cendrier au serveur pour qu'il l'emporte. Bon, il faut que tu te mettes en embuscade, Julien. Comme ça, tu finiras par la choper.

« La » femme dont il parlait, c'était Catherine ; plus personne d'autre ne pouvait entrer en ligne de compte, selon lui. À part une psychopathe imprévisible, dont nous ne pouvions pas connaître l'identité. Seulement, quelles étaient les chances que ce soit cette dernière option ?

— C'est elle, Julien. À tous les coups ! Excuse-moi de te dire ça sans prendre de gants, mais c'est la seule qui s'intéresse à toi. Je ne vois personne d'autre, expliqua-t-il avant de boire une gorgée de vin. Tu sais, il faut toujours se demander quel est le mobile…

On aurait cru entendre Sherlock Holmes.

— Tu es complètement à côté de la plaque, je t'assure, déclarai-je alors en secouant la tête.

— La ferme, Watson. Pourquoi tu ne lui as pas tout simplement posé la question ? Pourquoi tu ne lui as pas dit ses quatre vérités ?

— Laisse-moi réfléchir… Parce que je n'ai aucune envie de me ridiculiser une fois de plus, peut-être ? Il ne manquerait plus que ça. Si je lui demande pourquoi elle a pris mes lettres, elle va faire des yeux comme des soucoupes !

L'idée de me livrer encore davantage à Catherine, et ce tout à fait inutilement, ne me plaisait pas du tout.

— Je connais Catherine. Elle ne ferait pas ce genre de chose, protestai-je, borné.

— Mais pourquoi tu t'obstines à refuser cette possibilité ? Ta voisine a un mobile, *et* c'était la meilleure amie de ta femme, *et* elle connaît tes habitudes. Je parie que Catherine sait très bien quels sont les jours où tu vas au cimetière.

Je me revis, croisant de temps en temps Catherine dans le hall de l'immeuble. Un jour, elle m'avait dit : « Alors, Julien, tu vas à Montmartre ? » Et j'avais répondu : « J'aime bien m'échapper le vendredi, c'est le jour où la femme de ménage sévit dans l'appartement. »

— D'autres personnes sont au courant, objectai-je.

— Ah, et qui ?

— Ma mère, par exemple.

— Oh, allez, laisse donc ta mère tranquille, c'est ridicule.

— Hm, fis-je, pas convaincu. Et comment vois-tu les choses, maintenant ? Il faut que j'aille camper dans le cimetière avec une tente et que je fasse le guet ?

Alexandre me considéra pendant un moment, pensif.

— Tu pourrais au moins changer tes habitudes, conclut-il.

Cette semaine-là, je me mis donc en route pour Montmartre dès le mercredi – sans en attendre grand-chose, je l'avoue. Histoire d'y voir clair, en quelque sorte. Alexandre avait tellement insisté que j'avais décidé de lui donner satisfaction, en fin de compte, uniquement pour pouvoir lui rapporter que l'opération ne m'avait pas permis d'avancer d'un pouce.

Mais rien ne devait se passer comme prévu.

À peine entré dans le cimetière, ma lettre dans la poche et quelques fleurs à la main, j'entendis quelqu'un crier mon prénom.

Sophie était juchée en haut d'un mur, comme la première fois que je l'avais vue. Je lui adressai un bref signe de la main et quittai l'avenue Hector-Berlioz pour la rejoindre, me faufilant entre les pierres tombales.

— Pourquoi cette mine sombre, l'écrivain ? demanda-t-elle en s'agitant sur son mur, et le simple fait de la regarder me donna le vertige. On remarque ta mauvaise humeur à cent mètres à la ronde.

— Méfie-toi, tu pourrais tomber de là-haut ! lançai-je sur un ton brusque.

Elle avait raison : j'étais vraiment de mauvaise humeur.

— Et toi, comment vas-tu depuis l'autre soir, au cinéma ? m'enquis-je d'une voix radoucie.

Sophie changea encore de position et prit ses aises, appuyée sur un coude, une jambe repliée et le bras reposant avec nonchalance sur le genou. On aurait cru voir *Goethe dans la campagne romaine*, le fameux tableau de Tischbein… Elle me fixait, l'air songeur.

— C'est pas la grande joie, mais je me porte mieux que toi, apparemment, lâcha-t-elle.

— Oh ! Des peines de cœur, peut-être ?

— Qui sait, répliqua-t-elle avec un sourire. Sinon, je repense souvent à la soirée au cinéma… et à Orphée. Toi aussi ?

— Pour être honnête, non, avouai-je.

Il faut dire que, dans ma vie actuelle, une émotion en chassait une autre.

— Dommage, fit-elle en se redressant.

Tandis que je l'observais, remuant sur son mur, la phrase trouvée sur le plan de Paris me revint soudain à l'esprit.

— Par contre, j'ai une jolie phrase pour toi, repris-je.

— Tu m'intrigues. Vas-y, je t'écoute !

— Quand on aime, on lance son cœur par-dessus le mur et on saute derrière lui.

Sophie inclina la tête et réfléchit un moment.

— C'est effectivement une jolie phrase, approuva-t-elle ensuite. Elle est de toi ?

— Non.

Nos regards se croisèrent en silence.

— Elle est de qui, alors ? demanda-t-elle finalement.

— Aucune idée. Je me disais que tu le saurais peut-être, toi.

Elle fronça les sourcils, puis fit une moue de regret.

— J'ai peur de ne pas pouvoir t'aider, l'écrivain. Mais elle est belle et vraie, cette phrase. Quand on aime quelqu'un, on ne devrait pas trop réfléchir, commenta-t-elle en enfonçant sa casquette sur son crâne, avant de désigner mes fleurs du menton. Tu vas sur la tombe d'Hélène ?

J'opinai du chef.

— Ça te dit d'aller boire quelque chose après ? J'ai presque fini ici, et il fait tellement beau !

Elle me souriait, et je sentis aussitôt mon humeur s'améliorer.

— Avec grand plaisir. Je fais vite, et je repasse par ici.

— Très bien, répondit Sophie. À tout à l'heure alors, Julien.

Elle se mit à manipuler les outils qu'elle avait étalés à côté d'elle, sur le mur, et je regagnai l'avenue Hector-Berlioz.

Peu de temps après, arrivé devant la tombe d'Hélène, je m'agenouillai pour y placer ma lettre. Cette fois, la cavité creusée dans la pierre abritait une enveloppe carrée, dans laquelle était glissé un disque argenté – un CD ou un DVD. Rien n'était inscrit dessus. Surpris, je le rangeai dans ma petite sacoche en cuir brun et refermai le compartiment secret. Me relevant, je fis un tour sur moi-même pour embrasser du regard le cimetière à la végétation dense. Et, tout au fond, je remarquai une silhouette qui empruntait l'avenue Hector-Berlioz, dans ma direction.

J'allai m'accroupir derrière une stèle distante de quelques mètres, en me sentant un peu ridicule. Les mots d'Alexandre, selon lequel je devais me mettre en embuscade, me traversèrent l'esprit, et je réprimai un rire hystérique. Immobile derrière la pierre tombale d'un inconnu, j'attendais mon Godot à moi, comme les héros de la pièce de Samuel Beckett.

Mon attente serait forcément vaine. J'ignorais qui était en train de monter l'avenue, mais je savais bien que nul n'allait tourner dans le petit chemin menant au vieux châtaignier et s'arrêter devant la tombe d'Hélène.

Je me trompais.

Après ce qui me parut une éternité, j'entendis des pas discrets dans le chemin. Quelqu'un s'approchait de mon ange en bronze… Le cœur battant à tout rompre, je me redressai à demi sans quitter ma cachette, prudemment, pour épier les gestes de cette personne. Je la vis se pencher en avant, actionner le mécanisme ouvrant le compartiment secret, et en sortir l'enveloppe que je venais d'y placer.

Un coup d'œil m'avait suffi pour reconnaître la femme qui décachetait maintenant ma lettre avec fébrilité et se mettait à la lire.

Catherine !

Je serais incapable de décrire ce que je ressentis à ce moment-là, submergé par les émotions les plus diverses. Un mélange de rage, d'étonnement et de déception immense se fraya un chemin en moi, remontant à la surface.

C'était donc bel et bien Catherine ! Il fallait que ce soit *elle* qui me fasse cela !

Alexandre avait raison… Au diable Catherine et ses yeux bleu innocence ! Je crois qu'à choisir, j'aurais accepté de voir n'importe qui devant la tombe d'Hélène. N'importe qui, mais pas ma blonde voisine. J'aurais même préféré une veuve coiffée d'un chapeau noir. Mais quelle hypocrisie ! J'étais littéralement hors de moi.

— Ha ! Je te tiens !

J'avais bondi de derrière la stèle en criant, et Catherine sursauta violemment avec un hurlement. Épouvantée, elle lâcha ma lettre, et le dessin multicolore d'Arthur, planant comme une immense feuille tombée d'un arbre, atterrit sur le chemin.

— Julien ! s'exclama-t-elle, les yeux écarquillés. Mais qu'est-ce que tu fais ici ?

Je me plantai devant elle.

— Ce que je fais ici ? Ce que JE fais ici ? répondis-je avec rage, et elle tressaillit à chaque mot comme si elle recevait un coup de fouet. Il faut plutôt se demander ce que TU fais ici, TOI ! Tu viens rôder autour de la tombe, tu voles mes lettres. Et tu les *lis*, je n'en reviens pas ! C'est personnel, tu comprends ? Personnel ! Comment as-tu osé ?

Elle me regardait, effondrée, les yeux remplis de larmes, et j'eus envie de la secouer.

— Mais arrête de pleurer, tu rends les choses encore pires ! Tu n'es qu'une menteuse ! Je deviens à moitié fou, je me mets à douter de ma santé mentale, et mademoiselle vient tranquillement prendre une lettre après l'autre, et elle me manipule avec ses petits signes.

— Mais Julien… je… je ne sais pas ce que… bredouilla Catherine en blêmissant.

— Quoi, tu ne sais pas ? ! la brusquai-je. Tu as tout lu, tu connais tout : mes pensées, mes espoirs, mes idées stupides. Tu as emporté chacune de mes lettres. Tu me laisses des choses dans la cachette – des poèmes, des boîtes à musique, des plans de Paris, des cartes avec des citations de Tagore… Et moi, je crois communiquer avec une morte, seulement c'est toi… TOI ! Je n'y crois pas !

Je tournai les talons pour partir, ivre de colère.

Catherine fondit en larmes.

— Julien, Julien ! sanglota-t-elle. Non, ne t'en va pas, écoute au moins ce que j'ai à te dire.

— Pas question. J'en ai assez vu ! Ça suffit maintenant, je ne vais pas te laisser me mener encore par le bout du nez.

Elle s'agrippa à mon bras.

— S'il te plaît, Julien ! Je comprends que tu sois furieux, mais je ne t'ai pas manipulé. Je n'ai jamais rien laissé dans la cachette, ni boîte à musique, ni plan, affirma-t-elle, avant de montrer les feuilles de papier éparpillées par terre. Cette lettre, là, c'était la toute première que je lisais.

Je me figeai, stupéfait.

— Tu penses vraiment que je vais te croire ?

— Je t'en prie, Julien ! Je n'ai pas ouvert d'autre lettre, je t'assure, répéta-t-elle en se tordant les mains de désespoir. Je le jure sur… sur… sur la tête d'Arthur, bégaya-t-elle, les larmes coulant sur ses joues. Jusqu'ici, je ne savais absolument rien de ce compartiment dans la pierre tombale.

— Et comment l'as-tu appris, alors ?

Elle s'essuya les joues.

— Arthur… Arthur me l'a raconté la semaine dernière… Quand il faisait ce dessin pour Hélène. Il m'a expliqué que tu apportais parfois des lettres au cimetière et que tu les mettais à l'arrière de la tombe, dans un espace creusé dans la pierre. Il a ajouté que c'était un secret, que « même Sophie » n'était pas au courant. Après, il s'est mis à me parler d'elle, cette gentille femme qui répare des anges et avec qui tu t'entends si bien. Il m'a dit que vous riiez, tous les deux, et ça m'a rendue très jalouse, tout d'un coup.

— Bon sang, Catherine !

— Pardonne-moi, s'il te plaît, Julien, il faut que tu me pardonnes. Je ne suis pas quelqu'un de mauvais. Je… je voulais juste savoir… Enfin… J'ai pensé qu'il était peut-être question de cette Sophie et de toi dans les lettres… précisa-t-elle en baissant la tête. J'ai fait une énorme erreur, Julien, dis-moi que tu acceptes mes excuses !

Je me laissai tomber, hébété, sur le muret bordant la tombe.

— Comment veux-tu que je te croie ?

Catherine s'assit à côté de moi, muette. Nous restâmes ainsi un moment, fixant le petit chemin devant nous. Je crus entendre un léger éternuement, mais il se pouvait aussi que ce soit le feulement d'un chat, ou un oiseau poussant un pépiement dans le feuillage du châtaignier.

Comme si elle obéissait à un obscur signal, Catherine se tourna finalement vers moi et saisit ma main.

— Je n'ai vraiment pris que cette lettre, Julien. Crois-moi, je t'en supplie !

Je la fixai. Elle n'avait absolument pas l'expression d'une menteuse.

— Bon, très bien. Je te crois, Catherine.

— Et… tu me pardonnes, alors ?

Je hochai lentement la tête.

— Merci, chuchota Catherine.

Je me levai et elle aussi, l'air hésitant.

— Est-ce que tu penses… qu'il pourrait se passer un jour quelque chose… entre nous ?

— Ah, Catherine ! lâchai-je, avant de secouer la tête. Honnêtement, je ne crois pas, mais qu'est-ce que j'en sais ? Je ne suis qu'un être humain, après tout.

— Et… qu'est-ce qu'il y a entre cette Sophie et toi ?

— Qu'est-ce que tu veux qu'il y ait ? demandai-je, irrité, en frottant mon pantalon pour en chasser la poussière.

— Je veux dire… Est-ce que tu l'aimes ? s'enquit-elle timidement.

Elle me tapait sur les nerfs avec toutes ses questions.

— Catherine, écoute-moi bien, déclarai-je d'une voix plus forte que nécessaire. Sophie est une connaissance rencontrée ici par hasard, rien de plus. J'aimais Hélène, énormément. Je l'aime toujours, si tu veux savoir. Et rien ne dit qu'il y aura un jour de la place pour une autre femme ! Ça y est, tu as compris une bonne fois pour toutes ?

Elle opina du chef, intimidée.

— Oui, Julien…

Ensuite, elle rassembla les feuilles de papier tombées au sol, le dessin d'Arthur et l'enveloppe, et elle me tendit le tout.

— Il vaut mieux que j'y aille, maintenant, annonça-t-elle, et elle s'éloigna sur le petit chemin, les épaules basses.

Je m'attardai un moment devant la tombe d'Hélène, considérant mon bel ange, désemparé. On ne peut pas dire que je me sentais dans mon assiette...

Alexandre avait eu raison et tort à la fois, avec ses hypothèses. Catherine s'intéressait effectivement à moi, plus que je le pensais, plus que j'avais voulu l'admettre – mais elle n'avait pas pris mes lettres. Elle n'avait rien à voir avec tous ces petits cadeaux que j'avais reçus.

Ou bien si ?

Un essaim d'abeilles bourdonnait dans mon crâne.

Si ce n'était pas elle, alors qui ?

Ah, Hélène, quelle confusion monstrueuse dans ma tête !

Je remis feuilles et dessin dans l'enveloppe, que je plaçai dans la cachette restée ouverte. Puis je traversai le cimetière, avec le pas lourd d'un vieil homme.

Lorsque les portes du métro se refermèrent derrière moi en chuintant, je réalisai que j'avais complètement oublié mon rendez-vous avec Sophie.

Le regard perdu dans l'obscurité du tunnel que nous traversions à vive allure, je ne soupçonnais pas que je ne reverrais pas la tailleuse de pierre de sitôt.

20

Un si long silence

Parfois, énormément de choses surviennent en peu de temps, et les événements se bousculent à un rythme qui vous coupe le souffle. Ensuite, il ne se passe plus rien pendant des semaines.

Apparemment, j'étais en train de traverser la phase pendant laquelle il ne se passe rien du tout.

Le silence régnait – de tous côtés. Et ce silence me désorientait.

Catherine m'évitait. Depuis notre altercation au cimetière, finies, les invitations dans son appartement ; et quand il arrivait à Arthur de descendre jouer chez elle, elle le raccompagnait ensuite sur mon palier et repartait aussitôt. Lorsque nous nous croisions par hasard dans le hall de l'immeuble, elle murmurait « Bonjour » en baissant les yeux et se hâtait de s'éloigner. Elle avait l'air honteux, et peut-être aussi que mes paroles brutales l'avaient blessée. Elle se faisait toute petite, et je n'aurais pas été étonné qu'après coup, elle soit également vexée. Catherine était tout à fait le genre à se draper dans le silence après un épisode pareil. Il n'empêche que c'était elle, après tout, qui avait provoqué ma colère en s'emparant de cette lettre. Bon, peut-être avais-je réagi un peu trop violemment, mais je lui avais ensuite pardonné – alors, il n'y avait aucune raison qu'elle joue maintenant les offensées.

Sophie, elle, paraissait avoir littéralement disparu des radars. Ces dernières semaines, je m'étais souvent rendu au cimetière, guettant sa silhouette ; la cherchant partout, finalement. J'avais même demandé au jardinier grincheux s'il avait aperçu la tailleuse de pierre, ou si elle rangeait encore sa boîte à outils dans la remise. Mais il avait juste secoué la tête et grommelé avec mauvaise humeur qu'il était bien possible qu'elle ne vienne plus.

Tout cela était extrêmement curieux. Où était passée Sophie ? Maintenant que je ne la voyais plus perchée sur un de ses chers murs comme s'il n'y avait rien de plus naturel, qu'elle ne me hélait plus pour discuter avec moi, je sentais qu'elle commençait à me manquer.

J'avais repensé, pris de remords, à la façon dont je l'avais qualifiée en m'emportant contre Catherine : « une connaissance rencontrée ici par hasard »... À présent, je regrettais ses remarques désinvoltes, ses conseils, ses dictons populaires, ses grands yeux sombres sous la petite casquette et leur expression amusée. Sa manière à la fois moqueuse et affectueuse de me dire : « Pourquoi cette mine sombre, l'écrivain ? » Cela, tout particulièrement.

Était-elle malade ? Aurait-elle achevé son travail au cimetière de Montmartre ? Elle ne serait quand même pas partie comme cela, sans me prévenir...

Au début, je n'avais pas trop prêté attention à son

absence, je ne m'étais pas posé de questions. Après tout, il était fréquent qu'elle ne soit pas là pendant quelques jours, mais sa petite silhouette noire finissait toujours par réapparaître. Je la voyais alors occupée à intervenir sur une pierre tombale, à moins qu'elle soit assise sur un mur, sur un banc ; et elle me faisait bénéficier de ses proverbes et de sa bonne humeur.

Le mercredi fatidique, ce jour où j'avais surpris Catherine devant la tombe, tellement hors de moi que j'avais troublé la quiétude du cimetière en criant comme un forcené, avant d'oublier dans mon agitation que j'étais censé rejoindre Sophie, tout était encore inchangé. Assise sur son mur, elle avait plaisanté un peu avec moi, ainsi qu'à son habitude. Pas un mot sur le fait qu'elle aurait bientôt fini de travailler au cimetière. Par ailleurs, je ne pouvais pas concevoir qu'elle m'en veuille de ne pas être repassé la voir, finalement. Il ne s'agissait pas d'un rendez-vous au sens strict du terme, et cela ne ressemblait pas à Sophie de se terrer dans sa coquille, vexée, comme Catherine le faisait en ce moment.

Deux jours après la fameuse crise, le vendredi, j'étais spécialement retourné au cimetière. J'avais imaginé un prétexte expliquant pourquoi je n'étais pas réapparu l'avant-veille, et je comptais présenter des excuses à Sophie en me servant d'un petit dicton amusant. J'avais même la ferme intention de l'inviter à déjeuner pour me faire pardonner. Ce vendredi-là, pour une fois, je n'avais aucune enveloppe sur moi – l'envie d'écrire des lettres m'était passée, au moins provisoirement, et je n'étais même pas allé sur la tombe d'Hélène. Je venais vraiment pour Sophie, uniquement.

Mais je ne l'avais pas vue ce jour-là. Et à chacune de mes visites suivantes au cimetière, pas davantage. Cela faisait maintenant trois semaines que la tailleuse de pierre avait disparu de la surface de la terre.

Je m'étais repassé le film de notre dernière rencontre, encore et encore. Elle avait trouvé que je faisais une mine de dix pieds de long – c'était vrai, sauf qu'en fin de compte, j'étais encore extrêmement bien luné à ce moment-là, si on considérait ma sale humeur peu après, devant la tombe d'Hélène. Sophie se prélassait sur le mur comme un chat au soleil, mais – cela ne me revint à l'esprit que plus tard, tandis que je passais soigneusement en revue les mots que nous avions échangés – n'avait-elle pas aussi dit que ce n'était pas la grande joie, même si elle allait mieux que moi ?

Et si elle avait effectivement un chagrin d'amour ? Peut-être m'en aurait-elle parlé ce jour-là, et j'aurais pu à mon tour la réconforter, pour changer. Peut-être que ce Chouchou l'avait quittée de manière abominable, et désormais, elle ne sortait plus de son lit, les yeux rougis par les larmes et le cœur brisé. Dans son petit appartement sous les toits, quelque part à Montmartre.

Il se trouve que je ne savais pas précisément où Sophie habitait. Ni avec qui, d'ailleurs. À la fin de la soirée au cinéma, nous avions marché un peu ensemble, puis elle s'était arrêtée place Émile-Goudeau et elle m'avait gentiment renvoyé chez moi.

J'aurais beaucoup aimé lui passer ne serait-ce qu'un coup de fil… Et j'avais poussé un gémissement en me rappelant l'insouciance avec laquelle j'avais refusé son numéro de téléphone. « Pas la peine », avais-je répondu. *Pas la peine…*

Mais quel idiot borné j'étais !

Une centaine de fois au moins, j'avais cherché la carte de visite de la cousine de Sophie, machinalement empochée ce jour-là. Mais impossible de mettre la main dessus, et je ne me souvenais même plus du nom de famille de la rédactrice culturelle, qui aurait forcément pu me venir en aide.

J'avais également cherché sur Internet une Sophie Claudel, tailleuse de pierre, seulement là encore, j'étais resté bredouille.

En fait, à bien y réfléchir – et durant ces longues semaines, j'eus tout le temps d'étudier le problème –, je ne savais quasiment rien à propos de Sophie. Au cours de toutes nos discussions, ou presque, il n'avait été question que de moi. De mon deuil, de ma tristesse, de mon blocage devant la page blanche, des difficultés que j'avais à affronter la vie. Alors seulement, j'avais réalisé que, dans ma douleur, je n'avais pas cessé de graviter autour de moi-même. Pendant longtemps, il n'y avait eu que moi et rien d'autre. Et Sophie, elle, avait toujours été à mon écoute : elle avait réfléchi avec moi, et essayé de me conseiller et de me remonter le moral. Car la tailleuse de pierre aux grands yeux sombres avait beau user de la moquerie et avoir des manières de garçon manqué, son cœur était aussi tendre que du beurre. Sinon, quelle raison aurait-elle eue de chercher à me faire retrouver une certaine sérénité ? De demander des nouvelles de mon petit garçon ? De compatir autant à mon histoire, en somme ?

Sophie avait tout pour elle. Elle était jeune et jolie – très jolie, même, quand elle renonçait à son bleu de travail poussiéreux. Elle avait un métier qu'elle aimait, et un petit ami. Enfin, aux dernières nouvelles en tout cas, et tout le reste n'était que spéculation. Elle était spontanée, un peu fantasque et impulsive. C'était tout à fait le type de fille qui lançait son cœur par-dessus le mur et sautait derrière lui quand elle aimait bien quelqu'un.

Brusquement, il me venait à l'esprit un millier de choses que j'aurais voulu lui demander. Mais Sophie était toujours aux abonnés absents.

En revanche, ma lettre, la dernière en date, celle que Catherine avait lue et que j'avais remise en place après notre altercation, ne bougeait pas de sa cachette.

Chaque fois que je me rendais au cimetière, j'ouvrais le compartiment secret, et j'y retrouvais la fameuse enveloppe décachetée. Une semaine durant, puis deux, puis trois, la lettre portant le numéro 31 ne quitta pas la petite cavité creusée dans la pierre, comme un reproche muet.

Il n'y avait plus de signes non plus. Manifestement, je m'étais attiré les foudres de toutes les créatures féminines. Plus personne ne me parlait, personne ne me hélait, personne ne me laissait un quelconque message, et au bout d'un moment, je me sentis même abandonné par Hélène. Trop désappointé pour pouvoir tirer les conclusions qui s'imposaient, je me demandais ce que j'avais bien pu faire pour que cesse le charme.

Naturellement, il était troublant de constater que

le jeu avait pris fin depuis le moment précis où j'avais surpris Catherine près de la tombe. Pouvait-on sérieusement attribuer la chose à une simple coïncidence ? Non, à en croire Alexandre. Pour lui, l'affaire était claire.

— Rien à foutre de ton intuition ! s'était-il exclamé avec sa délicatesse habituelle, un jour que le doute s'emparait encore de moi. Catherine n'a pas avoué toute la vérité, c'est évident. Je parie que tes lettres s'entassent dans sa table de chevet.

— Non, Alexandre, c'est exclu, avais-je répondu, et j'avais revu Catherine me jurant sur la tête d'Arthur que ce n'était pas elle. Je ne l'en crois pas capable.

— Tu t'es déjà gouré à propos de Catherine… Voilà les faits : tu l'as prise la main dans le sac, et depuis, plus personne ne s'intéresse à tes lettres. Pourquoi aller chercher plus loin ? Il faut être aveugle pour ne pas comprendre, enfin !

Peut-être ai-je effectivement été frappé de cécité, durant toutes ces semaines-là. Parfois, il faut du temps pour comprendre les choses que le cœur sait depuis un bon moment.

Pourtant, en fin de compte, la réalité était différente de ce que pensait Alexandre. Totalement différente.

Août fit son entrée en scène. La capitale semblait déserte et il n'y avait plus, pour arpenter les pavés de Saint-Germain chauffés à blanc, que quelques touristes qui n'avaient pas compris que ce mois était le pire qu'on puisse choisir pour visiter Paris. Une torpeur de plomb pesait sur la ville. Je travaillais à mon roman avec un peu moins d'allant, et ceux qui le pouvaient s'étaient envolés, flânant dans les villages perchés de la Côte d'Azur ou se promenant le long des plages sans fin de l'Atlantique.

Le moment était aussi venu pour Arthur de partir en vacances, avec maman et sa petite copine Giulietta. Sur le quai de la gare, je m'attardai longuement à leur faire des signes d'adieu alors que je ne pouvais voir personne derrière les vitres fumées.

Je me sentais étrangement déraciné, ne sachant pas trop comment occuper ce jeudi naissant.

Ce fut alors qu'Alexandre appela.

— Alors, ça y est, la petite smala est partie ? Je suis sûr que tu t'ennuies déjà comme un rat mort, hein ?

— Gagné, avouai-je, sans laisser transparaître mon émotion devant le fait qu'il ait pensé à moi.

Alexandre est formidable… Je ne pourrais pas imaginer meilleur ami que lui.

— Écoute, ce soir, je vais, avec quelques autres, dans ce nouveau club de jazz à Bastille… Tu n'as qu'à venir !

— Oui, pourquoi pas, répondis-je, décidant de me secouer.

Tout valait mieux que de tourner en rond chez moi, seul avec mes mornes pensées. Alors, pourquoi ne pas aller écouter du jazz, pourquoi ne pas boire quelques cocktails ? Après tout, personne ne me retenait à la maison.

Il fut convenu que je rejoindrais Alexandre à *L'Espace des rêveurs*, après l'heure de fermeture.

Plusieurs heures plus tard, tandis que je longeais la rue de Grenelle que l'été avait vidée de ses passants, j'ignorais que je trouverais dans son magasin une chose que j'avais finalement arrêté de chercher.

Lorsque je poussai sa porte, Alexandre sortit de l'arrière-boutique en me tendant une petite sacoche en cuir brun qu'il tenait par sa lanière et balançait au bout de ses doigts.

— Regarde ! Tu avais raison, elle était bien ici. Gabrielle a pensé que c'était la mienne, j'en ai une très semblable, alors elle l'avait rangée dans l'armoire avec mes autres affaires.

— Alors ça, ça me fait drôlement plaisir ! m'exclamai-je, estomaqué, en prenant le sac qui avait bien failli me rendre dingue, ces dernières semaines.

J'avais abandonné ma quête, en fin de compte. Je m'étais résigné, pensant que j'avais dû le laisser dans un bar après ce funeste mercredi, près de la tombe d'Hélène. En tout cas, je trouvais que cela collait bien avec cette journée noire où tout ce qui pouvait aller de travers était allé de travers, outre le fait que mes illusions avaient été anéanties, jusqu'à la dernière.

C'était ce jour-là que j'avais découvert qui prenait mes lettres, ou tout au moins l'une d'entre elles. J'avais eu une confrontation terrible avec Catherine, qui désormais m'évitait soigneusement. J'avais oublié mon rendez-vous avec Sophie, qui s'était apparemment évanouie dans la nature depuis ce fameux après-midi. J'étais alors allé voir Alexandre au magasin, histoire de laisser libre cours à ma colère, à ma déception. Nous nous étions ensuite rendus dans un bar, puis dans un autre. La nuit et l'ivresse venues, après être rentré en vacillant dans mon appartement vide (Arthur dormait chez un petit copain ce jour-là), je m'étais soudain aperçu que ma sacoche manquait à l'appel – et avec elle, hélas, l'enveloppe carrée que j'avais sortie du compartiment secret et dans laquelle était glissé ce mystérieux disque argenté.

Le lendemain, je m'étais renseigné partout – auprès d'Alexandre, dans les bars que nous avions enchaînés. J'avais même appelé le bureau des objets trouvés de la RATP. J'avais ratissé mon appartement, dans l'espoir présomptueux que, plus tout à fait maître de mes actes, j'avais laissé tomber mon sac quelque part. J'avais également fouillé dans la corbeille à papier, et j'étais allé jusqu'à ramper sous le lit. Finalement, j'avais renoncé à l'idée que je le retrouverais. Le dernier message était perdu – quelle que soit la personne qui avait pu me l'adresser.

Un jour que je me livrais à des spéculations, caressant l'idée que ce disque argenté aurait pu me révéler bien des choses, qu'il m'aurait permis de tout comprendre, Alexandre avait demandé en me regardant avec pitié :

— Tu veux mon avis ?

— Non ! avais-je crié, exaspéré.

— Ce n'est pas une grosse perte. Ça venait de Catherine de toute façon, donc je ne vois pas ce qu'il pouvait y avoir d'intéressant là-dessus. Estime-toi heureux de ne pas avoir rangé ton portefeuille dans ce sac – *ça*, ça aurait été tragique.

Et voilà que ma petite sacoche réapparaissait, comme par enchantement. Je l'ouvris hâtivement.

— Ton disque est toujours dedans, fit Alexandre, flegmatique. J'ai déjà vérifié.

— Alors là, tu m'en vois ravi. Et tu as aussi regardé ce qu'il y avait dessus, tant que tu y étais ?!

— Non. Bien sûr que non, sourit-il. Je me disais qu'on pourrait le faire ensemble, sur l'ordinateur que j'ai ici. J'adorerais visionner la vidéo où Catherine fait ses aveux. Je sens que ça va être drôle !

— Même pas en rêve, déclarai-je en serrant le sac contre ma poitrine.

J'ignorais quel était le contenu de ce disque, mais il m'était exclusivement destiné. Comme je regardais Alexandre d'un air déterminé, il n'insista pas.

— Mouais, je suppose que maintenant, tu ne veux plus m'accompagner au club de jazz, hein ?

— Tu supposes bien.

— Bon, alors envoie-moi un texto, au moins, réclama Alexandre. Je suis impatient de savoir ce qu'il y a dessus. On parie que c'est la jolie voisine ?

— J'ai arrêté de parier.

21

Secret Heart

Jamais personne n'avait parcouru aussi vite la distance séparant la rue de Grenelle de la rue Jacob. Je longeai le trottoir étroit au pas de course, jusqu'au boulevard Saint-Germain où je m'arrêtai au feu tricolore, nerveux, pour traverser finalement la chaussée sans attendre que le piéton passe au vert. Je descendis la rue Bonaparte, passai devant *Les Deux Magots* où les touristes profitaient du soleil couchant, buvant un verre de vin blanc en terrasse, avec vue sur la discrète église de Saint-Germain-des-Prés, puis je tournai à droite, rue Jacob.

Encore quelques pas, et je me retrouvai devant mon immeuble. Je tapai le code pour ouvrir la porte cochère, montai les trois étages quatre à quatre et introduisis d'une main tremblante ma clé dans la serrure.

Une fois dans l'appartement, j'allumai mon ordinateur, mais avant de placer le mystérieux disque dans le lecteur, je me relevai d'un bond et allai chercher une bouteille de vin dans la cuisine. Me rappelant les paroles que prononçait régulièrement mon père : « Avec un bon verre de vin rouge, on peut supporter beaucoup de choses… peut-être même tout », je me servis généreusement. Je levai mon verre à son souvenir, murmurai : « J'espère que tu as raison, papa ! », et en bus la moitié.

Je n'avais aucune idée de ce qui m'attendait, mais j'étais submergé par le sentiment que ce serait une découverte essentielle.

Aussi concentré qu'Orphée tendant l'oreille aux énigmatiques messages diffusés par l'autoradio de la limousine noire, je m'assis devant mon ordinateur. Qui allais-je voir apparaître ? Catherine allait-elle vraiment m'avouer son amour par ce biais ? Ou le visage d'Hélène elle-même allait-il se matérialiser sur l'écran – me parler depuis cet autre monde, en quelque sorte ? Peut-être ma femme avait-elle été assez prévoyante pour se filmer avant de mourir, chargeant quelqu'un – Catherine ? – de me faire découvrir un jour ce film…

Je fixais l'écran avec fascination, mais il restait noir.

Alors, la mélodie d'un carillon sortit des haut-parleurs de l'ordinateur, bientôt suivie par les mesures feutrées d'une contrebasse. Puis une chanteuse m'évoquant Norah Jones se mit à interpréter une chanson que je n'avais jamais entendue. Sa voix agréable jouait d'un riche registre d'intonations : tendres, rauques, graves, enfantines.

Cette chanson s'appelait *Secret Heart* et je l'écoutai encore et encore, ne m'arrêtant pas avant d'avoir compris la totalité du texte.

Secret heart
What are you made of
What are you so afraid of

Could it be
Three simple words
Or the fear of being overheard
What's wrong
Let her in on your secret heart

Il était question des sentiments cachés d'un homme. D'une voix caressante et un peu voilée, la chanteuse évoquait son cœur craintif et se demandait s'il ne pouvait pas avoir peur de trois mots simples, peur que quelqu'un les entende. Et chaque strophe se concluait par l'invitation suivante :

Qu'as-tu donc ?
Ouvre-lui ton cœur secret.

Je me sentais étrangement visé par un passage en particulier :

This very secret
That you're trying to conceal
Is the very same one
You're dying to reveal
Go tell her how you feel

De manière paradoxale, l'homme en question tentait de dissimuler son secret, tout en mourant d'envie de le révéler. Et la strophe en question s'achevait sur les mots *Dis-lui ce que tu ressens.*

C'était une chanson magnifique sur l'amour qu'on nourrit en secret, sur la peur et l'orgueil qui peuvent nous retenir, et sur le fait qu'il faut montrer ses sentiments, les dévoiler.

Je cherchai des informations sur la chanteuse, une certaine Leslie Feist originaire du Canada, mais ne fus pas plus avancé pour autant.

Je notai tout le texte sur une feuille de papier et le relus ligne après ligne, en écoutant une fois de plus la chanson dont la mélodie me hantait déjà.

Le message paraissait évident. Seulement, ces mots étaient-ils censés me faire part des sentiments qu'éprouvait la personne qui avait mis ce CD dans la cachette ? Ou alors, l'invitation que renfermait la chanson m'était-elle destinée ?

Faisait-on allusion aux secrets de mon cœur à moi, à des sentiments que je n'arriverais pas à montrer ? Ou était-il plutôt question des lettres que j'apportais en secret à Montmartre ?

Et puis, qui était cette femme à qui je devais ouvrir mon cœur ?

Je restai assis à mon bureau pendant des heures, buvant verre de vin après verre de vin et fixant les choses trouvées dans la tombe d'Hélène au fil des mois, qui s'alignaient devant moi telle une petite procession.

Tous ces objets n'étaient-ils pas des témoignages d'amour ?

Au beau milieu de la nuit, je me réveillai en sursaut. La porte-fenêtre du balcon venait de claquer. Une brise d'été poussait quelques nuages blancs devant la lune blême. Je regardai mon réveil : un peu plus de quatre heures du matin – le moment préféré de tous ceux qui dormaient mal. Je bus un verre d'eau, puis essayai de trouver une position qui m'aide à me rendormir. Je me tournai et me retournai, tapotai mon oreiller, sortis une jambe de la couette, mais les pensées dansaient une ronde folle dans mon crâne. Je voyais défiler des gens et des situations, qui venaient se mêler aux mots dits et écrits. Je me remémorais ce que j'avais vécu ces derniers mois, depuis le jour où j'avais commencé à écrire à Hélène, et durant tout ce temps, la chanson *Secret Heart* accompagnait images et sensations à la manière d'une musique de film.

Je revis une fois encore Hélène, le jour où nous nous étions rencontrés : sa robe verte, sa crinière rousse flamboyant au soleil de ce mois de mai… Puis, à la fin de sa vie, sa frêle silhouette, sa jolie bouche devenue pâle qui souriait courageusement ; et enfin, ses cheveux cuivrés se détachant sur l'oreiller blanc, comme pour m'adresser un ultime adieu.

Mon cœur se serra. Mais soudain, un autre visage s'imposa, venant cacher celui d'Hélène, et mon cœur se mit à tambouriner contre le matelas, comme s'il voulait me délivrer un message.

Alors, je me levai. Je me levai au beau milieu de la nuit et m'installai à mon bureau. Je venais d'avoir une idée. J'ignorais si elle était bonne ou mauvaise, si elle me mènerait quelque part – seulement, je sentais qu'à cet instant précis, je ne pouvais rien faire de plus juste.

Je pris du papier à lettres, et dévissai mon stylo plume. Puis, pendant quelques minutes, je restai assis devant la feuille blanche sans bouger, pensif.

Ensuite, je me mis à écrire à Hélène, ma femme que j'aimais par-dessus tout et qui était morte, et je lui ouvris mon cœur.

Mon Hélène tant aimée,

Voilà quelques semaines que je n'ai plus donné de nouvelles, et il y a une raison à cela : ton pauvre mari est en proie à un très grand désarroi. J'ai vécu beaucoup de choses troublantes dernièrement, et je sais de moins en moins si l'idée folle que ce soit toi qui m'envoies ces signes a des chances d'être juste. Certes, je continue à penser que tu me regardes, Hélène, et que ton amour laisse son empreinte dans ma vie, par-delà la mort. Mais je me dis que cette empreinte n'adopte pas forcément l'aspect d'une boîte à musique, d'un plan de Paris ou de poèmes de Prévert ; elle se manifeste plutôt sous la forme de pensées et de coïncidences.

J'ai flirté avec la folie, ces derniers mois. À la manière d'un détective, j'ai mené l'enquête avec Alexandre, et suspecté toutes sortes de personnes. Mais chaque fois, je finissais par parvenir à la conclusion que c'était toi, que cela ne pouvait être que toi – bien que la chose relève de l'impossible.

Je t'écrivais, et chaque lettre donnait lieu à une réponse qui paraissait me mener à toi. Néanmoins, toute chose a deux faces… Il m'a fallu du temps, mais j'ai fini par réaliser que, si tous ces signes me faisaient revenir sans cesse au cimetière, ils m'en éloignaient aussi pour me faire remettre un pied dans la vie.

Hélène, tu voulais que je t'écrive, que je te raconte

ma vie sans toi, et je viens seulement de comprendre le fond de ta pensée : la vie continue, même si tu n'es plus là.

J'ignore toujours qui a pris mes lettres, qui a mis tous ces cadeaux dans la cachette pour moi, mais il est moins important pour moi de le savoir, maintenant. Même si j'ai ma petite idée sur le sujet, peu importe finalement que ce soit toi, ton amie Catherine, une belle inconnue, mon éditeur ou quiconque d'autre.

Ce qui importe, ce qui compte réellement, c'est que j'ouvre de nouveau mon cœur – à la vie… et peut-être à l'amour, aussi.

J'ai refusé de me l'avouer pendant longtemps, je n'ai pas voulu y prêter attention, mais je recommence à éprouver des choses, Hélène. Je devine parfois l'esquisse d'un tendre sentiment, qui me fait penser à un oisillon tremblant dans ma main.

Se peut-il vraiment que je sois à nouveau amoureux ?

Toi qui sais tout, toi qui vois tout de là-haut, tu pourrais sûrement répondre à cette question qui me tourmente, au cœur d'une nuit où je ne trouve plus le sommeil.

Je t'aime toujours, Hélène. C'est une réalité. Et pourtant, quelqu'un d'autre a su trouver le chemin de mon cœur. Sophie… Cette jeune femme qui aime se percher sur les murs, qu'Arthur a rencontrée le jour où je t'ai apporté la première lettre. Cette tailleuse de pierre dont je ne t'ai pas souvent parlé, mais qui n'a pas cessé de me faire revenir du côté des vivants, d'une main de velours. C'est elle qui m'a dit qu'au bout du compte, il fallait toujours choisir la vie, pas la mort. Il se peut qu'elle ait quelqu'un, mais cela ne change rien au fait que je pense à elle et qu'elle me manque. Je revois ses yeux sombres, j'entends son rire argentin…

Sais-tu ce qu'Arthur a dit à Catherine ? « Avec Sophie, papa recommence à rire. »

Étonnante, cette faculté qu'ont les enfants de toujours énoncer si clairement les vérités.

Mais Sophie a disparu, Hélène ! Je ne l'ai pas vue au cimetière depuis plus de trois semaines, et je suis totalement désemparé. Je ne connais même pas son adresse et elle ne sait rien de mes sentiments, ces sentiments que j'ai moi-même longtemps ignorés et que je t'avoue aujourd'hui, ma chérie.

Si seulement elle revenait au cimetière, je pourrais tout lui dire… Je prendrais le risque de le faire, sans même savoir où cela me mènera.

Quand on aime, il faut prendre son cœur à deux mains et tout oser, n'est-ce pas ?

Je t'adresse cette lettre en espérant que tu puisses me porter secours, mon merveilleux ange, toi qui veilles toujours sur nous. Aide-moi, Hélène !

Ton Julien qui t'aime

22

La Cour des Restaurateurs

Je m'obligeai à laisser passer quasiment une semaine avant de retourner au cimetière de Montmartre, pour voir si ma lettre nocturne avait bien été acheminée.

Ce jour-là, en fin de matinée, alors que je m'approchais de la tombe d'Hélène, je remarquai immédiatement la rose d'un rouge resplendissant qui se détachait sur le vert du lierre. Mon cœur fit un bond dans ma poitrine. Cela ne pouvait signifier qu'une chose : quelqu'un était venu sur la tombe entre-temps.

Nerveux, je me penchai, et ouvris le compartiment secret : ma dernière lettre avait disparu, et la fameuse enveloppe décachetée, restée là si longtemps, s'était envolée aussi.

La cachette était vide, complètement vide.

Je la refermai et levai les yeux vers l'ange. Il souriait, et je souris aussi.

Mon courrier paraissait être arrivé à destination. C'était déjà ça.

Je restai là un moment, perdu dans mes pensées.

J'avais du mal à croire qu'au cours des six mois qui venaient de s'écouler, j'avais bel et bien écrit trente-deux lettres. Plus qu'une, et j'aurais exaucé le dernier souhait d'Hélène et tenu promesse. Étrangement, pour la première fois, j'espérai qu'Hélène gagnerait son pari.

Je repartis et traversai le cimetière en flânant, passant lentement devant les vieux arbres, les stèles et les statues chauffées par le soleil, qui m'étaient si familières que je les aurais retrouvées dans le noir.

J'entendis alors des voix venant de l'entrée. Un homme et une femme en vêtements de travail venaient de soulever une statue en pierre qui paraissait bien lourde. Ils la transportèrent jusqu'à une tombe et l'y déposèrent précautionneusement. L'homme jura en se relevant, la femme rit. Et lorsqu'elle se retourna, je reconnus Sophie.

La tonne de cailloux qui pesait sur mon cœur s'envola, et j'accélérai le pas. Elle était là. Elle était enfin revenue.

Ivre de soulagement, je me laissai aller à la spontanéité.

— Sophie ! Hé, Sophie ! criai-je en agitant la main.

En m'apercevant, elle devint écarlate.

— Oh, l'écrivain, fit-elle simplement, et elle s'avança dans ma direction, hésitante.

— Ça fait une éternité ! Où étais-tu passée pendant tout ce temps ? demandai-je.

L'homme en tablier de travail gris foncé me considéra d'un regard inquisiteur. Il avait déjà un certain âge, une petite moustache, des yeux vifs de couleur marron. Et une poignée de main aussi ferme que celle de sa fille, comme j'allais le découvrir.

— Papa, je te présente Julien Azoulay, déclara Sophie sans me répondre, et l'homme me broya les doigts. Il est écrivain.

Une information qui ne parut pas impressionner l'inconnu outre mesure.

— Et voici mon père, Gustave Claudel, m'indiqua Sophie.

Gustave – n'avais-je pas déjà entendu ce prénom ?

— On rapporte une statue qui sort de l'atelier, elle est comme neuve maintenant. La tête, les bras, il fallait tout restaurer… se mit à expliquer Sophie, l'air surexcité.

Ses joues étaient rougies, et elle ne cessait de me jeter de curieux petits coups d'œil.

Son père mit les poings sur les hanches et s'étira en arrière.

— Elle pesait son poids, celle-là ! On aurait dû demander à Philippe de venir, je te l'avais bien dit. Tu ne devrais pas porter des charges aussi lourdes, ma chérie.

Mon regard allait de l'un à l'autre, je ne comprenais pas.

Elle ne devrait pas porter des charges aussi lourdes ? Pourquoi donc ?

— Mais… Qu'est-ce qu'il y a ? demandai-je. Où étais-tu pendant toutes ces semaines ?

— Ah… Je m'étais foulé la cheville, expliqua Sophie avec gêne. Une grosse entorse.

— Elle est tombée d'un arbre, cette idiote ! s'exclama Gustave Claudel en secouant la tête. C'est quoi, cette manie de toujours s'agiter là-haut comme un petit singe, aussi ? Sur les murs, dans les arbres… Je n'arrête pas de le lui répéter. Un de ces jours, elle va se briser la nuque.

Sophie me regardait avec, sur le visage, une expression mêlant bravade et embarras. Ne lui avais-je pas dit exactement la même chose ? Le jour précis où, perchée sur ce mur, elle m'avait lancé que j'avais l'air de mauvaise humeur ; ce mercredi épouvantable où je n'étais pas revenu la chercher, parce que, bouleversé, je parlais avec Catherine, assis sur le muret bordant la tombe d'Hélène. Soudain, je me rappelai qu'il y avait eu un craquement dans le vieux châtaignier, au-dessus de nous. Et n'avais-je pas perçu une espèce d'éternuement ? Sophie aurait-elle tout entendu ? Mes paroles haineuses, mes vociférations ? On ne pouvait pas dire que j'avais fait preuve de retenue… Aurait-elle aussi « profité » de mon commentaire sur le fait qu'elle n'était pour moi qu'une connaissance rencontrée par hasard ; que je ne pourrais sans doute plus tomber amoureux ?

Je me mis à la fixer, lui demandant pardon en silence.

Sophie restait parfaitement immobile. Plantée là, sa casquette sur la tête, elle gardait la bouche fermée, lèvres serrées.

Gustave se gratta le crâne. Il paraissait sentir les mauvaises vibrations qui circulaient entre sa fille et moi. Il jugeait probablement que j'étais un jeune homme bien étrange. Mais bon, j'exerçais la profession d'écrivain, alors… Le vieux tailleur de pierre devait sûrement trouver suspects les êtres comme moi, de toute façon. Il m'adressa un bref signe de la tête pour mettre un terme à la situation.

— Heureux d'avoir fait votre connaissance, monsieur, déclara-t-il, puis il me tourna le dos.

Il fit quelques pas en direction de la tombe.

— Tu viens, Sophie ? Il faut qu'on installe la statue, maintenant.

— Non, attends ! la priai-je à voix basse alors qu'elle s'éloignait déjà.

Elle s'arrêta, et me jeta un coup d'œil moqueur.

— Le moment est mal choisi, l'écrivain.

— Ça m'est égal. Je... J'aimerais te dire quelque chose, Sophie, mais... je n'ose pas.

— Oh ! Encore ? Le fameux *secret* ? s'enquit-elle en haussant les sourcils.

— Non. Rien à voir, cette fois. Il s'agit d'une chose qui a un rapport avec toi et moi. Avec *nous* ! murmurai-je, agité, en lui adressant un regard qui en disait long.

J'avais mis la main sur mon cœur. Elle écarquilla les yeux et me considéra, songeuse, en se mordant la lèvre inférieure.

— Moi aussi j'aimerais te dire quelque chose, Julien, reprit-elle, hésitante. Mais j'ose encore moins.

— Bon, tu viens, Sophie ?

— J'arrive, Chouchou ! s'écria-t-elle avant de me faire une grimace d'excuse. Il faut que j'y aille, sinon papa va devenir désagréable. Tu peux repasser ici cet après-midi, Julien ? Vers quatre heures, disons ?

Je hochai la tête, le cœur sur le point d'imploser.

Sophie me regardait, et je vis mon univers tout entier se refléter dans ses yeux sombres.

— Et à ce moment-là, on se dira tout, chuchota-t-elle, avant de tourner les talons et de rejoindre son père.

Son *Chouchou.*

Durant les heures qui suivirent, j'essayai de tuer le temps. Je tournai dans Montmartre, à la dérive. Je parcourus les ruelles, montant, descendant, et m'installai finalement dans le square situé au-dessous du Sacré-Cœur. À intervalles réguliers de quelques minutes, je voyais le funiculaire – ces petites cabines couleur argent qui, infatigables, transportaient leurs passagers du bas de Montmartre jusqu'à la basilique blanche – partir à l'assaut de la colline. Au bout d'un moment, dérangé par l'animation et le bruit, je me levai, puis gravis la butte avant de tourner, non loin du musée de Montmartre, dans une petite rue où je trouvai un café tranquille. Je commandai quelque chose à boire, me forçai à manger un sandwich, et fumai. Assis là, j'attendis. Je regardais le ciel sans nuages, désirant ardemment la venue de l'après-midi, de la même manière que, souffrant d'un mal de dents nocturne, on attend impatiemment l'arrivée du matin. Sauf que je n'étais pas tourmenté par un abcès qui me lançait, mais par les battements de mon cœur qui s'était emballé et refusait de se calmer.

Sophie avait réapparu. Elle était libre… Ce « Chouchou » était son père ! J'avais eu envie de serrer l'homme contre moi en le comprenant. Dans ces conditions, était-il vraiment présomptueux de penser que ce n'était pas uniquement la bienveillance qui avait rendu Sophie si gentille à mon égard ? De se dire qu'elle avait effectivement des sentiments pour moi – moi, l'Orphée nombriliste qu'on pouvait difficilement dérider, frappé de cécité ? L'homme qui, aveuglé par les larmes, n'avait pas su voir les étoiles succédant au soleil… L'homme maintenant prêt à lui lancer son cœur – quand bien même elle serait juchée sur le plus haut des murs de Paris.

Oui, nous allons tout nous dire, songeai-je en remuant mon expresso, un sourire heureux aux lèvres. Je n'avais que cette pensée en tête tandis que, transporté d'impatience, je descendais la rue menant au cimetière de Montmartre. Je n'avais que cette pensée en tête tandis que, le cœur battant, je franchissais le portail vert, m'attendant à tout instant à entendre Sophie me héler.

Mais les lieux étaient très paisibles. Le soleil continuait à darder ses rayons. Et la tailleuse de pierre n'était pas là.

Je sortis nerveusement une cigarette du paquet, et me mis à arpenter les environs en fumant. Il était seize heures et nous avions rendez-vous. Que faisait-elle ? Agité, je m'assis sur un banc, non loin de l'entrée, pour guetter son arrivée.

Seize heures trente… Puis dix-sept heures… Et toujours pas de Sophie. Finalement, je me levai d'un bond et décidai d'aller attendre près de la tombe d'Hélène. Peut-être Sophie s'y montrerait-elle.

Là-bas, je regardai autour de moi. Tout était calme, tout paraissait inchangé. L'ange souriait, impénétrable ; un oiseau voletait dans le vieux châtaignier. Seulement, la rose rouge n'était plus couchée dans le lierre. Quelqu'un l'avait posée sur la stèle en marbre.

Quelqu'un ?

Je m'accroupis, ouvris le compartiment.

Et je vis aussitôt la petite enveloppe blanche.

Je la sortis, étonné. Elle était aussi légère que si elle ne contenait que du vent. Mais lorsque je l'ouvris hâtivement, une carte de visite en tomba.

Sophie Claudel
La Cour des Restaurateurs
13, rue d'Orchampt
75018 Paris

Je vacillai, et les petites lettres se brouillèrent devant mes yeux. Sophie n'était pas là. Mais il y avait sa carte de visite dans la cachette. Alors seulement, enfin, je compris tout. L'embarras de Sophie. Ses hésitations. Cette chose qu'elle n'osait pas me dire, qui l'intimidait encore plus que moi.

Le cœur en pierre, le dépliant du musée Rodin où j'avais admiré, sans comprendre, les sculptures de Camille Claudel, les tickets pour *Orphée*, ce cinéma de Montmartre où je l'avais retrouvée « par hasard », le mur jusqu'auquel le plan de Paris m'avait guidé, pour me dire « Je t'aime ! », le CD avec la chanson *Secret Heart* – tout cela venait de Sophie.

Elle avait lu mes lettres.

Et elle m'avait répondu.

Le sang me monta à la tête, et je quittai précipitamment le cimetière. Je connaissais la petite rue qui courait au-dessus de la place Émile-Goudeau : je m'y rendis en pressant le pas, le cœur tambourinant dans ma poitrine.

Je longeai ensuite la rue d'Orchampt, cherchant les numéros sur les façades, et arrivai finalement devant une plaque émaillée bordée de bleu où l'on pouvait lire, en lettres joliment galbées imitant une écriture manuscrite : *La Cour des Restaurateurs.*

Je poussai le portail et pénétrai dans une cour pavée. Il y avait à droite un atelier d'ébénisterie, et à gauche, un atelier de tailleur de pierre. La porte était ouverte : j'entrai.

Il y régnait une odeur de poussière et de peinture. Je parcourus du regard ce jardin enchanté, peuplé de personnages en pierre partiellement recouverts de draps clairs, bras dressés en l'air. Mes yeux s'arrêtèrent sur des mains, des têtes et des pieds en marbre blanc, étalés sur une large table ; sur des reliefs ouvragés s'élevant jusqu'au plafond ; sur le long établi appuyé contre le mur en face de la grande fenêtre, sur lequel s'alignaient scies, ciseaux et burins, comme autant de soldats de plomb.

— Bonjour ! lançai-je. Il y a quelqu'un ?

J'entendis du bruit à l'autre bout de l'atelier, où une porte s'ouvrit en grinçant légèrement. Gustave Claudel apparut dans l'embrasure, vêtu de son tablier de travail gris. Il me considérait avec bienveillance.

— Elle est dans son appartement, là-haut, déclara-t-il simplement en montrant du doigt le bâtiment au fond de la cour. Elle vous attend.

23

J'espérais tellement que ce soit toi

L'appartement de Sophie se trouvait au troisième étage.

Je montai les marches usées de l'escalier en bois, et avant même que je puisse presser la sonnette, la porte s'ouvrit.

Devant moi se tenait Sophie, pâle, le souffle court. Elle portait une robe d'un lilas tendre, et ses yeux sombres me parurent immenses dans la pénombre du palier.

Durant de longues secondes, nous nous fixâmes en silence, chacun s'imprégnant des traits de l'autre. Puis elle se tourna d'un mouvement vif vers la commode derrière elle, et y prit une liasse de lettres qu'elle me tendit.

— Tu me pardonnes ? demanda-t-elle à voix basse, le regard brillant.

Je secouai la tête.

— Non, c'est à toi de me pardonner ! J'ai été tellement stupide…

Mes mains vinrent envelopper son visage, il n'y eut plus qu'elle et moi pour ce premier baiser, et tandis que nous nous embrassions à n'en plus finir, échangeant des mots d'amour chuchotés, les doigts de Sophie laissèrent échapper les lettres qui s'éparpillèrent doucement sur le sol comme des feuilles tombant d'un arbre.

Je ne retournai pas rue Jacob, ce jour-là. Je restai à Montmartre, dans un petit appartement mansardé, tout en coins et recoins, à la porte duquel le bonheur était venu frapper, à l'improviste.

Ce soir-là, nous nous dîmes tout, Sophie et moi.

Elle me raconta qu'elle avait remarqué, au cimetière, l'homme triste qui venait parfois avec son petit garçon. Qu'un beau jour, après avoir fait ma connaissance, elle m'avait aperçu par hasard, m'agenouillant et plaçant quelque chose à l'arrière de la stèle. Et que plus tard, elle était retournée discrètement examiner la tombe d'Hélène, et avait découvert l'existence du compartiment secret.

— C'est là que j'ai vu toutes ces lettres. Je ne peux pas te dire à quel point j'étais touchée. Touchée et un peu effrayée, aussi. J'ai pris celle qui était sur le dessus de la pile, je ne pouvais pas faire autrement. Je l'ai lue, Julien, mais pas par curiosité, précisa-t-elle en me regardant tendrement. Je suis tout de suite tombée amoureuse de toi… Dès notre première rencontre, quand tu cherchais Arthur et que j'étais assise en haut du mur, tu te souviens ?

— Ah, Sophie, comment pourrais-je ne pas m'en souvenir ? fis-je avant de l'embrasser doucement, et elle se blottit contre moi. Ça avait quelque chose de magique… Après avoir retrouvé Arthur planté là, comme s'il était en train de parler à l'arbre, j'ai eu l'impression d'avoir devant moi une créature venue d'un autre monde en te voyant juchée là-haut. Ensuite, nous sommes allés manger chez *L'Artiste*, et je crois que c'était la première soirée agréable depuis la mort d'Hélène. Mais j'étais encore tellement prisonnier de ma douleur…

— Je le sais bien, Julien ! Lorsque j'ai lu cette première lettre, j'en ai eu le cœur tout retourné. Tu étais affreusement désespéré, tu suppliais Hélène de t'adresser un signe, et moi…

Elle s'interrompit, et son regard s'embua.

— Ça m'a terriblement émue, Julien, et j'avais vraiment envie de t'aider, expliqua-t-elle en s'adossant de nouveau au canapé dans lequel nous étions assis. Alors, j'ai lu toutes les lettres que tu avais déjà apportées. De la première à la dernière. Elles m'ont bouleversée. Je me rendais bien compte que ça n'allait pas fort pour toi et que ton chagrin était très profond, mais pas à ce point-là…

Elle secoua la tête.

— Je voulais absolument que tu sois de nouveau heureux. Je voulais te faire penser à autre chose. C'est là que j'ai eu l'idée de t'apporter ces réponses, sourit-elle. Je t'ai laissé des indices en espérant qu'ils te mèneraient à moi, au bout du compte. Franchement, ça m'étonne que tu n'aies pas pensé à moi beaucoup plus tôt…

— Mais *j'ai* pensé à toi, Sophie ! Au début, j'ai passé en revue toutes les possibilités. Seulement, tu avais un petit ami qui t'appelait tout le temps. Comment aurais-je pu me douter que Chouchou était ton père ? À ce propos, pourquoi le surnommer ainsi ?

Sophie rit.

— Ça remonte à mon enfance. Ma mère appelait toujours mon père « mon petit chou », et un jour, c'est devenu « Chouchou » dans ma bouche.

— Le dernier grand secret, commentai-je en écartant une mèche de cheveux de son front. Attends, non, l'avant-dernier ! Pourquoi est-ce que le « jeu » des énigmes s'est arrêté si brusquement ?

Je la scrutais, et elle rougit.

— Tu n'étais quand même pas vexée que j'aie oublié notre rendez-vous ? demandai-je.

— Ah, eh bien… commença-t-elle d'une petite voix. Comment t'expliquer ça ? Tu avais dit que tu faisais vite, le temps passait et tu ne revenais pas, alors je suis allée te rejoindre. Et là, j'ai vu Catherine à côté de la tombe, une lettre à la main. Tu t'es mis à hurler, et j'ai vite grimpé dans le vieux châtaignier pour me cacher.

— Et après, tu as tout entendu de ta cachette ?

Sophie hocha la tête.

— Tu étais furieux à cause des lettres, tu répétais en criant que c'était personnel, *personnel* ! Alors, j'ai été épouvantée en réalisant l'ampleur de ce que j'avais fait. Si tu étais capable d'incendier comme ça une amie proche, comment allais-tu réagir en découvrant que c'était moi qui avais ouvert et lu tes lettres ?

Elle m'adressa un long regard et reprit :

— Tout d'un coup, le joli château de cartes que j'avais construit pour nous s'écroulait. Et puis, tu as ajouté que j'étais une simple connaissance…

— Effectivement, lâchai-je, contrit. Je suis

vraiment désolé, Sophie… J'ai regretté ces mots à l'instant même où je les prononçais. J'étais juste énervé parce que Catherine ne me laissait pas tranquille avec ses questions.

Je pris sa main et précisai doucement :

— Tu n'as jamais été une simple connaissance pour moi, Sophie.

— Je le sais bien. Enfin, maintenant… Mais ce jour-là, entendre ça venant de toi m'a fait un drôle de choc.

— Et c'est ce choc qui t'a fait chuter de ton arbre ?

— Non, non, répondit-elle en souriant. Vous m'auriez entendue si j'étais tombée lourdement par terre comme un fruit mûr, non ? Tu es finalement parti, l'air lugubre, et je suis restée un moment sur ma branche, dans un état lamentable. Finalement, au moment de descendre, j'ai glissé, et en atterrissant en bas de l'arbre, je me suis tordu le pied. J'avais tellement mal que j'ai cru que je m'étais cassé la cheville, en plus du reste. Parce que tu avais aussi affirmé que tu aurais beaucoup de mal à aimer un jour une autre femme…

Elle porta la main à son cœur, et fit une grimace amusante en ajoutant :

— J'ai chialé sur tout le chemin du retour.

— Ma pauvre… murmurai-je, l'imaginant en train de traverser le cimetière en boitant. Oui, c'était vraiment une sale journée pour tout le monde. Et ensuite ?

— Après ça, je ne suis plus allée au cimetière pendant quelques semaines. Je pouvais à peine poser le pied au sol, alors travailler… Du coup, j'ai eu tout le temps de réfléchir à la situation, et je me suis sentie de plus en plus désespérée. Jusqu'à ce que…

— Jusqu'à ce que tu trouves ma dernière lettre à Hélène.

— Oui, fit Sophie, dont le visage s'éclaira. J'étais tellement heureuse de lire que je te manquais… Que finalement, tu étais quand même retombé amoureux – et amoureux de moi !

Elle fronça soudain les sourcils, et poursuivit, en se mettant à tripoter sa robe avec embarras :

— Mais après, je me suis dit que tu ne savais toujours pas qui avait emporté tes lettres, en réalité, et tout d'un coup, j'ai eu horriblement peur que tu ne me pardonnes jamais… Tu ne m'en veux plus, Julien, c'est sûr ? Parce qu'il faut que tu saches une chose : je n'ai toujours agi que par amour. Je t'aime, Julien.

Elle s'était de nouveau tournée vers moi, et je repensai avec émotion à la première fois où j'avais vu ce visage ; alors qu'elle me fixait de là-haut, perchée sur son mur, et que je l'avais prise pour une espèce de lutin. Ensuite, je me remémorai notre promenade nocturne dans les rues paisibles de Montmartre, ce moment magique avant que nos chemins se séparent, et que je la regarde s'éloigner à regret. À l'époque déjà, il y avait là une intuition, un désir que mon esprit n'avait pas osé formuler entièrement.

Je l'attirai avec fougue contre moi, enfouis mon visage dans ses cheveux et chuchotai :

— Ah, Sophie… J'espérais tellement que ce soit toi.

Cette nuit-là, alors que Sophie dormait déjà dans mes

bras, je fixai longuement la pénombre, traversée par un rayon de lune que laissait passer la fenêtre grande ouverte. Je songeais que la vie était triste et drôle à la fois, tour à tour effrayante d'injustice et pleine de merveilles.

Et d'une beauté indicible.

Épilogue

Montmartre – cette fameuse colline dans le nord de Paris, où les touristes se pressent sur la place du Tertre, autour de peintres de rue qui immortalisent scènes et portraits d'une qualité discutable ; où, à la fin de l'été, des couples d'amoureux empruntent les ruelles animées en flânant main dans la main, et s'assoient finalement sur les marches devant le Sacré-Cœur, pour contempler avec émerveillement la ville qui se pare d'une délicate lueur rose avant que tombe la nuit –, Montmartre, donc, abrite un cimetière.

C'est un très vieux cimetière avec des chemins de terre et de longues allées ombragées qui passent sous des tilleuls et des érables, et qui portent des noms et des numéros comme dans une véritable petite ville. Une ville très paisible. Certaines des personnes qui reposent là sont célèbres, et d'autres pas du tout. Il y a des sépultures surmontées de monuments ouvragés, et des figures angéliques vêtues de longues tuniques en pierre, qui ouvrent légèrement les bras et lèvent les yeux vers le ciel.

Un homme aux cheveux blond foncé entre dans ce cimetière. Il tient un énorme bouquet de roses, et s'arrête devant une tombe que peu de gens connaissent. Aucun personnage important n'y est enterré. Ni écrivain, ni musicien, ni peintre... Pas davantage une dame aux camélias. Juste quelqu'un de très cher.

L'ange ornant la plaque en bronze fixée à la stèle en marbre est pourtant l'un des plus beaux du lieu. Le visage féminin jette en arrière un regard grave, peut-être serein également, les longs cheveux s'enroulant autour du cou comme si le vent les soulevait. On dirait qu'il esquisse un sourire...

L'homme se tient là un moment, silencieux. Un rire retentit, celui d'un enfant qui attend dehors avec une jeune femme, devant le portail du cimetière.

La journée est chaude, l'été touche à sa fin. Un papillon voltige, de-ci, de-là. Il finit par se poser sur la pierre tombale, ouvre et ferme plusieurs fois ses ailes.

L'homme sort de sa poche une lettre qu'il a écrite à sa femme. C'est la trente-troisième. La dernière. Il place l'enveloppe dans un petit compartiment que dissimule la stèle, et clôt la cachette. Ensuite, après avoir fait quelques pas en arrière, il jette un nouveau regard à l'ange en bronze où sont sculptés les traits familiers, puis dépose sur la tombe le bouquet de roses – sans aucun doute le plus gros que tout le cimetière de Montmartre ait jamais vu.

— Tu es drôlement maligne, Hélène, déclare-t-il alors avec un sourire en coin. Il me paraît clair que c'est toi qui as tout manigancé pour gagner ton pari. Je te connais, Hélène, tu n'aimes pas perdre. Tu n'as jamais aimé ça.

L'homme s'attarde un peu. Il contemple le visage impassible du bel ange, et durant une fraction de seconde, il lui semble que les coins de sa bouche frémissent.

— Au revoir, Hélène, dit-il encore, et il rebrousse chemin, toujours souriant.

Il n'était nullement préparé à ce qui lui est arrivé. Pas plus qu'on n'est préparé au bonheur ou à l'amour. Pourtant, les deux sont toujours présents. Il le sait, maintenant.

Devant le portail, il est attendu par son petit garçon et par la femme qu'il aime. Tous trois quittent le cimetière main dans la main, retrouvent l'animation de la grande ville.

Cet homme s'appelle Julien Azoulay.

Et Julien Azoulay, c'est moi.

Ma très chère Hélène,

Voici ma dernière lettre. Je t'en aurai écrit trente-trois, comme promis. Le jour où tu m'as arraché cette promesse, Hélène, j'étais tellement anéanti que je n'aurais jamais cru possible que ma vie ait effectivement changé en mieux au moment de rédiger cette dernière lettre, comme tu me l'affirmais. J'ai détesté t'entendre le dire, je n'ai pas voulu t'écouter, j'ai refusé bec et ongles de le croire.

Et aujourd'hui, chose inimaginable, c'est précisément ce qui est arrivé, Hélène.

Je suis tombé amoureux. Plus encore, j'aime et suis aimé en retour, et chaque matin, je me réveille surpris de ce grand cadeau.

Il y a un an encore, j'étais l'homme le plus malheureux au monde. Mon cœur s'était pétrifié, comme clos d'une enceinte de pierre. Et puis, cette femme a fait son entrée dans ma vie. Elle est très différente de toi, Hélène, et pourtant, je l'aime de tout mon cœur. N'est-ce pas incroyable ?

Comme l'a dit un jour Woody Allen avec une merveilleuse justesse, le cœur est un petit muscle qui a beaucoup de ressort.

Et veux-tu que je te dise, Hélène ? Je suis très heureux qu'il en soit ainsi.

Même si ce n'était pas toi qui mettais tous ces petits

cadeaux pour moi dans le compartiment secret, j'ai recommencé à croire à la magie des choses. Alors parfois, j'aimerais croire que c'est toi qui as envoyé le papillon qu'Arthur a pourchassé et qui nous a guidés jusqu'à Sophie. Qui sait ? Peut-être est-ce précisément ce qui s'est passé.

Arthur a tout de suite fait une place à Sophie dans son cœur, mais il m'a fallu un peu plus de temps. Seulement, je ne suis qu'un abruti, comme Sophie aime le prétendre pour rire.

Cet été, je ne suis pas allé à Honfleur, finalement.

Je voulais rester avec Sophie, nous avions tant à découvrir l'un de l'autre…

Maman a été déçue quand je l'ai appelée pour lui dire que je ne les rejoindrais pas à la mer. Mais lorsque je lui ai annoncé que j'avais devant moi la jeune femme dont elle m'avait parlé, celle qui tomberait amoureuse de son Julien, sa déception s'est transformée en joie. Et elle a répété plusieurs fois, d'une voix émue : « Ah, mon petit… Ah, mon petit ! »

Aux yeux d'une mère, on reste toujours un enfant, sans doute. Même quand on a quatre-vingts ans… Je souris en écrivant cela, mais il m'arrive d'avoir peur en pensant qu'un jour, plus personne ne me dira : « Ah, mon petit ! »

L'été touche à sa fin. Les grandes vacances sont terminées, et les Parisiens sont rentrés.

Camille a eu son bébé il y a quelques jours – une ravissante petite fille, Pauline. Nous sommes tous allés les voir. Tante Carole était aux anges, et même le vieux Paul a eu un moment de lucidité quand on lui a mis le bébé dans les bras. Il a dit qu'un petit être comme ça, c'était la plus précieuse des choses.

Nous nous tenions tous là, émus, et Arthur est resté sans bouger lorsque la petite a agrippé son doigt dans sa main minuscule et l'a serré.

Arthur continue à « sortir » avec Giulietta, et la dernière fois qu'elle est venue à la maison, je l'ai entendu lui dire qu'il était très content que son papa sorte maintenant avec quelqu'un, lui aussi.

Sophie a conservé son appartement mansardé dans la Cour des Restaurateurs, mais elle vient nous voir presque tous les jours après son travail, et elle passe la nuit ici. C'est merveilleux d'avoir de nouveau, à la maison, une femme qui remplit ma vie de lumière. Pas n'importe quelle femme : Sophie. Car, contrairement à Alexandre, je ne crois pas qu'on puisse tomber amoureux de n'importe qui. À ce propos, quand Alexandre a appris que c'était Sophie qui se cachait derrière tout cela, il a juste dit qu'il le savait depuis le début. Un grand classique ! Lui qui soupçonnait ta meilleure amie et voulait déjà prendre les paris… Quant à Catherine, on dirait qu'elle a digéré notre dispute, et je m'en réjouis – on s'est croisés récemment dans le hall de l'immeuble et elle nous a salués très gentiment tous les trois, Sophie, Arthur et moi ; elle était accompagnée d'un homme sympathique qu'elle m'a présenté comme étant un nouveau collègue.

Je connais quelqu'un d'autre qui est heureux. C'est la personne qui m'a dérangé alors que j'essayais de t'écrire la toute première lettre, Hélène… et il fallait qu'elle me dérange aussi pendant l'écriture de la dernière. Je venais de m'installer à mon bureau lorsque Jean-Pierre Favre a téléphoné pour savoir comment avançait mon livre.

J'ai dit la vérité :

— Très bien. Je l'ai presque terminé, en fait. Mais…

J'ai marqué une pause, et il a lâché avec impatience :

— Mais quoi ? Arrêtez, Azoulay, vous me mettez au supplice !

— Mais le roman sera vraiment très différent de ce qui était prévu.

— Ah bon ?

— Que diriez-vous d'une histoire d'amour qui débute dans un cimetière ?

— Dans un cimetière, a-t-il répété avant de réfléchir un moment. Hm… Moui, pourquoi pas ? Dans un cimetière, c'est une idée originale… Oui, oui, ça me plaît. Tous les bons romans commencent par un enterrement. Mais… est-ce que cette histoire s'achève sur un happy end, elle aussi ?

— Et comment ! J'écris des comédies romantiques, ou pas ?

Mon éditeur a ri.

— Très bien, Azoulay, très bien. Mais pour autant, nous n'allons pas totalement perdre de vue le roman dans lequel cet éditeur danse la nuit au clair de lune, n'est-ce pas ?

— Certainement pas, lui ai-je assuré. Ce sera le prochain que j'écrirai.

— Formidable ! Je note que vous avez retrouvé votre élan, Azoulay, a commenté Favre avec satisfaction.

Et il a tout à fait raison, mon brave éditeur. Ma vie, si pesante il y a peu de temps, est redevenue légère. Peut-être pas plus légère que l'air, mais très légère tout de même. Je suis heureux, Hélène. Je n'aurais jamais cru qu'un jour viendrait où je pourrais de nouveau le dire. Je suis comblé par mon amour pour Sophie, et je pense également à toi très souvent, le cœur rempli d'amour. Je crois que ce cœur est assez grand pour vous deux. Mais ma place est ici, Hélène, et la tienne est au cimetière, ou quelque part au milieu des étoiles.

C'est la dernière lettre que je t'écris, mon ange, et j'imagine que personne d'autre que toi ne la lira, cette fois. Elle reposera au creux de ta stèle jusqu'au jour où, peut-être, dans bien des années, quelqu'un l'y trouvera et s'émerveillera devant ce témoignage d'un grand amour.

Ce jour-là, peut-être que je serai mort depuis longtemps moi aussi… et nous nous serons alors retrouvés comme jadis en mai. Mais en attendant, je veux vivre et aimer.

Ton Julien

Post-scriptum

Tout roman est œuvre de fiction, et pourtant, il s'y glisse toujours des faits ou des événements qui sont réellement arrivés, ou qui auraient pu se passer ainsi. L'idée de ce roman m'est venue voici quelques années, au printemps, tandis que je flânais dans un vieux cimetière. Ce n'était pas celui de Montmartre, que j'ai choisi pour mon livre car je le trouve très particulier – non, il s'agissait d'un petit cimetière enchanteur, bien loin de Paris. Les lieux abritent un ange qui m'a servi de modèle pour l'ange en bronze ornant la tombe d'Hélène, et j'y ai aussi trouvé le poème évoquant ces fameux amants de mai. Il m'a tellement ému qu'il m'a inspiré cette histoire.

Je suis tombé dessus au sens propre du terme, en quelque sorte, car les trois vers étaient gravés dans une dalle en pierre ronde, sur un chemin, et le gravier les avait tellement envahis que je n'ai pu déchiffrer les lettres qu'après avoir précautionneusement écarté les petits cailloux de la main.

J'ai beaucoup pensé à ces amants dont j'ignore tout, et je leur souhaite de tout cœur de s'être désormais retrouvés, comme jadis en mai. Cela fait bien longtemps qu'on n'a plus enterré personne dans ce petit cimetière où l'on trouve de vieux arbres, des arbustes verts et des prairies vallonnées. Aujourd'hui, des messieurs âgés s'y installent sur les bancs en bois peints en vert pour lire leur journal au soleil, et en été, des étudiantes étalent leur serviette de bain sur l'herbe, pour dévorer leur livre à l'ombre des arbres. Des couples d'amoureux se baladent sur les chemins, des amies se racontent leurs secrets, de jeunes parents viennent promener leur bébé dans sa poussette. Parfois, on accroche même des lampions colorés entre les pierres tombales, un spectacle féerique, et on entend les rires aigus d'enfants qui participent à un pique-nique d'anniversaire.

Je trouve très belle l'idée que la vie continue dans cet endroit paisible où, bien des années plus tôt, d'autres personnes ont trouvé leur dernière demeure, sous terre. Des petits pieds trottinent maintenant sur ce sol, certains visiteurs se laissent aller à la rêverie, d'autres échangent un sourire.

Je pense que les morts s'en réjouissent. Qu'ils nous considèrent avec bonté et indulgence, nous, les vivants, qui en savons si peu sur les choses qui sont possibles entre le ciel et la terre. Et ils ne cesseront de nous rappeler que l'amour est la réponse à toutes nos questions.

Paris, mai 2018

Du même auteur
aux Éditions Héloïse d'Ormesson :

Le Café des petits miracles, 2018.
Un soir à Paris, 2017.
La Vie en Rosalie, 2016.
Tu me trouveras au bout du monde, 2015.
Le Sourire des femmes, 2014.

PAPIER À BASE DE FIBRES CERTIFIÉES

Le Livre de Poche s'engage pour l'environnement en réduisant l'empreinte carbone de ses livres. Celle de cet exemplaire est de :
200 g éq. CO_2
Rendez-vous sur www.livredepoche-durable.fr

Composition réalisée par MAURY-IMPRIMEUR

Achevé d'imprimer en France par
CPI BRODARD & TAUPIN (72200 La Flèche)
en janvier 2020
N° d'impression : 3037228
Dépôt légal 1re publication : février 2020
LIBRAIRIE GÉNÉRALE FRANÇAISE
21, rue du Montparnasse – 75298 Paris Cedex 06

60/1074/3